쾌락은 분홍빛으로

쾌락은 분홍빛으로 2

초판 1쇄 인쇄 2018년 3월 15일
초판 1쇄 발행 2018년 3월 26일

지은이 서희수
발행인 오영배
기획 박성인
책임편집 편집부
디자인 권지연
제작 조하늬

펴낸 곳 (주)삼양출판사 · 로즈벨벳
주소 서울시 강북구 도봉로 173
대표 전화 02-980-2112 **팩스** / 02-983-0660
편집부 전화 02-980-2116 **팩스** / 02-983-8201
블로그 blog.naver.com/dan_gul
출판등록 1999년 3월 11일 제9-00046호

ISBN 979-11-283-9356-3 (04810) / 979-11-283-9354-9 (세트)

+ 이 도서의 국립중앙도서관 출판시도서목록(CIP)은 서지정보유통지원시스템홈페이지(http://seoji.nl.go.kr)와 국가자료공동목록시스템(http://www.nl.go.kr/kolisnet)에서 이용하실 수 있습니다. (CIP제어번호: 2018008629)

ROSE velvet 은 (주)삼양출판사의 성인 로맨스 문학 브랜드입니다.

서/희/수/장/편/소/설

ROMANCE STORY

쾌락은 분홍빛으로

vol.2

| 차 례 |

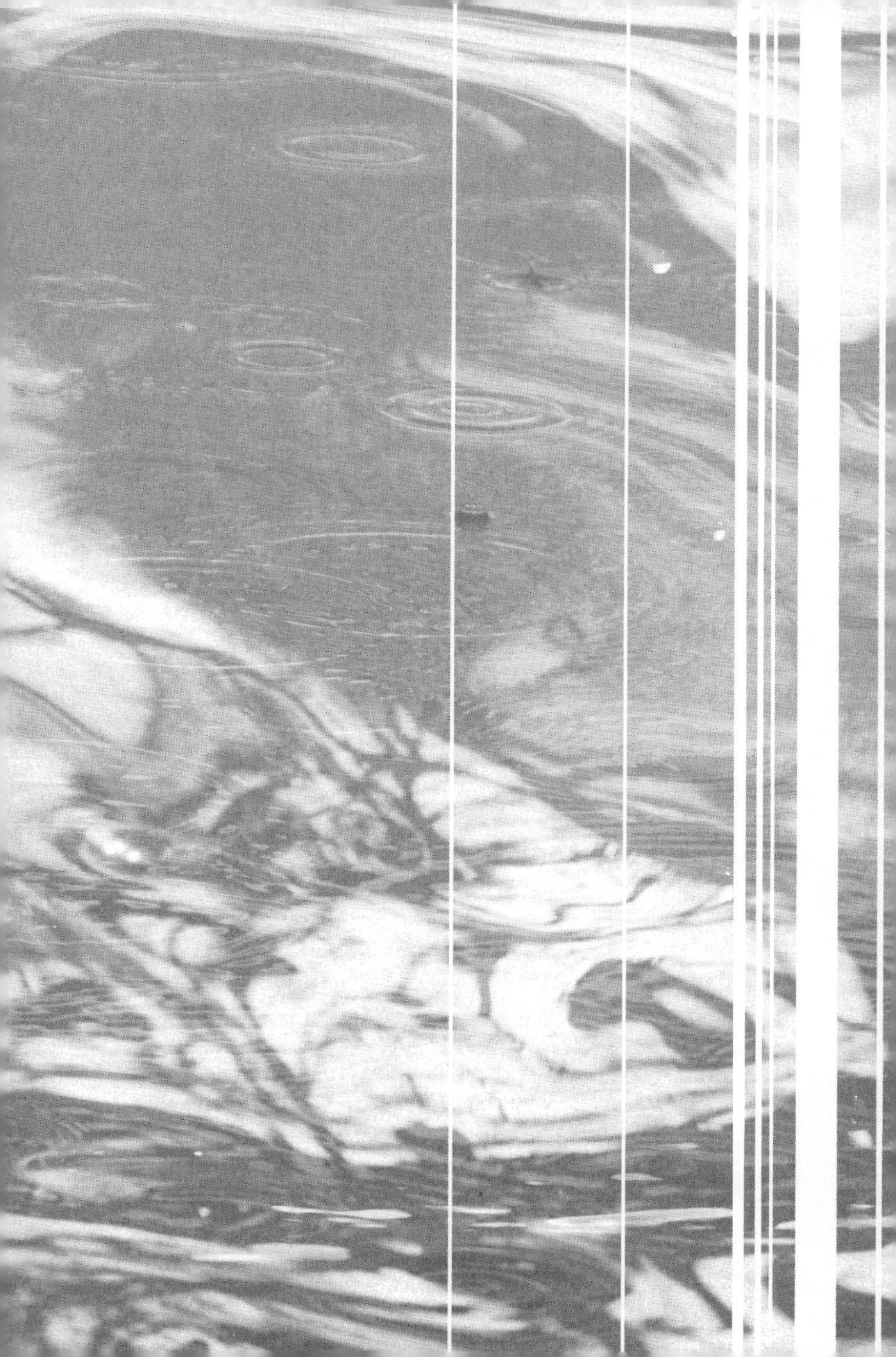

6장

사랑스러운 사람

'일을 잘하긴 잘하는구나.'

포털 담당자를 만나 수월하게 메인 상단 광고 자리를 따낸 명호를 보며, 나림은 생각했다.

'그래, 나였으면 이런 식으로 쉽게 따내진 못했을 거야. 명호 오빠가 나보다 빨리 승진한 건 당연한 일이었어.'

명호가 해외 발령을 받았을 때, 나림은 그가 연인임에도 그를 질투했다. 남자이기에 자신보다 승진이 빠른 거라고, 자신은 그보다 못한 것이 없다고 그리 생각했었다. 그러한 아집에서 벗어나 지켜보니, 명호가 일을 잘하기는 했다. 사람들을 통솔하고 챙기고 일 거리를 맡길 때에도 결단력이 있고, 적당한 선을 그을 줄 알았다.

명호가 가진 리더십을, 사귈 당시에는 몰랐다.

이제 와 그걸 인정하게 된 이유는, 아마도 마음에 여유가 생겼기 때문이리라.

명호가 포털 담당자와 대화를 하는 동안, 나림은 민혁을 떠올렸다. 아직도 많은 것들이 나림의 어깨를 누르고 있지만, 민혁을 떠올리면 기분이 나아졌다. 민혁의 존재가 숨 쉴 틈을 만들어 주었다.

미팅이 끝난 후, 둘은 전철역을 향해 걸어갔다.

"많이 덥네."

명호가 말문을 열었다.

"그러게, 덥다."

"여름휴가는 갈 거야?"

"글쎄. 팀원들 휴가 내는 거 봐서 날짜를 좀 맞춰 봐야지. 오빠는?"

"난 이번 여름에는 휴가 안 낼 것 같아. 회사 일에 익숙해져야 하니까."

"벌써 익숙해진 것 같던데."

"아직 갈 길이 멀어. 아."

문득 명호가 걸음을 멈췄다.

꽃집 앞이었다.

"네가 해바라기를 좋아했었지."

꽃집 입구에 싱싱한 해바라기 한 무더기가 금빛 꽃잎을 뽐내고 있었다. 태양을 닮고 싶어 하는 꽃을, 나림은 좋아했다.

"응, 좋아하지."

"우리 100일 기념일이었나? 그때, 네가 기념일을 기억하지 못해서……."

"오빠. VR 해 봤어?"

명호와 추억을 나누고 싶지 않기에, 나림은 그의 말을 끊었다.

"VR?"

"응. 그저께 홍대에 갔는데 VR 게임방이라는 게 생겼더라고. 민혁이랑 그거 해 봤는데 재미있더라."

민혁의 이름이 나오자 명호의 표정이 굳었다.

"내 앞에서 그 친구 얘기는 안 했으면 좋겠는데."

나림은 명호를 빤히 올려다봤다.

"그럼 우리 사이에 무슨 얘기를 할까? 몇 년이나 지나서 기억도 나지 않는 추억 이야기를 할까?"

"나림아."

"나는 연애를 하고 있어. 지나가 버린 과거보다는 현재의 사랑이 더 소중하고 중요해. 옛 연인이랑 과거의 기억을 떠올리는 거, 별로야. 오빠와의 100일 이야기보다, 그저께 한 VR 이야기를 하는 게, 나는 더 즐거워."

"역시 차가워, 넌."

"응, 맞아. 서리 같은 여자잖아."

나림이 다시 걸음을 옮기려고 했지만, 명호가 그녀의 손목을 잡아 돌려세웠다.

"정민혁, 그 친구가 너랑 어울린다고 생각해?"

"어울리는지, 어울리지 않는지, 그런 생각은 해 본 적 없어. 사귀고 사랑하고 마음이 통하면 어울리는 거겠지. 남이 보는 모습이 뭐가 중요해?"

"그 친구는 널 감당할 그릇이 못 돼."

"……."

"나는 네 집안까지도 감당할 수 있어. 책임질 능력이……."

"오빠."

나림은 명호의 가슴팍에 손바닥을 얹고 그의 말을 끊었다.

"내가 오빠한테 감당해야 할 짐이었니?"

명호의 눈동자가 흔들렸다.

"아니, 그런 뜻이 아니라."

"내 집안이 오빠한테 감당하고 책임져야 할 부분이었어?"

"그런 뜻이 아니야. 너를 사랑하니까 네 가족들까지도……."

"나는 오빠한테 내 인생과 내 가족을 책임지고 감당해 달라고 한 적 없어. 우리, 이런 얘기는 그만하자. 이런다고 우리 관계가 달라질 일은 없으니까."

나림은 명호에게 잡힌 손목을 뿌리치듯 빼내고 돌아서서 걷기 시작했다.

* * *

나림과 명호가 함께 외근을 나갔다.

민혁은 마음이 초조했다.

나림의 성격이 분명하다는 것은 알고 있지만, 내 여자가 옛 연인과 단둘이 외근을 나갔는데 신경이 안 쓰일 리 없었다.

명호가 한국 지사로 돌아온 후, 시간이 지날수록 그에 대한 평가가 좋아졌다. 한때는 민혁의 이야기만 하던 여직원들 사이에서 명호에 대한 이야기가 오고갔다.

여직원들에게는 얼굴만 예쁘장한 신입 사원보다, 훤칠하고 능력도 좋은 엘리트 부장이 더 메리트가 있을 수밖에 없었다.

'죽겠네, 이거.'

나림과 함께 있을 때는 명호에 대한 생각을 하지 않는다. 하지만 나림과 떨어져 있게 되면 간혹 명호에 대한 생각이 떠올라 가슴을 까맣게 물들였다. 애인의 과거를 가지고 전전긍긍하는 것이 얼마나 미련한 짓인지 알고 있다. 하지만 안다고 해서 생각대로 마음이 움직이는 건 아니었다.

'그만 생각하자, 그만.'

민혁은 그저께의 데이트를 떠올렸다.

저녁 먹고 영화를 보거나 차 한잔하는 데이트가 아닌, 특별한 데이트를 하고 싶어서 이리저리 알아보다가 가게 된 VR 게임방.

나림이 이런 걸 좋아할까 걱정 반, 기대 반으로 갔었는데, 나림은 생각보다 훨씬 즐거워했다.

"우와, 이거 진짜 완전 재미있다!"

20분 간 총을 쏴서 외계인을 죽이는 게임이 끝난 후, 나림은 환하게 웃으며 말했다.

"와, 정말 재미있었어. VR은 들어보기만 했었는데 이런 건지 몰랐어. 진짜 같더라. 오락실에서 하는 총 쏘기 게임이랑은 차원이 다르던데."

항상 어른스럽고 시크한 모습만 보여 줬던 나림이 재잘재잘 떠드는 게, 가슴이 간질거릴 정도로 귀여웠다.
어릴 때의 나림은 이런 모습이었을까, 싶었다.

"오락 좋아해요?"
"응, 좋아하지. 나이 들면서는 바빠서 못 했지만, 고등학교 때는 가끔 야자 땡땡이 치고 오락실에 가고 그랬었어. 게임기 순위에 한동안 내가 올라가 있던 적도 있어. 나는 NR로 등록을 해 놨었거든. 그게 나였는지는 아무도 모를 거야."

오락실 게임에 대해 신나서 이야기하는 나림의 모습을 보는 것이 좋았다.

평소보다 한 톤 높은 목소리로 떠들던 그녀를 떠올리자 기분이 한결 나아졌다. 그런 사랑스러운 모습을 아는 남자는 나 하나뿐이었으면 좋겠다.

“아, 밖에 진짜 덥더라. 이제 진짜 여름이네.”

외근을 나갔다가 돌아온 주 과장이 커다란 목소리로 말했다.

민혁은 시선을 돌려 창밖을 응시했다. 유독 맑은 하늘에 태양이 쨍쨍 빛나고 있었다. 사무실은 에어컨을 켜 놔서 시원하지만 밖에 나가면 무척 더울 것이다.

‘그러고 보니 여름이구나. 나림이는 언제 여름휴가를 내려나? 아, 나도 휴가 낼 수 있나? 신입인데?’

회사를 다녀 본 건 처음이기에, 연차를 어떻게 사용할 수 있는지 아직 잘 알지 못했다. 나림에게 상의를 해 봐야겠다.

‘만약 휴가 못 쓰면 주말에 같이 물놀이라도 다녀올까? 그러고 보니 가평에 가 본 지도 오래 됐네. 가평에 수상 레포츠가 재미있다던데. 거기나 갈까?’

여자와 단둘이 여행을 가 본 적은 단 한 번도 없었다.

연애를 오래 한 재훈이 종종 여자 친구와 여행을 다녀와서 여행 얘기를 하곤 했었다. 그럴 때마다 늘 하나만 생각했다.

‘저게 저렇게 좋을까?’

이제는 알겠다.

저게 저렇게 좋다는 걸.

아직 여행을 가지도 않았는데, 함께 서울이 아닌 다른 곳으로 떠난다는 상상을 하는 것만으로도 좋았다.

그 여행지에서도 나림이 VR을 했을 때처럼 즐거워하며 재잘재잘 떠들어 주었으면 좋겠다. 그녀가 일에서 벗어나 행복해하는 모습을 보고 싶었다. 고개를 숙이고 휴대폰으로 가평 펜션을 검색하고 있는데, 뒤에서 목소리가 들려왔다.

"오빠, 가평 가게?"

지연이었다. 민혁은 얼른 휴대폰을 끄고 뒤를 돌아봤다. 지연이 아메리카노에 꽂힌 빨대를 물고 서 있었다.

"아니, 그냥."

"가평이면 거기지? 그, 남이섬 근처."

지연이 나림의 자리에 앉으며 물었다.

"글쎄. 가 본 지가 오래 돼서."

"아, 진짜? 난 재작년에 친구들이랑 다녀왔었어. 그 근처에 그거 있다? 번지 점프. 애들이 하자고 했는데, 내가 고소공포증이 있거든. 그래서 친구들만 하고 난 못 했어. 그냥 보기만 하는 건데도 무섭더라."

지연이 제멋대로 떠들어댔다. 나림이 재잘재잘 떠들 때와는 느낌이 달랐다. 이 여자는 역시 성가시다.

"오빠는 번지 점프 해 본 적 있어?"

"아니, 없어."

"아, 진짜? 오빠도 높은 데 무서워하나?"

"그런 건 아닌데 딱히 해볼 기회가 없어서."

"정말? 그럼 오빠, 우리 가평이나 놀러 갈래? 펜션 잡아 놓고 고기 구워 먹자. 그 근처에 물놀이 할 곳도 많대. 바나나보트였나? 그런 것도 탈 수 있고."

"내가 왜 너랑 가평을 가?"

"뭐, 그냥 놀러 가는 거지. 친구들끼리도 자주 가잖아."

너랑 나는 친구 아니야, 라고 딱 잘라 말하고 싶었다.

하지만 그렇게 말하면 지연은 기분이 상할 것이고, 그 상한 기분을 풀기 위한 화살을 나림에게로 돌릴지도 몰랐다.

지연 같은 성격의 여자들을, 민혁은 잘 알고 있었다.

"회사 사람들이랑 다 같이 가는 거라면 모르겠는데, 단둘이 가는 건 좀 그렇다. 남들 보기에도 안 좋아 보일 거고."

"뭐야, 오빠. 그런 것도 신경 써?"

"아니, 네가 걱정이지. 여자가 남자랑 단둘이 여행 갔다고 하면 다들 안 좋게 보잖아. 여자 쪽에 더 피해가 크지 않나?"

"아아. 내 걱정해 준 거야?"

지연이 볼을 붉혔다.

그때였다. 사무실 문이 열리며 나림이 들어온 것은.

무심히 들어오던 나림은 자기 자리에 앉아 있는 지연을 보고 멈칫 했다.

"과장님 오셨다."

민혁의 말에 지연이 고개를 돌려 나림을 쳐다봤다.

나림은 아무 일도 없었다는 듯 사무실 문을 닫고 걸어 들어왔고, 지연은 미적미적 자리에서 일어났다.

"아, 좀 더 얘기하고 싶었는데. 그럼 나중에 얘기해, 오빠."

나림의 귀에도 들릴 만한 크기의 목소리로 말한 지연이, 나림을 향해 살짝 고개를 숙인 후 자기 자리로 돌아갔다. 나림은 의자에 앉았다. 지연이 한동안 앉아 있었는지 의자가 따뜻했다.

'무슨 얘기를 하고 있었던 거지?'

민혁과 대화를 하는 지연은 기분이 좋아 보였다.

'아니, 뭐. 별 얘기 아니었겠지. 회사에서 무슨 얘기를 하겠어.'

하지만 들어오자마자 보게 된 그 광경이 거슬렸다.

안 그래도 명호 때문에 기분이 안 좋았는데, 돌아오자마자 그런 모습을 목격하니 우울해졌다.

'내가 이렇게 질투가 많은 여자였을 줄이야.'

나림은 쓴웃음을 삼키며 컴퓨터를 켰다.

사실 민혁과 지연의 문제보다는 명호와 나누었던 대화가 더 신경이 쓰였다.

명호가 그런 식으로 생각하고 있을 줄은 몰랐다.

'감당을 할 수 있다니.'

명호와 사귈 당시만 해도, 나림의 집안에는 빚이 많았다.

처음부터 명호에게 그 사실을 털어놨던 것은 아니었다. 언젠가 밤을 지새워 일하는 나림에게, 왜 그리 열심히 일하냐고, 쉬엄쉬엄하라고 하기에 조심스럽게 이야기했었다.

갚아야 할 빚이 많아서 쉴 수가 없다고. 얼른 갚아 버리고 내

돈을 모으고 싶다고.

그걸 그런 식으로 받아들였을 줄은 몰랐다.

'싫다, 진짜.'

남자에게 기대는 여자가 되고 싶지 않았다.

연인에게 부담스러운 존재가 되고 싶지도 않았다.

동등한 입장에서 잘 사귀고 있다고 생각했던 것은 나림뿐이었던 모양이다.

'하긴, 그러고 보니…… 그 시기부터 명호 오빠가 계속 자기가 데이트 비용 부담하려고 했었지.'

신경을 써 주어서 고맙기는 하지만.

'그래도 싫어. 그런 식으로 연애를 하는 건. 민혁이한테도 그런 식으로 느껴지면 안 될 텐데.'

민혁에게 집안 이야기나 나의 사정을 이야기하는 건 자제하도록 해야겠다.

"과장님."

민혁이 나림을 불렀다.

"응?"

"저, 연차 문제로 여쭙고 싶은 게 있는데요."

"아아, 그래? 어떤 거?"

민혁이 나림의 책상 쪽으로 의자를 끌고 왔다. 너무 가깝지 않나 싶었는데, 민혁이 책상 위에 있던 볼펜을 집어 들었다.

"저, 신입인데도 연차 쓸 수 있어요?"

그렇게 질문을 하며, 민혁은 포스트잇에 무언가를 끄적끄적 적었다.

금요일에 가평 갈래?

"응, 연차 쓸 수 있어."
대답을 하면서 나림도 포스트잇에 답을 적었다.

-이렇게 갑자기?

그럼 예고할게. 금요일에 가평 가려고 하니까 긴장해.

웃음이 나왔다.
"원래 1년 일하면 연차가 15일이 생기는 건데, 지금도 쓸 수 있긴 해. 대신 내년까지 합쳐서 15일인 거야."
나림은 설명을 하며 답을 썼다.

-응, 긴장하고 있을게. 퇴근하고 얘기하자.

* * *

근무를 끝내고 애인인 미현과 저녁을 먹던 재훈은, 민혁에게 톡을 받았다.

민혁의 질문에 대한 답을 써 주며, 미현에게 말했다.

"민혁이가 애인이랑 가평에 갈 거래. 가평에 괜찮은 펜션이랑 놀 거리 추천해 달래서 번지 점프를 추천했어."

미현이 웃었다.

"난 저번부터 궁금한데, 자기가 얘기하는 그 민혁이라는 애. 정말로 내가 아는 정민혁이 맞는 거야?"

"어, 나도 안 믿기는데, 맞아. 그 정민혁이야."

"아하하하하. 말도 안 돼. 정민혁이 애인이랑 단둘이 여행을 가고, 그것도 모자라서 펜션이랑 놀 거리 추천을 받는다고? 그 정민혁이?"

"어, 그런 일이 벌어지기도 하더라. 세상은 요지경이야, 진짜."

"와, 정말 말도 안 돼."

미현이 고개를 절레절레 저었다. 재훈과 오래 사귄 만큼, 미현도 민혁과 자주 만났고 민혁의 여자 편력에 대해 잘 알고 있었다.

"대체 민혁이랑 사귀는 그 안쓰러운 여자는 누구래?"

"걔네 회사 과장님. 예쁜가 봐."

"예쁘다고? 민혁이가 그래?"

"어."

"와, 진짜?"

"뭐, 예쁘니까 좋아하게 됐겠지. 원래 남자는 예쁜 여자를 좋아하잖아."

"물론 그렇지. 그런데 그거 알아, 자기? 민혁이, 지금까지 여자를 보면서 예쁘다고 말한 적이 단 한 번도 없었어."

"아, 그러네?"

"걘 진짜 끝내주는 여자를 만나면서도 예쁘다는 말은 절대 안 했었어. 걔가 하는 최대의 칭찬은."

"나쁘지 않네."

"응, 그거. 나쁘지 않아. 그게 걔가 여자한테 하는 최고의 칭찬이었어. 그런데 예쁘다는 말을 했다고?"

"한 번 한 게 아냐. 계속해. 뭘 해도 예쁘대. 숨 쉬는 것까지 예쁜가 봐. 어떻게 그렇게 예쁘게 숨을 쉬는지 모르겠대."

"와. 살다 보니 별일이 다 생기네."

"그러게 말이다. 나는 정민혁이 나한테 연애 상담을 할 때마다 꿈꾸는 기분이야. 아직도 꿈같아."

"응, 나도 자기한테 그 얘기 들을 때마다 꿈꾸는 것 같아."

재훈과 미현이 꿈 같은 민혁의 연애에 대해 이야기를 하는 동안, 민혁은 나림에게 설명하고 있었다.

"가평, 번지 점프가 괜찮은가 봐. 높은 데 무서워해?"

* * *

남자 친구와 헤어져 집으로 걸어가던 나현은, 익숙한 뒷모습을 보고 걸음을 빨리했다.

"형부!"

나현의 부름에 그 인물이 천천히 뒤로 돌아섰다.

명호였다.

오랜만이기는 했지만 뒷모습만 봐도 명호라는 걸 알 수 있었다. 나림과 사귈 때 집에 자주 놀러 왔었기 때문이다.

"처제."

명호가 빙그레 미소를 지었다.

명호에게는 나현의 또래 남자들이 갖지 못한 여유와 성숙미가 있었다.

다시 봐도 우리 형부는 참 멋지다.

"우와, 형부. 오랜만이에요. 잘 지냈어요?"

"응, 잘 지냈지. 처제는 잘 지냈어?"

"아니요. 요새 취업 준비 중이에요. 완전 힘들어요, 취업."

"그래, 요새 일자리가 많이 부족하긴 하지. 고생이 많네."

"그런데 여긴 어쩐 일이에요? 우리 언니 만나러?"

"아, 그런 건 아니고…… 나림이한테 무슨 얘기 들은 거 없어?"

"얘기요? 음."

나림과 명호가 명호의 해외 발령 때문에 헤어진 것은 알고 있었다. 얼마 전에 명호의 부탁으로 엄마가 자리를 마련해서 만나게 된 것도. 하지만 그 이후로는 어떻게 됐는지 듣지 못했다.

나림은 자기 얘기를 별로 안 하는 편이었다.

"글쎄요. 형부, 우리 언니랑 다시 사귀기로 한 거예요?"

"아니, 아직."

"아, 그래요? 우리 언니가 튕기나?"

"글쎄. 그런가?"

명호가 씁쓸하게 웃었다.

그 씁쓸한 미소마저도 멋졌다.

역시 이 사람이 우리 형부가 되는 게 좋겠어.

"언니는 뭐해?"

"아, 언니. 오늘 새벽에 친구들이랑 같이 놀러갔어요. 가평에 간다던데."

"친구들이라면 그 고등학교 때 친구들?"

"그렇겠죠? 아, 형부. 여기서 이러지 말고 들어오세요. 엄마랑 같이 저녁 먹어요."

"아, 괜찮아."

"에이, 뭐 어때요. 우리 사이에."

나현이 명호의 팔을 잡아끌었다. 명호는 못 이기는 척 나현을 따라 집 안으로 들어갔다.

엄마가 명호를 반갑게 맞이했다.

"어휴, 나림이 아빠도 있었으면 좋았을 텐데. 그 양반이 요새 주말마다 너무 바빠. 우리 윤 서방, 뭐 먹고 싶은 거 있나?"

이런 분위기를, 명호는 좋아했었다.

명호의 집안은 서로를 챙겨 주는 분위기가 아니기 때문에, 나림의 집에 올 때마다 그들이 보여 주는 관심과 애정이 무척이나 좋았다.

짐이라고 생각한 적 없다. 그저 나림을 사랑하기에, 나림의 집 안에 있는 문제들도 전부 안고 가겠다고 결심했을 뿐이었다.

그것을 가지고 나림이 그렇게까지 화를 낼 줄은 몰랐다.

싫다는 여자에게 들러붙는 남자만큼 매력이 없는 남자는 없다는 것을 알고 있다.

하지만 나림은 어떻게 해서든 놓치고 싶지 않은 여자였다. 해외 생활을 하며 나림을 잊은 적이 단 한 번도 없었다. 나림 또한 그러리라고, 제멋대로 생각했었다.

'내 착오였어. 나림이 같은 여자를, 주위 남자들이 그냥 놔둘 리 없는데.'

나림에게는 첫눈에 반했다.

나림은 모르겠지만, 대학생 때부터 명호는 나림을 알고 있었다.

똑똑한 후배.

전액 장학금을 타는 후배.

예쁜 후배.

나림이 입학한 후, 간간이 들려오는 나림에 대한 소문들. 다른 과인데도 그녀에 대한 이야기를 심심치 않게 들을 수 있었다.

그걸 듣고서 나림을 좋아하게 된 건 아니었다.

어느 날엔가, 교문을 통과하고 있을 때였다.

어느 할머니가 교문 앞을 두리번거리고 있는데, 아무도 할머니에게 신경을 쓰지 않았다. 명호도 무심히 할머니를 지나쳤는데, 뒤에서 목소리가 들려왔다.

"할머니, 누구 찾아오셨어요?"

여자치고는 한 톤 낮은 허스키한 음성이 무척이나 상냥해서, 명호는 걸음을 멈추고 뒤를 돌아봤다.

할머니의 눈높이를 맞춰 허리를 기울인 나림이 있었다. 청바지에 회색 후드티셔츠를 입고, 머리를 포니테일로 질끈 묶은 나림은 해사한 미소를 지으며 할머니의 이야기를 들었다. 그러더니 할머니의 팔짱을 끼고 어딘가를 향해 걸어가기 시작했다.

그녀의 모습에서 눈을 뗄 수가 없었다.

그녀가 완전히 사라질 때까지, 우두커니 그곳에 서서 그녀의 뒷모습을 지켜봤다.

그때부터였다.

최나림이라는 여자를 마음에 두고, 이 눈동자가 언제나 그녀를 찾아 헤매게 되었던 것은. 그녀도 같은 회사에 입사하게 되었다는 것을 알게 되었을 때는, 운명이라고 생각했다.

이윽고 그녀와 사귀게 되었을 때, 명호는 세상을 다 가진 기분이었다.

짝사랑은 상대에 대한 망상을 만들어 내서, 짝사랑이 이루어지면 오히려 상대의 현실적인 모습에 실망하게 된다고들 한다.

하지만 명호는 나림과 사귀면서 그녀에게 실망한 적이 단 한 순간도 없었다. 간혹 그녀의 냉정함과 칼처럼 잘라 내는 성격 때문에 가슴이 아픈 적은 있었지만, 그걸 제외하면 나림은 완벽했다.

그래서 그녀와의 평생을 꿈꿨다.

'나림이는 왜 그런 녀석이랑 사귀는 거지?'

나림에게 연인이 생겼다는 것을 알게 됐을 때는 갈등했다.

여기서 접어야 하나.

이 마음 어떻게든 없애야 하나.

사랑하는 여자가 나 때문에 곤란해하는 모습을 보고 싶지 않았다.

나림이 행복하다면 그걸로 됐다고 생각하며 마음을 정리하려고 했던 그때에, 목격했다.

민혁이 다른 여자와 팔짱을 끼고 가는 모습을.

'그 여자, 분명 나림이네 팀이었던 것 같은데. 임지연이었나?'

남자들이 좋아할 것 같은 귀여운 얼굴에, 몸매가 좋은 여자였다.

회사 복도를 걸어가는 둘의 모습을 발견하는 순간, 명호는 제 눈을 의심했다.

'어떻게 한 회사 여자랑 그럴 수가 있지?'

좋은 남자가 아니라고 확신했다. 여자관계가 복잡한 남자는 제 여자에게 상처를 주는 법이다. 그런 남자에게 나림을 빼앗기고 싶지 않았다.

'그 녀석은 나림이를 감당하지 못해. 나림이의 매력도 제대로 모를 거야. 그러니까 내가.'

나만이 나림을 행복하게 해 줄 수 있다.

*　*　*

어쩌다 보니 커플 여행이 되었다.

민혁에게 가장 친한 친구가 있는데, 그 친구의 이름이 송재훈이고 오래 사귄 연인이 있다는 말을 들은 것이 목요일의 일이었다.

둘은 조만간 결혼을 할 것 같다고 했고, 재훈에게 여러 가지로 연애 상담을 하기도 했다고 했다.

"나중에 한 번 같이 만나자. 좋은 녀석이야."

"응, 그래."

"아, 여행을 같이 갈까? 걘 커플 여행 자주 다녀 봐서 뭘 해야 재미있는지 알 텐데."

"넌 안 가 봤고?"

"응, 난 누나가 처음이야."

그렇게 말하며 해사하게 웃는 민혁이 몹시도 사랑스러웠다.

애인의 친구와 여행을 가는 게 어떨지는 알 수 없지만, 민혁이 그토록 좋아하는 친구라면 함께해도 좋겠다는 생각이 들었다.

그래서 커플 여행이 되었다.

민혁의 친구니까 민혁과 비슷한 분위기일 줄 알았는데 아니었다. 재훈은 민혁과 달리 평범하고 단정하고 좀 더 어른스러워 보였다.

민혁과 티격태격하는 모습을 보면 꼭 성숙한 것만은 아니구나, 싶었지만.

마트에서 어떤 술을 마실까를 두고 말싸움을 하는 두 남자의 모습을 보며, 미현이 말했다.

“남자들은 아무리 나이를 먹어도 애래요.”

“그러게요.”

“언니, 진짜로 말 놓으셔도 돼요.”

“미현 씨도 말 놓으면요.”

“언니가 먼저 놓으시면 저도 놓을게요.”

미현도 성격이 좋아 보였다.

말을 놓네, 어쩌네를 두고 한참 입씨름을 하다가 결국 나림이 먼저 말을 놓았다. 그 즈음엔 장보기도 거의 마무리 단계였다.

“이걸 다 먹게? 이틀 동안?”

카트에 음식과 술이 수북이 담겨 있었다.

“누나, 뭘 모르네. 원래 펜션에 놀러 가면 할 수 있는 일은 딱 두 개야.”

재훈이 검지를 펼쳤다.

“고기 먹기.”

재훈이 중지를 펼쳤다.

“술 마시기.”

“먹고, 마시고, 죽자는 각오로 가는 거지.”

미현이 제 남친을 거들었다.

“호오. 그런 거였군.”

민혁이 감탄했다.

그리고 나림은.

"아, 그래. 나는 놀러 갈 때 죽을 각오를 해야 하는지는 몰랐네."

시니컬했다.

아무리 봐도 한 달은 먹을 수 있을 것 같은 음식과 술을 다 사서 차에 싣고 가평을 향해 달렸다. 운전은 민혁이 했다.

주말이라 조금 막히기는 했지만, 점심이 되기 전에 숙소에 도착했다. 수영장이 딸린 펜션이었다.

"방은 두 개 잡았는데, 밥 먹을 땐 너네 방에서 먹자."

민혁이 재훈을 가리키며 말했다.

"너, 설거지하기 싫어서 그러지?"

미현이 예리하게 지적했다.

"에이, 난 설거지하는 걸 세상에서 제일 좋아하는 남자야. 왜 이러셔."

"제일 좋아하긴. 나림이 언니 앞에서만 좋아하는 거겠지. 게을러 빠져서는."

"아냐, 누나. 저 말 믿지 마. 걔, 저거, 나 모함하는 거야."

친구들과 함께 있을 때의 민혁은, 회사에 있을 때나 나림과 단둘이 있을 때와는 또 달랐다. 그런 민혁의 모습도, 나림은 좋았다.

재훈, 미현의 방에서 간단하게 점심을 먹기로 했다.

점심 메뉴는 라면과 볶음밥, 소시지야채볶음이었다.

요리는 남자들이 했고, 미현과 나림은 방에 누워 수다를 떨었다.

"언니, 민혁이가 언니를 진짜 많이 좋아하는 것 같아."

"그래?"

"응. 재훈이한테 허구한 날 자랑한대. 언니, 예쁘다고."

"아, 진짜?"

얼굴이 붉어졌다.

"물 마실 때도 예쁘고, 일할 때도 예쁘고, 밥 먹을 때도 예쁘고, 게임할 때도 예쁘고, 숨 쉴 때도 예쁘대."

"뭐야, 그게. 아하하."

"민혁이랑 알고 지낸 지 거의 10년이 다 되어 가는데, 나 재가 누구 예쁘다고 하는 소리는 처음 들었어."

"하지만 민혁이는…… 여자가 많았잖아."

"여자, 음. 많았다고 해야 하나? 인기가 많긴 했지. 딱 보면 여자들이 좋아할 것 같은 타입이잖아. 잘생겼고 키도 크고 어깨도 떡 벌어졌고. 게다가 순진해 보이고."

"응, 순진해 보이지. 저 순진한 눈에 속아 넘어가는 여자들도 많을 거야."

"아하하하. 맞아, 맞아. 그런데 언니. 진짜야. 민혁이는 누구도 좋아한 적 없어. 재가 누굴 좋아하는 거, 누구한테 예쁘다고 하는 거, 언니가 처음이야."

"그렇구나."

민혁이 하는 말들 중 대부분은 큰 의미 없는 말일 거라고 생각했었다. 어느 여자에게나 하는 말을, 내게도 하는 것일 뿐이라고. 그렇게 어느 정도 마음의 벽을 치곤 했었다. 그랬던 것이 미안할 정도로, 민혁이 하는 말들은 진심이었나 보다.

"언니랑 민혁이랑 정말 예쁘게 잘 사귀었으면 좋겠어. 민혁이가 요새 정말 행복해 보여."

"난 민혁이한테 해 주는 것도 없는데."

"해 주는 게 없긴. 예쁘잖아. 나는 세상에서 제일 예쁜 여친을 가졌다, 라고 자부심 갖게 해 주면 됐지, 뭐."

"아하하하."

그런 이야기를 하고 있을 때였다.

나현에게서 메신저가 온 것은.

아무 생각 없이 휴대폰을 확인한 나림은, 첨부된 사진을 보고 눈을 부릅떴다.

엄마와 나현, 그리고 명호가 식탁에 단란하게 앉아 점심을 먹는 사진이었다.

[형부랑 밥 먹는 중.]

[언니는 잘 도착했어?]

[재미있어?]

나림은 대답할 생각도 하지 못하고 사진을 노려봤다.

사진의 배경은 나림의 집이었다.
심장이 철렁 내려앉았다.
"언니, 표정이 왜 그래? 무슨 일 생겼어?"
미현이 의아하다는 듯 물었다.
나림은 황급히 휴대폰 화면을 끄고 애써 웃었다.
"어, 아니. 동생이 잘 도착했냐고 해서."
"아, 그래? 표정이 너무 안 좋아서 회사에 일이라도 터졌나 했어."
"아니야. 주말에는 회사 연락 잘 안 받아."
회사 일보다 더 큰 게 터졌다.
나의 옛날 애인이 내 집에서 가족들과 점심을 먹고 있다.
그것보다 최악인 상황이 어디에 있을까.
당장 서울에 올라가 명호를 집에서 끌어내고, 엄마와 동생에게 소리를 지르고 싶었다.
이런 짓 좀 관둬!
윤명호랑 나는 이미 헤어졌어! 무슨 짓을 해도 다시 사귈 일 없어! 우리는 이제 아무 관계도 아니라고!
숨이 막혀 왔다.
"밥 다 됐어. 나와서 먹어."
민혁의 목소리가 들려와 정신을 차렸다.
나림은 미현과 함께 거실로 나갔다.
식탁 위에는 여러 채소를 넣어서 만든 볶음밥과 매콤해 보이는 소시지야채볶음, 냄새 좋은 라면이 놓여 있었다.

"으아, 배고프다."

"얼른 먹자."

숟가락을 들고 볶음밥을 입에 넣었다.

민혁이 만든 요리는 맛있겠지만, 나림은 맛을 느낄 수가 없었다. 생각은 온통 나현에게 받은 메신저에 가 있었다.

'대체 왜 명호 오빠가 우리 집에서 밥을 먹고 있는 거지?'

명호가 집으로 찾아온 걸까?

'명호 오빠는 정말 왜 그러는 거야?'

이해할 수가 없었다.

몇 번이나 분명하게 선을 그었다. 애인이 생겼다고도 말했고, 민혁과 둘이서 은밀한 스킨십을 주고받다가 비상계단으로 나오는 모습도 목격 당했다. 거짓말로 애인인 척하는 게 아니라는 것쯤은, 명호도 알고 있을 것이다.

'명호 오빠가 그런 사람이었나?'

맺고 끊음이 나림보다 더 분명한 사람이라고 생각했었다. 이별을 받아들이지 못하고 이런 식으로 행동할 줄은 꿈에도 몰랐다.

3년 전 연애했던 남자가 아닌 다른 사람을 대하는 기분이었다.

밥을 다 먹은 후에는 펜션에 딸린 수영장으로 물놀이를 하러 나갔다. 날씨가 더워서 물이 따뜻했다.

넓지 않은 수영장이라 그리 재미있지 않을 줄 알았는데 즐거웠다. 재훈과 미현 커플이 준비해 온 튜브를 끼고 물놀이를 하다

보니, 명호에 대한 걱정도 차츰 흐려졌다.

해가 점점 저물어갔고, 재훈과 미현이 먼저 피곤하다며 씻고 저녁 준비하겠다고 방으로 돌아갔다.

수영장에는 나림과 민혁만 남아 있었다.

민혁이 나림을 뒤에서 끌어안았다. 젖은 몸에 느껴지는 그의 체온이 따스했다. 나림은 머리를 뒤로 기댔다.

"누나, 괜찮아?"

순간 민혁이 나현이 보낸 사진을 눈치채고 묻는 줄 알았다.

"어? 뭐가?"

"내 친구들이랑 여행 온 거."

"아아, 그거. 응, 괜찮아. 다들 성격 좋더라. 재훈이도, 미현이도."

"그렇지? 애들이 진짜 괜찮아."

민혁의 표정이 밝아졌다. 나림이 불편할까 봐 걱정하고 있었나 보다. 민혁은 알면 알수록 괜찮은 남자였다. 의외로 배려심도 있고 섬세하다.

나림의 배 위에 놓여 있던 민혁의 손이 슬그머니 가슴 쪽으로 올라왔다.

"누가 봐."

"괜찮아, 물 속이라 안 보여."

민혁이 나림의 가슴을 주무르며 말했다.

"네 가슴 만지는 거 좋아."

민혁이 나림의 목덜미에 입을 맞추며 말했다. 그의 숨결이 뜨거웠다. 나림은 망설이다가 손을 뒤로 뻗어, 그의 사타구니 사이로 가져갔다. 그의 물건이 그새 단단하게 부풀어 있었다.

"이건 언제 이렇게 커졌대?"

"난 너랑 같이 있으면 자주 커져."

"색마."

"응, 맞아. 나는 색마야."

그가 부푼 페니스를 나림의 엉덩이에 눌러 왔다.

"하지만 너도 좋아하잖아."

"그렇게까지 좋아하진 않거든."

"거짓말쟁이."

그가 입고 있던 바지 지퍼를 내려 자신의 물건을 꺼냈다. 그리고 나림이 입고 있는 짧은 바지를 들어 올려 허벅지 안쪽 살에 페니스를 문질렀다. 차가운 물속에서 그의 페니스가 유독 뜨거웠다. 천천히 문지르던 그는, 나림의 팬티를 옆으로 걷어 내더니 예고도 없이 페니스를 밀어 넣었다.

"읏!"

"조용히 해. 누가 들어."

"그럼 이런 짓을 하지 마."

"할 거야."

그가 물속에서 천천히 허리를 움직였다.

둘의 주위를 에워 싼 물이 민혁의 움직임에 맞춰 찰랑찰랑 물

결을 만들어 냈다.

그의 물건이 빠져나갔다가 찌르고 들어올 때마다, 나림은 잔숨을 뱉어 냈다. 그의 느릿한 움직임 때문에, 안을 가득 채운 그의 물건이 더 또렷하게 느껴졌다.

얼마나 그렇게 서로의 체온을 느끼고 있었을까.

드륵―!

재훈의 방 창문이 열리고, 재훈이 고개를 내밀었다.

나림은 입을 꽉 다물고 숨을 멈췄다.

민혁도 움직임을 멈췄다.

"어이구야, 아주 대단들 하네. 그새를 못 참고 딱 달라붙어 있어?"

다행히 재훈은 물 아래의 상황을 눈치채지 못한 것 같았다.

"상추랑 깻잎 다 씻었어. 고기만 구우면 돼."

"아, 그래."

민혁이 대답했다.

"주인 아저씨한테 바비큐 준비해 달라고 했어. 된장찌개도 끓일까?"

"어, 끓여 놔 줘."

대답하면서 민혁이 슬그머니 허리를 뒤로 빼냈다. 그래서 다 빼낼 줄 알았는데.

"감자도 꼭 넣어라!"

민혁은 그렇게 덧붙이며 다시 허리를 나림에게 붙였다.

그의 물건이 깊은 곳으로 콱 찌르고 들어왔다.

나림은 이를 악물고 신음을 참았다. 그의 물건을 안에 담고 있다는 것을 재훈에게 들키지 않기 위해 표정 관리도 해야만 했다.

누군가를 눈앞에 두고 이런 행위를 한다는 사실에 몸이 달았다.

'어떻게 해. 들키면 안 되는데.'

그런 초조함이 근육을 긴장시켰고, 그래서 그의 것이 더 크게 느껴졌다.

"그놈의 감자 타령. 얼른들 나와서 씻고 저녁 먹을 준비나 해. 된장찌개 금방 만드니까."

"알겠어."

재훈이 다시 안으로 들어가 창문을 닫기까지의 시간이 영원처럼 길게 느껴졌다.

탁―

창문이 닫히자마자.

"하아!"

나림은 참고 있던 숨을 토해 냈다.

"야, 정민혁!"

나림은 몸을 획 돌렸다.

민혁이 장난스럽게 웃기에 얄미워서 그의 볼을 꼬집었다.

"너, 너. 이럴래, 정말?"

"왜? 엄청 느끼는 것 같던데."

"아니거든?"

"아니긴. 엄청 조이더라."

"으으."

"아, 귀여워."

민혁이 웃으며 나림을 끌어안았다.

그의 손이 나림의 머리를 소중하게 쓰다듬었다.

"들킬까 봐 걱정했어?"

"당연히 걱정하지! 다른 사람도 아니고 네 친구잖아. 걸리면 앞으로 재훈이 얼굴을 어떻게 봐?"

"어떻게 보긴. 당당하게 보면 되지. 성인 남녀가 섹……."

나림이 얼른 손을 들어 민혁의 입을 막았다.

"여기 우리만 있는 거 아니거든? 노골적인 말 좀 하지 말아 줄래?"

민혁이 고개를 끄덕이는 걸 확인하고야, 나림은 손을 내렸다.

"넌 정말 못됐어."

"하지만 이건 전부 네 탓이야."

"대체 왜?"

"네가 너무 섹시하니까 참을 수가 없잖아."

"으이그. 하여간 말은 잘해요."

나림은 투덜거리며 수영장 밖으로 나왔다.

그와 함께 욕실에 들어가 씻고 바비큐 장소로 향했다.

재훈과 미현이 이미 나와서 고기를 굽고 있었다.

두툼한 삼겹살과 소시지가 불판 위에서 자글자글 익어 가며 맛있는 냄새를 풍겼다.

"둘이서 다 준비하게 해서 미안해."

"에이, 괜찮아, 언니. 누가 준비하면 뭐 어때."

미현이 서글서글하게 말했다.

나림은 내일 식사는 우리가 준비해야겠다고 결심했지만, 민혁은 고기 굽기에 대해 잔소리를 하다가 재훈과 미현에게 욕을 먹고, 집게와 가위를 넘겨받았다.

"내가 굽는 고기가 세상에서 제일 맛있긴 하지."

민혁이 그리 말하며 구워 준 삼겹살은 육즙이 적당히 베어 맛있었다. 저녁을 먹으며 술도 마셨기에, 자리가 생각보다 길어졌다.

밤 11시가 넘었을 때에야 술자리를 끝내고 각자의 방으로 돌아갔다.

나림은 딱 좋을 정도로 취했다.

이렇게 즐거운 술자리는 오랜만이었다.

"오늘 괜찮았어?"

민혁이 물었다.

민혁의 얼굴도 술기운이 올라 발그레 물들어 있었다.

"응, 정말 즐거웠어. 네 친구들, 정말 편하고 좋다."

"다행이다, 즐거웠다니."

민혁이 나림을 끌어안았다.

"나도 즐거웠어. 같이 여행 오니까 진짜 좋아."

"응, 나도."

"서울에서 만날 때랑은 좀 다른 기분이야."

"그러게 말이야."

민혁은 나림을 끌어안은 채로 침대를 향해 걸음을 옮겼다.

나림을 침대에 눕힌 민혁이 그 옆에 누워, 나림을 향해 몸을 돌렸다. 팔을 베고 나림의 얼굴을 물끄러미 응시하던 민혁의 입가에 다정한 미소가 떠올랐다.

"꿈 같아."

"뭐가?"

"이렇게 예쁜 여자가 내 애인이라는 거."

"아하하하. 콩깍지가 제대로 씌었네."

"콩깍지 아냐."

민혁이 짐짓 진지한 어투로 말했다.

"넌 정말 예뻐. 반짝반짝 빛이 나."

문득 미현이 해 준 말이 떠올랐다.

"물 마실 때도 예쁘고, 일할 때도 예쁘고, 밥 먹을 때도 예쁘고, 게임할 때도 예쁘고, 숨 쉴 때도 예쁘대."

민혁의 눈동자에 담뿍 담긴 애정을 보니, 미현이 그저 듣기 좋으라고 한 소리가 아니라는 걸 알 수 있었다.

나림은 손을 뻗어 민혁의 눈가를 살며시 문질렀다.

"피곤하지? 오늘 운전하고 그러느라."

"아냐, 괜찮아."

"얼른 자."

"너랑 산책하고 싶었는데."

"내일 일찍 일어나서 하면 되지. 많이 피곤해 보여."

"응, 좀 졸리긴 하네."

나림은 팔을 뻗어 민혁의 머리를 보듬어 안고, 그의 머리칼을 쓰다듬었다. 보드라운 머리카락이 손가락 사이로 오소소 흘러내리는 느낌이 좋았다.

"아, 향기 좋다."

민혁이 중얼거렸다.

그의 콧김이 목덜미를 간질여, 나림은 잠깐 키득키득 웃었다.

얼마나 그렇게 그의 머리를 쓰다듬고 있었을까.

민혁의 숨결이 새근, 새근 고르게 바뀌었다.

잠이 든 모양이다.

나림은 쓰다듬는 손길을 멈추고 조심스럽게 그가 베고 있는 팔을 빼냈다.

조금 떨어져 누워, 잠든 그의 얼굴을 살펴봤다.

반듯한 이마와 오뚝한 코, 짙은 눈썹 아래에 자리 잡은 기름한 눈. 눈꺼풀에 옅게 나 있는 쌍꺼풀 선까지도 사랑스러웠다.

"너도 예뻐."

한 번도 하지 않았던 말을 속삭였다.

"너도 참 예뻐, 민혁아."

그가 나를 예쁘다고 해 주니, 내가 정말 예뻐지는 것만 같은 기분이 들었다.

이 세상에서 제일 예쁜 사람을 보는 듯한 그의 눈빛에, 우쭐해지기까지 했다.

"사랑해."

나림은 작게 속삭이고, 그의 손을 잡았다.

체온이 낮은 나림에게 그의 손은 무척이나 따뜻했고, 그 따스함이 편안해서 깜짝 놀랄 만큼 빠르게 잠이 들었다.

* * *

야한 꿈을 꾸었다.

민혁이 전신을 꼼꼼히 애무해 주는 꿈이었다.

꿈속인데도 현실처럼 생생한 오르가즘을 여러 번 느끼다가 잠에서 깨어났는데, 유두 부근에서 달콤한 전율이 시작되고 있었다.

아직 꿈속인 걸까.

비몽사몽간에 고개를 숙였더니, 복슬복슬한 머리카락이 보였다.

"하아……."

숨을 토해 내며 머리카락의 주인을 끌어안았다.

"깼어?"

그가 나림의 유두를 입 안에 넣은 채로 물었다.

"읏!"

"자면서도 느끼더라. 야한 몸이야, 역시."

"아, 민혁아."

오랫동안 애무를 받은 모양이다.

유두는 단단하게 일어서 있었고 굉장히 예민해진 상태였다. 그가 말할 때마다 내뱉는 숨결만으로도 저릿저릿했다.

분명 옷을 입고 잤던 것 같은데, 지금 나림과 민혁은 알몸이었다. 살갗에 닿는 그의 피부가 뜨거웠다.

그는 혀끝을 세워 유륜 주위를 따라 빙글빙글 돌리다가 유두를 살짝 깨물고 빨아들였다. 나림의 허벅지 안쪽 살을 쓰다듬던 그의 손이 질 입구를 더듬었다.

충분히 젖었다는 걸 확인한 민혁이, 나림을 모로 돌아 눕혔다. 그 자세로, 민혁은 자신의 페니스를 나림의 안에 밀어 넣었다.

젖은 몸은 무리 없이 그의 물건을 받아들였다.

민혁은 나림의 가슴을 주무르며 천천히 허리를 움직였다.

"아……."

민혁의 페니스가 깊은 곳을 찌를 때마다, 나림은 작은 신음을 뱉어 냈다.

커튼 사이로 들어오는 새벽빛에 감싸인 나림의 나체는 희고 아름다웠다. 적당한 크기의 모양 좋은 가슴이, 민혁의 움직임에 따라 출렁출렁 움직였다.

민혁의 손가락이 나림의 유두를 살살 돌렸고, 다른 손은 나림의 클리토리스를 자극했다. 부푼 클리토리스가 손가락의 자극에 민감하게 반응했다. 나림의 허리도 민혁의 움직임에 맞춰 리드미컬하게 움직이기 시작했다.

한참 그렇게 움직이던 민혁이 갑자기 몸을 쑥 빼내더니, 나림을 엎드리게 만들었다.

"세게 할 거야."

경고하듯 말한 민혁이, 나림의 머리를 꾹 눌렀다.

나림은 엉덩이만 위로 들어 올리고, 머리와 가슴은 바닥에 붙인 자세가 되었다. 나림의 은밀한 부위가 민혁의 눈앞에 고스란히 드러났다. 나림이 창피해서 엉덩이를 내리려고 했지만, 민혁이 그녀의 엉덩이를 가볍게 때렸다.

"엉덩이 들어."

그가 명령조로 말했다.

나림은 아랫입술을 잘근 깨물며 엉덩이를 들어 올렸다. 그의 시선이 둔부에 닿아 있는 것이 느껴졌다. 그가 내 은밀한 속살을 감상한다는 것이 부끄러웠다. 나조차 본 적 없는 그곳이 그의 앞에 훤히 드러나 있다.

그는 한참 동안 나림을 그 자세로 유지하게 만들고 감상했다.

더는 견딜 수가 없어서 입을 열었다.

"저기, 민혁아."

"소리 내지 마."

그가 말했다.

"소리 내지 말고 참으면, 빨리 끝내 줄게."

"뭐……."

냐고 묻기 전에, 그의 물건이 푹 찌르고 들어왔다.

"으윽!"

엎드린 자세라서 그의 것이 들어와 찌르는 부위가 달라졌다. 나림은 저도 모르게 비명 같은 신음을 내뱉었다.

그가 페니스를 꾸욱 밀어 넣으며 말했다.

"이번 한 번은 봐줄게. 이제부터 소리 내면 안 끝내 줄 거야."

아무래도 나림의 몸은 잠을 자면서 한 번 오르가즘을 느낀 것 같았다. 몸은 평소보다 예민했고, 자세 때문에 그의 물건이 유독 선명하게 느껴졌다.

소리를 내지 않을 수 없겠다고 생각했지만, 나림은 아랫입술을 꽉 깨물고 베개를 움켜쥐었다.

나림이 소리내지 않을 준비를 하는 걸 확인한 민혁이 씩 웃더니, 허리를 움직였다.

그는 작정한 듯 처음부터 강하고 빠르게 움직였다.

끝까지 빠져나간 그의 물건이 깊이 찔러 들어오는 속도가 평소보다 빨랐다. 그 움직임에, 눈물이 나올 정도로 자극을 받았다.

몇 번이나 터질 뻔한 탄성을 꿀꺽, 꿀꺽 힘겹게 삼켰다.

자꾸만 아래로 내려가는 나림의 엉덩이를, 민혁이 두 손으로 붙잡아 들어 올렸다.

그는 나림의 어느 부위를 자극해야 그녀가 오르가즘을 느끼는지 알고 있었다. 그의 움직임이 점점 더 빨라졌다.

그리고 나림은, 결국 참지 못하고 소리를 내질렀다.

"아, 아아! 아아아!"

절정이 전신을 에워쌌다.

달콤한 쾌감이 아랫배에서부터 머리끝, 발끝까지 퍼졌다. 나림의 엉덩이가 움찔움찔했고, 등이 바르르 떨리는 모습을 민혁은 즐겁게 감상했다.

온몸을 휩쓴 오르가즘에 정신을 못 차리는 나림의 귀에, 민혁의 나직한 음성이 들려왔다.

"이런, 소리를 냈네."

"아, 민혁아…… 자, 잠깐만. 제발……."

"안 끝내 줄 거야."

그가 짓궂은 소년처럼 장난스럽게 말했다.

말투와 달리 내용은 진심이었다.

그는 멈추지 않았고, 나림은 몇 번이나 절정을 느꼈다. 세 번째인가, 네 번째에는 이러다가 기절할 것 같다는 생각이 들 정도였다.

이윽고 민혁도 절정을 느끼고 쓰러지듯 나림의 뒤를 덮치며 누웠다.

나림은 헐떡거리며 그의 품에 파고들었고, 민혁은 나림을 보듬어 안고 그녀의 이마에 입을 맞췄다. 귀여워 죽겠다는 듯 몇 번이나.

나, 사랑 받고 있구나.

힘들어서 죽을 것 같은 와중에도 그런 생각이 들었다.

나, 이 남자에게 사랑을 받고 있구나.

가슴이 벅찼다.

나림은 그의 가슴에 얼굴을 묻었다.

"민혁아."

"응?"

"너, 정말 못됐어."

그가 낮게 웃었다.

"응, 알아."

"아, 정말 죽을 뻔했어."

"안 죽어, 이 정도로는."

"난 죽을지도 몰라."

"안 돼. 어떻게든 버텨서 살아남아야 돼. 난 누나 없이 못 사니까."

"잘 살 거면서."

"아냐, 정말로."

그가 나림을 꽉 끌어안았다.

“이젠 정말 너 없이 못 살겠어.”

*　*　*

번지 점프를 하자고 했다.
어째서인지 민혁은 우쭐해했다.
“난 높은 데 안 무서워하거든.”
“해 본 적은 있어?”
“없지. 하지만 군대도 다녀왔고. 번지 점프쯤이야.”
“흐응.”
“무서우면 말해. 내가 꼭 안아 줄게.”
여행을 오기 전에 민혁이 물었었다.
높은 데를 무서워하느냐고.
특별히 무서워하지는 않지만, 전에 산에 올라갔을 때 낭떠러지 아래를 봤더니 무서웠더라고 말했다.
그래서 민혁은 나림에게 고소공포증이 있다고 믿는 것 같았다.
‘딱히 높은 데를 무서워하는 건 아닌데.’
하지만 우쭐해하는 민혁이 귀여웠기 때문에, 구태여 그 부분을 지적하지 않았다.
재훈, 미현 커플은 저번에 해 본 적이 있어서 이번에는 안 할 거라고 했다.
“우리가 영상 찍어 줄게.”

"파이팅!"

둘의 응원을 들으며 번지 점프대로 향했다.

아래에서 안전에 대한 주의사항을 들은 후, 장비를 매고 위로 올라갔다.

"무서우면 나한테 딱 붙어 있어. 내가 꼭 안아 줄게."

신이 나서 떠들던 민혁은 위로 올라갈수록 말이 없어졌다.

나림은 민혁의 말을 흘려들으며, 승강기 밖으로 보이는 정경을 감상하고 있었기에, 그러한 민혁의 변화를 눈치채지 못했다.

이윽고 가장 높은 곳에 도착한 승강기의 문이 열렸다.

승강기에서 내렸을 때에야 민혁의 얼굴에서 핏기가 가셨다는 것을 깨달았다.

걱정스러운 마음에 민혁의 팔에 살며시 손을 얹으려는데, 민혁이 소스라치게 놀랐다.

"으앗!"

"민혁아, 괜찮아?"

"어? 아, 어. 괜찮지, 그럼."

전혀 괜찮지 않아 보이는 얼굴로, 민혁이 말했다.

"정말 괜찮은 거 맞아? 무서우면……."

"에이, 무섭다니. 나림아, 난 고소공포증 없다니까."

누가 봐도 고소공포증이 있는 얼굴로, 민혁이 말했다.

"그렇다면 다행이지만 무리할 거 없어, 민혁아. 나는 안 뛰어도 돼."

"아냐, 나 진짜로 괜찮아. 무서우으아아아아아!"

마침 불어온 바람에 민혁이 비명을 지르는 걸, 나림도, 직원도 어이없다는 표정으로 지켜봤다.

"으아하하. 바람이 참 세네."

민혁이 비명을 웃음으로 승화시키며 말했다.

나림은 민혁의 손목을 조심스럽게 잡고(그 순간에도 민혁은 움찔 몸을 떨었다.) 말했다.

"민혁아. 높은 곳을 무서워하는 건 부끄러울 일이 아니야. 무서운데 괜히 도전했다가 문제 생기는 것보다는 지금 말하고 그만두는 게 좋아."

아이에게 설명하듯 조곤조곤 이야기했다.

민혁이 애써 웃으며 나림의 어깨에 팔을 둘렀다.

"나림아."

민혁이 나림과 눈을 맞췄다.

그의 검은 눈동자가 하염없이 떨리고 있었다.

"난 하나도 안 무서워."

"아아, 그러셔."

"무서우면 나한테 매달려도 좋아."

"아아, 그러셔."

"하자, 번지 점프."

이 고집을 어찌 꺾겠는가.

결국 두 사람은 어떻게 안고 뛰어야 하는지 교육을 받고 뛰어

내렸다.

뛰어내리는 동안 들려오는 민혁의 비명 소리를 들으며, 인간이 이렇게까지 소리를 지를 수 있구나, 하고 새삼 감탄했다.

나중에 휴게소에 들렀을 때 이 일에 대해 재훈에게 이야기했더니, 재훈이 웃으며 말했다.

"누나한테 멋있게 보이고 싶었나 봐."

"멋있게? 그런 짓 안 해도 멋있는데."

나림은 저 멀리서 미현과 핫바를 사는 민혁을 보며 중얼거렸다.

"물론 멋있지. 하지만 남자 마음이라는 게 그렇잖아. 누나가 자기보다 능력도 있고 씩씩하고 그러니까, 누나한테 기댈 만한 남자가 되고 싶었을 거야."

"흐응."

민혁이 그런 생각을 하고 있을 줄은 몰랐다.

입사했을 때부터 여자들에게 인기가 많았던 민혁이었다. 아마 어디를 가도 항상 그런 인기를 누렸을 것이다.

그런 민혁이 멋져 보이지 않을까 봐 걱정하고 있었다니.

의외였다.

서울에 도착해 재훈과 미현을 먼저 내려 주고 나림의 집으로 향했다.

"어제 오늘, 덕분에 정말 즐거웠어."

나림이 말했다.

"나도 네 덕에 즐거웠어. 다음에 또 놀러가자."

"응, 그래."

"푹 쉬고 내일 봐."

"응, 잘 가."

이틀이나 함께 있었는데도 헤어짐이 아쉬웠다.

"아, 헤어지기 싫다."

민혁도 마찬가지였는지 몸을 나림 쪽으로 기울여 끌어안았다. 나림은 그의 품에 안겨 그의 향기를 한껏 들이마셨다.

한참 그렇게 갈게, 헤어지기 싫다를 반복하다가 민혁의 차에서 내렸다.

집을 향해 걸어가다가 뒤를 돌아봤다. 늘 그렇듯 민혁의 차는 그 자리에 멈춰 있었다. 안에서 지켜보고 있을 민혁을 향해 손을 한 번 흔들어주고, 나림은 다시 걸었다.

꿈 같은 여행을 하는 동안에는 잊고 있었는데, 집 앞에 도착하는 순간 현실이 다가왔다.

윤명호.

나림은 인상을 찌푸렸다.

나현이 찍어서 보낸 명호와의 사진을 생각하는 순간 가슴이 답답해졌다.

화내지 말자. 싸우지 말자.

나림은 크게 심호흡을 하고 집 안으로 들어갔다.

나현과 아빠는 보이지 않았고, 엄마는 거실에서 드라마를 보는 중이었다.

"엄마."

"일찍 왔네? 여행 재미있었어?"

"응, 재미있었지."

"뭐했어? 가평 갔다고 했지?"

"응. 그냥 뭐, 이것저것 하고 놀았지. 고기도 구워 먹고."

"애들은 다 잘 지내고?"

"응, 잘 지내지. 엄마, 나현이가……."

"은영이 네 애는 잘 큰대니? 걔네 애가 몇 살이더라?"

나림은 입을 다물었다.

또 무슨 소리를 하려고.

"4살인가 5살인가 그랬지? 걔도 참 팔자가 폈다, 폈어. 의사 남편 만나서 애도 낳고. 걔네 엄마도 참 뿌듯할 거야."

"왜 또 얘기가 거기로 흘러가."

"그렇잖아. 다른 집 애들은 벌써 애가 4, 5살인데, 내 딸년은 뭐가 그리 바쁘다고 연애도 안 해. 그나마 있던 애인이랑도 헤어져. 그 애인이 다시 돌아왔는데도 싫대. 내가 아주 속이 썩는다, 썩어."

나림은 입을 꾹 다물고 엄마를 노려봤다.

왜 이런 소리를 하는 걸까?

내가 왜 이렇게 살고 있는데.

엄마. 나도 다른 애들처럼 연애하고 싶었어.

나도 다른 애들처럼 놀고 싶었고, 다른 애들처럼 팔자 편한 생활을 하고 싶었어. 내가 번 돈으로 갖고 싶은 게 있으면 사고, 저축하고, 연애하면서 좋은 곳도 놀러 다니고, 여행도 다니고. 그렇게 살고 싶었어.

나도 내가 생활비를 책임지고, 빚을 갚아야 하지 않는 그런 집에 태어나서, 나를 위해 살고 싶었어.

오만 가지 말들이 입 안에 맴돌았다. 하지만 이 말들이 엄마에게 얼마나 상처가 될지 알기에, 나림은 힘겹게 삼켰다.

"엄마. 나현이가 어제 사진을 보냈어. 명호 오빠, 우리 집에 왔더라."

명호의 이름이 나오자 엄마의 표정이 밝아졌다.

"그래, 어제 와서 우리랑 같이 점심 먹었어. 애가 아주 반듯하니, 변한 게 하나도 없더라."

"엄마. 나, 그 오빠랑 헤어졌어. 다시 사귈 생각도 없고."

"얘가, 얘가. 또 고집 부린다. 윤 서방 같은 남자, 만나기 힘들어. 능력도 좋고 반듯하고 외모도 멀끔하고. 얼마나 괜찮니?"

"조건이 아무리 좋아도 내가 싫으면 싫은 거잖아. 나, 그 오빠 불편하고 싫어. 두 번 다시는 만날 생각 없으니까, 엄마도 그 오빠를 윤 서방이라고 부르는 거 그만둬."

"나림아. 잘 좀 생각해 봐. 너, 힘들게 일하잖아. 윤 서방이랑 결혼하면 지금껏 하던 부업들 내려놓고 편하게 살 수 있어. 윤 서방이 너 한 명 책임질 능력은……."

"그렇게 괜찮으면 엄마가 결혼하든가!"

결국 어린애 같은 소리를 하고 말았다.

"나림아!"

"……진짜 한 번만 더 그 오빠 이 집에 들이면, 내가 이 집 나갈 거야."

나림은 휙 돌아서서 방으로 들어와 문을 걸어 잠갔다.

숨이 막혔다.

"너네 회사 근처니까 점심이나 먹자."고, 진희에게서 연락이 왔다.

나림은 점심시간이 되자마자, 진희가 기다리고 있는 식당으로 향했다.

진희만 있을 줄 알았는데 유미도 함께였다. 혹시 은영도 왔나 싶어서 불안한 마음으로 친구들이 앉아 있는 자리를 살펴봤다. 은영은 오지 않은 것 같았다.

"진희가 너랑 밥 먹는다기에 나도 끼겠다고 했어. 오랜만에 보니까 좋다, 야."

유미가 쾌활하게 말했다.

"그러게. 은영이는?"

"걘 안 불렀어. 걔 있으면 너도 불편하잖아."

친구들도 알고 있을 줄은 몰랐다.

"나 때문에 은영이랑 멀어지지는 마."

"꼭 너 때문은 아니야. 아니다. 너 때문에 은영이랑 친하게 지낸 거였지. 네가 걔 많이 챙겼잖아."

그렇기는 했다.

은영은 타인에게 의존적인 성격이었고, 그런 성격 때문에 친구가 많지 않았다. 고등학교 때는 거의 따돌림을 받았는데, 그런 은영이 안쓰러워서 나림이 많이 챙겼다. 고등학교 때 인기가 많은 편이었던 나림이 챙겼기에, 은영에게도 친구라는 것이 생겼다. 은영은 그렇게 생각하지 않는 것 같았지만.

"은영이 걔는 갈수록 더해. 저번에 만났을 때는 나도 짜증이 나더라. 걔는 혼전 임신으로 싫다는 남편 바짓가랑이 붙잡고 결혼한 주제에 왜 그렇게 너한테 결혼 타령을 하는 거니?"

유미는 역시 가차 없었다.

"걔가 지금 행복하지가 않아서 그래."

진희가 말했다.

"왜? 의사 남편이라고 엄청 자랑하잖아."

"그렇긴 한데, 사이가 그리 좋지는 않잖아. 남편이 집에 잘 안 들어오기도 하고, 은영이가 집에만 있으니까 엄청 무시하는 모양이야. 돈 한 푼 쓰는 거 가지고도 되게 뭐라 한대. 게다가 이번에 또 신입 간호사랑 바람났다고 하더라."

"또?"

은영의 남편은 결혼 후 지속적으로 바람을 피우고 있었다. 나림이 아는 것만 네 번이었다. 사네, 마네 이혼 소리까지 나오다가도, 결국 은영이 모든 것을 용서해 주곤 했다.

"그이가 나 없이는 못 살겠대."

은영은 나림의 앞에서 그렇게 말했지만, 진희에게 들은 말로는 달랐다. 남편이 이혼하자고 하는 걸, 은영이 싫다고 울면서 매달렸다고 했다.

"걔가 내세울 게 남편 직업밖에 없잖아. 걔도 참 안쓰러워."

"그건 그래. 그래도 나림이한테 하는 소리들 듣고 있으면 나까지 짜증 나. 남편한테 받은 스트레스를 나림이한테 푸는 건 좀 아니잖아."

"은영이가 나림이를 워낙 부러워해서 그렇지, 뭐. 걔가 아무리 노력해도 나림이를 따라잡을 수가 없으니, 나림이 후려치기 하는 걸로 자기만족 하는 거야."

"그런 성격, 질색이야. 나림이 네가 따돌리지 말자고 해서 같이 만나기는 하지만, 나는 걔랑 넷이 만나면 불편해. 넌 정말 괜찮은 거야?"

유미가 나림을 돌아보며 말했다.

"아니, 안 괜찮아."

나림은 처음으로 은영에 대한 마음을 고백했다.

남이 없을 때 뒷담화를 하고 싶지 않지만, 방금 전 식당에 들어오며 은영이 있는지 없는지 확인하는 자신의 모습에 환멸을 느꼈다. 이렇게까지 해서 친구 관계를 유지해야 하는지 의문이 생겼다.

"굳이 나 때문에 은영이까지 부를 필요는 없어."

"그래, 앞으로는 걔 좀 빼고 만나자. 저번에 걔 때문에 분위기 완전 싸해졌던 걸 생각하면. 아, 진짜 스트레스야, 스트레스."

진희가 반색했다.

"그러고 보니 진희야. 너네 애 곧 돌이지? 돌잔치 안 해?"

나림은 말을 돌렸다.

은영 때문에 스트레스를 많이 받기는 하지만, 계속 은영의 욕을 하고 싶진 않았다.

"아, 돌잔치. 고민 중이야. 요새 안 하는 추세라서."

"왜? 해. 아영이 드레스 입고 돌잡이하는 거 사진 좀 찍게."

"하려면 이것저것 준비할 게 많은데, 일하면서 그것까지 신경 쓰기 힘들 것 같아. 가까운 사람들만 초대해서 작게 할까 생각 중이야. 시부모님은 성대하게 하기를 바라는 것 같지만."

"그러고 보니 너네 시부모님도 한 가닥 하시지."

"응. 너도 조심해, 조유미. 결혼 전엔 진짜 몰라."

"안 그래도 긴장하고 있어. 너네 시부모님도 결혼 전엔 너한테 진짜 잘해 주셨었잖아."

"응, 거기에 속았지."

진희는 시집살이를 호되게 겪고 있었다.

첫 명절이 지난 이튿날, 진희가 울면서 전화했던 일이 아직도 생생했다.

어느 일에나 담담한 진희가 그렇게 서럽게 우는 건 처음 봤었다.

친구들의 결혼 이야기를 듣다 보니, 역시 결혼은 할 게 못 된다는 생각이 들었다.

"나림이 넌, 요새 뭐 재미있는 일 없어?"

시집살이에 대해 떠들어대던 친구들이 나림을 돌아봤다.

나림은 잠시 고민했다. 재미있는 일이라기엔 뭐 하지만 사건이 두 개 있었다. 하나는 윤명호, 또 다른 하나는 정민혁.

얘기를 할까 말까 망설이다가 입을 열었다.

"명호 오빠가 한국에 돌아왔어."

"헐! 진짜?"

"대박. 언제? 다시 너네 회사 다니는 거?"

친구들의 눈이 커졌다.

"응. 같은 팀은 아닌데, 일단 부서는 같아서 종종 마주쳐."

"어때? 너, 괜찮은 거야?"

진희가 걱정스럽게 물었다.

그래, 이게 정상적인 반응이다.

나림은 안도의 한숨을 쉬었다.

"응, 나는 괜찮아. 그런데…… 우리 가족들이 괜찮지 않아."

"너네 가족들이 왜?"

나림은 그동안 명호와 있었던 일을 설명했다.

웬일이야, 웬일이야, 하며 듣던 유미가 말했다.

"그런데 그 오빠가 그렇게까지 매달리면, 한 번쯤 더 기회를 줘도 괜찮지 않아? 사실 너랑 그 오빠, 서로 싫어져서 헤어진 게 아니었잖아. 헤어지고 나서 너도 많이 힘들어했었고."

"그렇긴 한데……."

나림은 명호와 헤어진 진짜 이유를 친구들에게 제대로 설명할 자신이 없었다.

"나, 사실 만나는 사람이 있어."

"어? 진짜?"

"뭐야, 최나림! 그 얘기를 먼저 해 줬어야지!"

"어떤 사람인데? 어디의 누구야?"

"낱낱이 고해라, 최나림. 어서, 어서."

친구들이 호기심으로 눈을 반짝반짝 빛냈다.

"사내 연애야. 신입. 4살 연하."

"4살 연하면…… 오오, 28살?"

"응. 28살."

"우와, 능력 좋네, 최나림. 연하 남친이라니! 어때? 잘생겼어?"

"응, 잘생겼어. 키도 크고."

"우와, 우와. 웬일이야. 최나림 입에서 잘생겼다는 말이 나오다니!"

"애가 하는 짓이 귀여워. 지난 주말에는 같이 여행도 다녀왔어."

"뭐야, 최나림. 그러면서 우리한테는 얘기도 안 해 주고."

친구들은 자기 일이라도 되는 듯 기뻐해 주었다.

연하에 신입, 게다가 사내 연애라고 하면 반응이 좋지 않을 줄 알았는데, 다행히 친구들은 그런 부분을 지적하지 않았다.

마음이 조금 가벼워졌다.

"언제 한번 보여 줘."

"저번에 한 번 본 적 있을 텐데."

나림의 말에 친구들의 눈이 휘둥그레졌다.

"저번에? 언제?"

"예전에 우리 만났을 때. 술집에서 날 데리고 나갔던 남자."

"아!"

진희가 탄성을 내뱉었다.

"그 남자였어?"

"아, 맞아. 그때, 그 남자가 너 데리고 나가고 나서 윤영이가 엄청 욕했잖아. 얼굴만 반반하다고."

"맞아, 맞아."

그 날의 일이 떠오르는지, 친구들이 재잘거렸다.

"아무튼 한 번 더 보여 줘. 그때는 제대로 못 봤으니까."

"그래, 진희 돌잔치 때 데리고 와."

"나림이 남친 보게 돌잔치 해야겠다."

"4살이나 연하라니! 나도 연하 만나고 싶어."

"뭐야, 결혼 앞둔 기집애가. 이른다?"

"아하하하. 말이 그렇다는 거지."

민혁에 대한 이야기를 하다 보니, 어느새 점심시간이 끝나갔다.

"다음에 제대로 만나자. 만나서 더 자세히 말해 줘."

"그래, 유부녀는 미혼녀 연애담을 듣는 것만으로도 가슴이 설레서 좋다고."

"알겠어, 알겠어."

다음에 만나기로 약속을 하고 회사로 돌아왔다.

점심시간에서 10분 넘겨 사무실에 들어갔는데, 분위기가 좋지 않았다. 나림이 들어가자마자 김 팀장이 나림을 불렀다.

"최 과장, 잠깐 이리 좀 와봐."

점심시간 10분 넘긴 걸로 뭐라고 하지는 않을 텐데.

불안한 마음으로 김 팀장의 자리로 향했다.

팀원들도 어두운 표정으로 수군수군 대화를 나누고 있었다.

간간이 '최미랑'이라는 이름이 튀어나왔다.

"최 과장, 일 났어."

김 팀장이 관자놀이를 꾹꾹 누르며 말했다.

"무슨 일이요?"

"최미랑이 사고 쳤어."

"사고를 쳐요?"

"음주운전을 하다가 사람을 쳤대."

"네?"

심장이 쿵 내려앉았다.

나림은 휴대폰을 꺼내 기사를 클릭했다. 찾아볼 것도 없었다. 포털 메인에 최미랑 음주운전 기사가 떠 있었다. 어제 새벽 3시경, 음주운전으로 사람을 친 후 도주했다가 붙잡혔다는 기사였다.

최악이다. 음주운전도 문제인데 사람을 치고, 거기에 도망을 치기까지 했다니.

나림은 기사를 읽으면서도 제 눈을 믿을 수가 없었다.

"이게 대체…… 아니, 왜…… 왜 이제야 기사가 뜬 거죠?"

"막으려고 했는데 결국 새어 나간 모양이야. 막으려고 한 것까지 문제가 돼서, 지금 난리야, 난리."

"아……."

나림은 무슨 말을 해야 좋을지 알 수 없었다.

최미랑으로 모델이 변경되는 바람에 콘셉트를 다 바꾸고, 촬영만 남았는데 또다시 모델을 변경해야 하게 생겼다.

전에 결정했던 배우에게 다시 의뢰를 하면 좋겠지만, 신인에게 밀렸던 배우가 자존심이 상해 다시 일을 맡아 줄지 의문이었다.

머리가 지끈지끈 아파왔다.

'토할 것 같아.'

점심 먹은 게 올라올 것만 같았지만 꾹 참았다.

관련 회의를 하는 내내, 나림은 남몰래 명치를 눌렀다.

"그러게 모델을 바꾼 게 잘못이었다니까."

주 과장이 투덜거렸다.

"그러니까요. 아무리 위에서 압박이 있었어도 그렇지. 검증도 덜 된 신인을 모델로 쓰는 건 무리가 있었죠."

"최미랑 원래 소문이 안 좋았잖아요. 중학교 때 친구들 왕따 시켰다는 얘기도 있고."

"이렇게 될 줄 알았어."

모델이 바뀐 것도, 최미랑이 음주운전을 한 것도 나림의 탓이 아닌데 묘하게 나림을 탓하는 분위기로 돌아갔다.

"그만들 해. 그나마 최 과장이 맡은 거라 일 빠르게 진행됐던 거, 다들 알잖아. 그리고 이거 전부 내가 결재한 거고."

김 팀장이 나림을 편들자 분위기가 더 안 좋아졌다.

회의가 끝나자마자 나림은 도망치듯 회의실을 나가 화장실로 향했다.

*　　*　　*

점심 먹은 것을 다 토해 낸 후, 나림은 위층에 있는 테라스로 향했다.

사무실에 들어가고 싶지 않았다.

모든 직원이 나림에게 적대감을 가진 것은 아니었다. 하지만 몇몇의 그런 시선조차 견디기 싫은 기분이었다.

'나, 이렇게 약했었나?'

사회생활을 하면서 이런 일을 겪는 것이 그녀 하나뿐만은 아닐 것이다. 다들 감당하면서 살아가고 있을 텐데, 왜 유독 힘든 기분이 드는지 모르겠다.

지친다.

그만두고 싶다.

아무도 없는 어두운 동굴에 들어가, 가만히 누워 숨만 쉬고 싶다.

인내의 끈이 늘어지고 당겨져, 끊기기 직전까지 가늘어진 것만 같았다.

나림은 담배를 꺼내 입에 물었다.

* * *

담배를 피우기 위해 위층으로 올라온 자영은, 테라스 안쪽에 앉아 있는 나림을 보고 걸음을 멈췄다. 나림은 테이블에 구부정하게 팔꿈치를 괴고 앉아 담배를 피우고 있었다.

잿빛 연기를 후, 내뱉는 모습이 무척이나 지쳐 보였다.

'……최 과장님도 지치긴 하는구나.'

지금껏 나림과 일하면서, 그녀가 지치는 모습을 본 적이 없었다. 그녀는 그 어떤 일에도 타격을 받지 않는 듯, 늘 냉랭한 표정으로 맡은 일을 해치웠다.

'하긴, 힘들기도 할 거야. 이번 일은 최 과장님 탓이 아닌데, 다

들 과장님 탓으로 돌리고 있으니까. 특히 주 과장이.'

사실 자영은 나림을 싫어하지 않았다. 신입으로 들어왔을 때 나림의 도움을 많이 받았고, 몇 번이나 그만두고 싶어졌을 때 나림이 다독여 줘서 여기까지 올 수 있었다. 옆에서 친언니처럼 챙겨 준 나림이 아니었다면, 이 회사를 그만둬도 진즉에 그만뒀을 것이다.

'그러고 보니, 예전에는 언니라고 불렀었지. 술도 자주 같이 마셨었는데.'

언제부터였을까.

나림에게 묘한 거리감을 느끼게 된 것은.

아마도 나림이 과장으로 승진한 후부터일 것이다.

비슷한 또래의 나림이 능력을 인정받고 과장으로 승진한 후, 열등감을 느끼게 되었다. 같은 30대인데도 주름살 하나 없고, 늘씬한 몸매를 유지하는 나림이 부럽기도 했다.

'아, 나 진짜 찌질하네.'

나림과 멀어지고 여직원들과 어울리면서, 뒤에서 나림을 욕하는 일들이 많아졌다.

뒤에서 남을 욕하는 것만큼 재미있는 일은 없다. 함께 욕할 때는 몰랐는데, 혼자서 되새겨 보니 창피한 짓을 했구나 싶다.

'생각해 보면 온라인 팀이랑 협동 프로젝트 준비하는 것도 과장님이 많이 도와줬었는데. 그거 책임자 최 과장님으로 선택한 것도 결국 윤 부장님이 한 거고. 그런데 난 최 과장님한테 뭐라

고 했었지.'

나림에게 미안해졌다.

열등감과 분위기에 휩쓸려서, 좋은 사람을 뒤에서 욕하고 말았다. 나림이 힘들어하는 것도 이해가 됐다.

'아무리 능력이 좋아도 힘든 건 힘든 거니까.'

미안하다는 말을 하는 것이 좋을까?

자영은 잠시 망설이다가 돌아섰다.

일단 카페에 가서 커피를 사 오자. 하나씩 나눠 마시면서 허심탄회하게 이야기하고, 그동안의 묵은 감정을 털어 내는 게 좋겠다.

* * *

테라스 문이 열리는 소리에, 나림은 입에 물고 있던 담배를 아래로 내렸다.

들어온 사람은 명호였다.

검은색 슬랙스에 흰색 반팔 남방을 입은 그는 나이보다 훨씬 젊어 보였다. 민혁의 또래라고 해도 믿을 것 같았다.

명호가 나림의 맞은편에 앉았다.

"최미랑 기사 봤어."

"아아."

나림은 건성으로 고개를 끄덕이고 담배를 다시 입에 물었다.

지금은 명호나 가족의 일로 신경을 쓰고 싶지 않았다.

"그쪽 팀도 정신이 없겠네."

"응. 중간에 모델이 한 번 바뀌었었거든. 얘기 들었지?"

"스폰인 것 같다며? 왜 하필이면 그런 애를."

"그러게 말이야. 안 그래도 여러 가지로 문제가 있는 애였던 것 같은데. 골치 아프게 됐어."

"우선 원래 모델이랑 다시 조율을 해 봐. 지난번에 쓰려던 카피랑 다 남아 있을 테니, 그 편이 편할 거야."

"그렇긴 한데, 그쪽에서 하려고 할지 모르겠어. 듣도 보도 못한 신인한테 밀렸던 거잖아. 자존심이 많이 상했을 텐데."

"그래도 맛나다 주식회사 광고면 자존심 굽히고 돌아올 만하지. 밑져야 본전이니까 조율 한번 해 봐. 어려우면 내가 같이 가 줄게."

"아니, 그러지는 않아도 돼. 조언해 줘서 고마워."

"힘들 텐데, 걱정이다."

진심이 담긴 명호의 목소리에, 나림은 그의 얼굴을 물끄러미 응시했다.

명호가 이런 말을 하는 건 처음이었다.

일이니까 어쩔 수 없지. 다들 이런 식으로 살아가잖아. 사회생활을 하면서 겪게 되는 문제 중 하나일 뿐이야.

명호는 늘 그런 식으로 말해 왔었다.

"뭐야, 갑자기. 웬 안 하던 걱정이래."

나림의 말에 명호가 쓰게 웃었다.

"나도 걱정쯤은 해. 그저…… 현실적으로 도움이 안 되는 걱정보다는, 뭔가 도움이 되는 이야기를 해 주는 편이 나을 거라고 생각해서 그랬던 것뿐이야."

"아아, 그래? 그런 사람이 내 일 다 관두고 자길 따라서 외국이나 가재? 그거참 현실적이시네."

"그건……."

명호가 미간을 좁혔다.

시선을 아래로 떨어뜨린 명호가 한 손으로 입가를 문질렀다. 명호가 난처해하는 걸 보는 것도 처음이었다.

"그건 초조해서 그랬어."

"초조해? 뭐가?"

"네가 떠나갈까 봐."

"……그게 뭔 소리야? 내가 오빠를 왜 떠나?"

"너는 잘난 여자니까. 냉정하기도 하고. 내가 네 삶에 별 도움이 안 된다고 생각하면, 가차 없이 날 버릴 것만 같았거든."

처음으로 듣는 명호의 속마음에, 나림은 어떻게 반응해야 좋을지 알 수 없었다. 명호가 그런 생각을 하고 있었는지는 꿈에도 몰랐다.

"오빠, 나는……."

오빠가 생각하는 것만큼 냉정하지 않아.

사실은 약해.

많이 흔들리고 아프기도 하고 숨이 막히기도 해.

지금은 이 모든 것에서 도망치고 싶어 어쩔 줄을 몰라하고 있어.

그런 말들을 꿀꺽 삼켰다.

헤어진 명호에게 그런 이야기들을 털어놓을 필요는 없었다. 명호와는 분명하게 선을 그어야만 했다.

그것이 명호에게도, 민혁에게도, 그리고 나림에게도 좋았다.

"그런 얘기, 별로 하고 싶지 않아. 지난 얘기잖아."

"그래, 지난 얘기지. 그래서 난 앞으로의 이야기를 하고 싶은 거야."

"오빠와 나 사이에 앞으로는 없어. 그저 같은 회사 동료라는 현재가 있을 뿐이지. 오빠가 그런 이야기들을 꺼내는 게, 참 불편하다. 그리고…… 우리 집에 찾아오는 것도 그렇고."

"그건 미안해. 네가 보고 싶어서 근처에 갔다가 나현이랑 마주쳤어."

"그래, 나현이가 들어와서 밥 먹고 가라고 했겠지. 걔는 오빠를 참 좋아했으니까."

"그러게. 고마울 따름이야."

"아무튼 오빠. 이제 그런 짓은 관둬. 나, 민혁이한테 미안할 짓은 하고 싶지 않아."

"……나림아. 그 민혁 씨 말인데. 정말로 좋은 녀석인 게 맞아?"

"응? 무슨 말을 하고 싶은 건데?"

"아니, 그게……."

명호는 말을 하기 곤란한 듯 인상을 찌푸렸고, 나림은 채근해야 하는지 말아야 하는지 알 수 없었다.

그때 명호의 휴대폰이 울렸고, 명호가 전화를 받았다.

"네, 아. 네, 지금 내려갈게요. 잠시만 기다려달라고 하세요."

통화를 끝낸 명호가 미안한 듯 나림을 돌아봤다.

"어쩌지? 거래처에서 와서 내려가 봐야 할 것 같아."

"응, 내려가."

나림은 가볍게 손을 흔들었지만 마음은 무거웠다.

명호는 허튼소리를 하는 남자가 아니었다. 대체 민혁에 대해 무슨 말을 하려고 한 걸까?

* * *

명호가 나오는 모습에, 자영은 얼른 몸을 감췄다.

커피 두 잔과 케이크 하나를 사서 올라왔는데, 테라스에 명호가 있어서 못 들어가고 지켜보던 차였다. 무슨 대화를 나누는지 들리지는 않지만, 분위기가 썩 좋아 보였다.

'뭐야, 뭐야? 둘이 썸 타는 거야? 하긴, 이번에 일하면서 둘이 같이 있는 시간이 많으니까 정분이 날 만도 하네. 아, 윤 부장님, 내가 찍었었는데.'

아쉬움에 입맛을 다셨지만, 명호와 나림은 잘 어울리는 커플이었다.

능력이 있는 것도 그렇고, 외모도 그렇고. 둘이 나란히 서 있으면 그림이 될 것 같았다.

이 놀라운 사실을 공유하기 위해, 자영은 서둘러 아래층으로 내려갔다.

"정말요? 윤 부장님이랑 최 과장님이?"

자영이 전한 소식에 옆자리 여직원이 말했다.

"목소리 죽여, 얘. 아직 확실한 건 아닌데. 아니다, 그 정도면 확실하지. 위층 테라스, 우리 직원들은 담배 피우지 않는 이상 잘 안 가잖아. 윤 부장님은 흡연 안 한다고 들었으니까, 둘이 거기서 만나고 있는 거면 최 과장님이 부른 거 아니겠어?"

"아니, 뭐. 일 때문에 얘기하는 걸지도 모르죠."

"아냐, 아냐. 그런 분위기가 아니었어. 그리고 일 때문이면 회의실에서 하지. 둘이 서로 마주 보고 있는데, 눈빛들이 장난이 아니었다니까."

"아, 뭐야. 나 윤 부장님 찍었었는데."

"나도 찍었었거든. 그런데 둘이 잘 어울리긴 하더라."

"우리 최 과장님도 예쁘긴 예쁘니까요. 그러고 보니, 그 두 사람 입사 동기라고 했죠? 대학도 같은 대학이었다던데."

"알고 보면 비밀 연애를 쭉 해 오고 있었던 거 아냐?"

"에이, 설마요. 기간이 몇 년인데."

"과장님 성격 알잖아. 과장님 정도면 잘 숨길 수 있을 것 같은데."

"하긴. 듣고 보니 그것도 그러네요."

문서를 정리하던 민혁은 뒤에서 들려오는 최 과장과 윤 부장의 이야기에, 귀를 쫑긋 세웠다.

별로 듣고 싶지 않은 이야기들이 오가고 있었다.

'나림이랑 윤명호 부장이 테라스에서 만나고 있다고?'

민혁에게 있어 테라스에 대한 기억은, 나림과 함께한 점심 식사, 그리고 섹스였다.

그 때문에 그곳은 나림과의 소중한 장소였고, 그런 곳에서 나림이 명호와 단둘이 만난다는 게 마음에 들지 않았다.

게다가 서로 주고받는 장난 아닌 눈빛이라니.

'도대체 장난 아닌 눈빛이 뭔데?'

왈칵 짜증이 치밀었다.

질투할 만한 일이 아니다.

그냥 멀리서 보고 둘이 앉아 있으니 말을 만들어 냈을 것이 뻔하다.

그렇게 생각하면서도 명치끝이 죄여 오는 건 어쩔 수가 없었다.

이윽고 나림이 사무실로 돌아왔다.

나림은 아까 회의실을 나갈 때보다 개운한 표정이었다.

묻고 싶었다.

윤명호랑 같이 있었어요?

그 남자랑 뜨거운 눈빛을 주고받았어요?

그 사람 덕분에 표정이 나아진 거예요?

하지만 묻지 않았다.

오늘 회의 내내 나림이 짓고 있던 표정을 기억한다. 누구 덕이든, 그 표정이 나아졌으니 다행이라고 생각하기로 했다.

사실은 아까 회의가 끝나자마자 나림을 따라가고 싶었다.

그녀를 위로해 주고 싶었지만, 도움도 되지 않는 걱정과 위로보다는 나림이 해야 할 잡무를 대신 해놓는 것이 나을 것 같아서 사무실에 붙어 있던 터였다.

[나림아, 괜찮아?]

메신저로 물었다.

나림이 휴대폰을 확인하더니 민혁을 돌아보고 배시시 웃었다.

그 얼굴을 보자, 자영의 이야기 때문에 가슴에 드리웠던 먹구름이 깨끗이 걷혔다.

[아니, 안 괜찮아. 울적하고 힘들어.]

답변이 왔다.

민혁은 걱정스러운 한편 안도했다.

다행이다. 내게 칭얼거려서. 윤명호, 그 남자의 앞에서는 칭얼거리지 않았을 것이다.

[울적하고 힘들 땐 남친표 마사지가 최고인데. 이따 마사지 받으러 올래?]

[그럴까? 민혁 마사지숍에 좀 방문할까?]

[응. 아, 그리고 내가 문서 정리 끝내놨어. 한 번 확인해 봐 봐.]

나림이 마우스를 달칵거리는 소리가 들렸다.

얼마간의 시간이 지나 톡이 왔다.

[내 남친 최고네.]

[응, 최고지. 앞으로 더 최고가 되어 줄게.]

휴대폰을 확인하는 나림의 입가에서 미소가 떠나지 않았다.

역시 좋다, 내 애인.

명호의 말 때문에 까끌까끌하게 걸리던 가시는, 민혁과 톡을 주고받으면서 깨끗이 사라졌다.

퇴근 시간이 기다려졌다.

*　　*　　*

“저, 오늘 부장님 만나러 온 거 지나 누나가 알면 죽어요.”

라고, 지나의 매니저가 말했다.

지나는 미랑에게 밀려 모델을 그만둬야 했던 여배우였다.

지나의 매니저와는 해외 발령받기 전에 한 번 같이 일을 한 적이 있었다. 그 후로 가끔 따로 만나 술을 마시기도 했었는데, 그렇게 친분을 유지해 오길 잘했다.

“지나 씨, 많이 화났어?”

명호의 질문에 매니저가 열심히 고개를 끄덕였다.

“화가 나죠, 당연히. 안 그래도 젊은 애들이 자꾸 치고 올라와서 스트레스 많이 받고 있었거든요. 그런 와중에 최미랑인지 뭐시기인지 하는 애가 계약 기간도 남은 광고 자리를 뺏었는데 화가 안 나겠어요? 그거 달래느라, 저 진짜 고생했어요, 형.”

“그래, 그건 정말 미안하게 됐어. 회사 측에서 결정한 상황이라 어쩔 수가 없었어.”

“그런데 왜 형이 절 부른 거예요? 담당, 원래 다른 분이지 않았어요? 최 과장님.”

“응, 그렇긴 한데. 최 과장이 요새 다른 일로 좀 많이 바빠서.”

“아아. 아무튼 형, 지나 누나 마음 돌리기 힘들어요. 광고 다 끊겨도 맛나다랑은 절대 같이 안 할 거라고 그랬거든요.”

"그래도 힘 좀 써 줘. 너, 지나 씨 달래는 거 잘하잖아."

"으아, 형. 무리예요, 무리. 이번엔 정말 화가 많이 나서."

"부탁 좀 할게. 아니면 내가 직접 지나 씨랑 만나도 되고."

"그건 안 돼요. 지나 누나가 형한테 관심 있었던 거 아시잖아요. 다시 만나면 또 꼬시려고 들 걸요. 안 그래도 얼마 전에 실연…… 아, 형. 이건 오프더레코드예요."

"응, 말 안 해. 나 입 무거운 거 알잖아."

명호는 우는 소리를 하는 매니저를 열심히 달랬다.

지친 나림을 위해 뭐든 해 주고 싶었다.

꼭 그녀의 마음을 얻고 싶어서만은 아니었다.

간신히 매니저를 설득해, 지나와 다시 한 번 이야기해 보겠다는 답을 얻어냈다.

그리고 몇 시간 후, 매니저에게서 연락이 왔다.

[오케이 했어요. 계약서 다시 작성해야 하니 시간 잡아요.]

* * *

나체가 된 나림의 몸에 민혁이 오일을 발랐다.

아로마 오일의 향기가 시원하게 후각을 자극했다.

"저번에 썼던 거랑 다른 오일이네."

"응, 뭐가 뭔지 몰라서 종류별로 샀어."

민혁이 나림의 등에 부은 오일을 넓게 펴서 문질렀다. 따뜻한 손길에 오일이 더해져 온몸이 노곤해졌다.

민혁은 나림의 어깨와 목덜미, 등을 꼼꼼히 주물렀다.

"졸리다."

"좀 자. 아프지 않게 해 줄게."

"아냐, 안 잘래."

"고집은."

민혁이 허리를 굽혀 나림의 뒤통수에 가볍게 입을 맞췄다.

거의 1시간 동안 마사지를 해 준 민혁이 끝났다, 라고 말하며 나림의 옆에 누웠다. 나림이 고개를 돌려 민혁을 응시했다.

"오늘은 안 해?"

"뭘?"

"섹스."

민혁의 눈이 가늘어졌다.

"응, 안 해. 오늘은 마사지 해 주려고 부른 거니까."

"흐응."

나림이 민혁의 사타구니를 향해 손을 뻗었다.

예상대로 그의 물건은 단단하게 부풀어 있었다.

"이렇게 섰는데 참으면 힘들지 않아?"

"힘들지."

"그런데 왜 안 해?"

"오늘은 네가 힘든 날이잖아. 내 여자 친구 지쳤을 때, 내 욕구만 채우려고 할 수는 없지."

그렇게 말하는 민혁이 사랑스러웠다.

"난 하고 싶어졌어."

나림이 그의 바지를 벗겼다.

그는 가만히 누워 나림이 하는 것을 지켜봤다.

"오늘은 내가 해 줄게."

브리프에 감싸인 그의 물건을 부드럽게 어루만졌다. 자극이 되는지 민혁이 살짝 인상을 찌푸렸다.

그런 그의 모습을 보는 것이 좋았다.

나림은 브리프 안으로 손을 넣어, 그의 뜨거운 페니스를 살며시 움켜쥐었다.

손을 천천히 위아래로 움직이다가 브리프를 내렸다.

나림은 몸을 움직여 그의 다리 아래로 내려갔다. 그리고 그의 물건에 살며시 입을 가져갔다.

나림의 혀가 그의 귀두를 살짝 핥았다.

"읏."

그가 작게 신음했다.

낮게 울리는 신음 소리가 듣기 좋았다. 자신의 행위가 그를 자극시킨다는 것이 즐거웠다.

민혁도 나를 애무할 때 이런 기분을 느끼는 걸까?

그런 생각을 하며, 나림은 그의 페니스를 입에 머금었다.

그의 것은 너무 커서 입에 다 들어오지 않았다. 처음에는 끝 부분만 혀를 굴려 애무를 하다가 점점 깊이 안으로 집어넣었다. 그의 호흡이 거칠어졌다.

그의 물건을 입 안에 넣고 위아래로 움직였다. 타액이 그의 것을 적시고 흘러내리며 음란한 소리를 냈다.

"아, 나림아."

그가 쉰 음성으로 속삭이며 나림의 머리에 손을 얹었다. 머리를 어루만지는 그의 손길을 느끼며 나림은 계속 움직였다.

"그만하고 이리 올라와."

한참 나림의 입술을 느끼던 그가 명령했다.

나림은 고분고분하게 그의 페니스에서 입술을 떼고 그의 위로 올라갔다. 단단하게 부푼 그의 페니스 위로 다리를 벌리고 올라가, 천천히 엉덩이를 아래로 내렸다.

그의 것이 나림의 질 입구를 찌르고 안으로 쑥 들어왔다.

"내 걸 빨아주면서 젖은 거야?"

그가 재미있다는 듯 물었다.

"응…… 읏……!"

페니스 끝이 너무 깊이 들어왔다.

나림은 잠시 그 상태로 멈췄다.

"움직여."

그가 명령했다.

나림은 쭈그리고 앉은 자세로 위아래로 움직였지만, 곧 포기했다.

"안 되겠어. 이 자세는 너무 자극이…… 으앗!"

나림이 말하고 있는데 그가 갑자기 일어나 나림을 돌려 눕혔다. 나림의 종아리를 잡아 어깨에 걸친 그는, 그동안 참은 것에 대한 보상이라도 받으려는 듯 거칠게 움직였다.

강한 자극에 나림은 헐떡이며 이불을 움켜쥐었다.

아랫배 부근에서 번지는 뜨거운 감각에, 나림의 몸이 바들바들 떨렸다.

"아, 예쁘다."

민혁의 커다란 손이 나림의 가슴을 움켜쥐었다.

"너, 정말 예뻐."

그의 다정한 칭찬에 절정을 느꼈다.

귓가에 내리 앉는 그 애정 어린 음성은, 그 어떤 것보다도 자극적이었다.

* * *

늘 그렇듯 만족스러운 섹스였다.

나림은 잠시 민혁의 품에 얼굴을 파묻고 누워 있다가 침대에서 일어났다.

"나, 씻고 올게."

마사지를 받을 때 바른 오일 때문에 온몸이 미끈거렸다.

나림이 욕실에 들어가고 민혁은 침대에 누워 천장을 응시했다.

나림의 기분이 나아진 것 같아서 다행이었다.

그녀가 미소 짓는 얼굴이, 민혁은 몹시도 좋았다.

쏴아아아—

샤워기에서 물을 쏟아지는 소리가 들려왔다.

'나도 들어가서 같이할까?'

샤워타올에 거품을 내서 나림의 몸을 씻겨 주고 싶었다. 그러면 나림은 귀엽게 얼굴을 찡그릴 것이다. 수줍어하는 그녀의 모습이 좋다.

민혁이 막 침대에서 내려왔을 때, 드르르르, 휴대폰 진동이 울렸다.

소리가 들린 쪽으로 고개를 돌린 민혁은, 책상 위 나림의 휴대폰이 깜빡이는 걸 발견했다.

무심코 다가가 액정에 뜬 이름을 확인하는 순간, 심장이 쿵 내려앉았다.

[윤명호]

예상치 못한 순간에 등장한 그의 이름에 심장이 콱 죄여 왔다.

동시에 아까 회사에서 여직원들이 나누던 대화 또한 생생하게 되새겨졌다.

"둘이 서로 마주 보고 있는데, 눈빛들이 장난이 아니었다니까."

가슴이 답답했다.

민혁은 휴대폰을 노려봤다.

받지 말아야 한다는 건 알고 있었다. 머리로는 아는데, 손이 멋대로 움직여 휴대폰을 집어 들었다.

수락 버튼을 누르자, 저쪽에서 명호의 음성이 들려왔다.

—나림아.

그렇게 다정하게 그녀의 이름을 부를 수 있는 건, 세상에 나 한 명으로 족해.

민혁은 주먹을 꽉 쥐었다.

"네. 나림이 핸드폰입니다."

민혁의 목소리에 명호는 당황한 듯 잠시 말이 없었다.

이윽고 명호가 말했다.

—아아, 전화를 받는 분은 누구시죠?

"민혁입니다."

—아, 그렇군요. 윤명호입니다.

"어쩐 일로 전화를 하셨죠?"

민혁은 시간을 확인했다.

밤 11시가 다 되어 가는 시간인 걸 보고는 덧붙였다.

"이런 시간에."

—그래요. 이런 시간에 전화해서 실례했군요. 회사 일로 급히 전할 것이 있어서, 실례라는 걸 알면서도 전화했습니다.

질투 어린 민혁의 말에, 명호는 어른스럽게 대처했다. 그래서 민혁은 이 시간에 그녀와 함께 있는 사람이 자신임에도 비참해졌다.

—최미랑 사건으로 대체 모델을 찾아야 하는데, 지난번 모델이었던 지나와 재계약을 하기로 했습니다. 그러니까 그 부분에 대해 너무 걱정하지 말라고 전해 주세요.

"아, 네."

—수고하세요.

명호가 전화를 끊었다.

민혁은 휴대폰을 도로 책상 위에 내려놓고 침대에 가서 걸터앉았다.

모델에 대한 걱정.

물론 하고 있었을 것이다. 하지만 나림은 그 부분이 걱정이라는 말을, 민혁에게는 전혀 해 주지 않았다.

명호에게는 했던 걸까? 아까 회사 테라스에서? 그래서 명호가 원래 모델이었던 지나와 재계약을 하기 위해 손을 쓴 걸까?

"하아."

한숨이 흘러나왔다.

그녀의 몸을 마사지해 준 정도로, 그녀의 기분이 나아졌을 거라고 생각한 자신이 바보 같았다.

명호는 나림에게 실질적인 도움을 주었고, 이것으로 나림은 정말로 마음이 가벼워지게 될 것이다.

민혁은 아직도 오일이 묻어 미끌거리는 손바닥을 내려다봤다.

'내가 해 줄 수 있는 건 마사지뿐인가?'

자조적인 미소가 흘러나왔다.

그때, 샤워를 끝낸 나림이 방으로 돌아왔다.

수건으로 머리를 감싼 그녀는 무척이나 아름다웠다. 민혁은 눈부신 듯 눈을 가늘게 뜨고 그녀의 아름다운 나신을 가만히 응시했다.

흰 피부, 길고 곧은 목 아래로 이어진 둥근 어깨와 모양이 예쁜 가슴, 날씬한 복부와 잘록한 허리, 둥글고 풍만한 골반과 쭉 뻗은 두 다리.

완벽한 몸매였다.

'내 애인은 얼굴도, 몸매도, 성격도 정말 끝내주는구나.'

저절로 그런 생각이 들었다.

그녀를 향한 이 마음을, 어떻게 해야 다 표현할 수 있을지 알 수 없었다. 이 속마음을 고스란히 보여 주고 싶은데, 그럴 수 없어서 아쉬웠다.

그녀는 알까.

그녀를 볼 때마다 내가 얼마나 가슴 벅찬지.

그녀를 향한 사랑이 얼마나 크고 뜨거운지.

내 눈에 비친 그녀가 얼마나 완벽하고 아름다운지.

그녀는 알고 있을까.

완벽한 여자이기에, 그녀에게 부족한 남자가 되는 것만 같아 초라했다.

"표정이 왜 그래?"

나림이 옅게 웃으며 다가왔다.

"미안해, 나림아."

"응? 뭐가?"

나림이 민혁의 앞에 서서 그의 뺨을 쓰다듬었다.

"너한테 전화가 걸려왔는데, 내가 받았어."

나림의 표정이 굳었다.

"누구한테 온 전화였는데?"

"……윤명호."

"아아."

나림의 표정이 풀렸다.

그 표정 변화를, 민혁은 이해할 수 없었다.

오히려 전 애인에게 걸려온 전화를 받았다고 하면 더 화를 내야 하는 것 아닐까.

"집에서 걸려온 전화를 받았다는 줄 알았네. 윤명호한테 온 전화라면 괜찮아."

"네 전화를 멋대로 받았는데?"

"뭐, 어때. 솔직하게 말해 줬잖아."

내 애인은 마음도 넓지.

한바탕 분노가 쏟아질 것을 예상하고 있었던 민혁은 안도의 한숨을 내쉬었다.

"뭐래?"

"아, 최미랑이 하기로 했던 모델. 지나랑 재계약을 하게 됐대."

"정말?"

"응, 정말."

"우와, 그렇구나. 다행이다."

"응, 다행이네. 마음이 좀 가벼워졌어?"

"응, 가볍지. 안 그래도 모델을 어떻게 해야 하나 고민했었는데."

나림은 민혁의 옆에 앉아, 민혁의 어깨에 머리를 기댔다.

"남자 친구한테 마사지도 받고, 회사 일도 해결되고. 완벽한 밤이야."

나림은 기분이 좋아 보였다.

내 마음에 이는 불안으로 그녀의 좋은 기분을 망치고 싶지 않았다.

민혁은 울적한 기분을 감추고 그녀의 어깨를 감쌌다.

"다행이다, 내 애인 기분 좋아져서."

* * *

괜찮다고 했지만, 민혁은 굳이 집 앞까지 데려다주겠다고 했다.

나림은 조수석에 앉아 운전하는 민혁의 옆모습을 흘끗 훔쳐봤다. 민혁은 살짝 미간을 모으고 있었는데, 무언가 걱정거리가 있는 것 같았다.

'역시 명호 오빠한테 연락 온 게 기분 나쁜 거겠지.'

전화를 걸어온 이유가 회사 일 때문이기는 하지만, 그 전에 명호는 전 애인이었다.

사귀는 여자의 전 애인이 어떤 이유든 늦은 시간에 전화를 걸어 오는 것은, 당연히 달가운 일이 아닐 것이다. 그래서 민혁이 멋대로 전화를 받은 것에도 화내지 않았는데, 그것만으로는 부족한 모양이다.

'대체 어째야 하는 걸까?'

참으로 난처한 상황이었다.

일로 연결된 관계가 아니라면 차단해 버리면 그만인데, 같이 프로젝트까지 하고 있으니 그럴 수도 없다. 아무래도 나중에 명호에게 퇴근 후에는 따로 연락하지 말라고 말해 둬야겠다.

그런 고민을 하는 동안, 차가 집 근처에 도착했다.

"데려다줘서 고마워."

"별말씀을."

민혁이 미소를 지으며 말했다.

조수석 문을 열고 내릴 때였다.

"어? 언니!"

나현의 목소리가 들려왔다.

나림은 화들짝 놀라 고개를 돌렸다.

전철역 쪽에서 하늘색 원피스를 예쁘게 차려입은 나현이 반가운 듯 손을 흔들고 있었다.

"나현아."

"뭐야, 뭐야. 언니. 누구 차야? 차 좋다."

나현이 호기심으로 눈을 빛내며 달려왔다.

나림은 조수석 문을 닫으려 했지만 나현이 더 빨랐다. 허리를 굽혀 안쪽을 확인한 나현의 눈이 커졌다.

"우와! 남자! 뭐야, 언니. 애인 생겼어?"

나현이 쓸데없는 말을 할까 봐 걱정이 됐다.

명호 형부는 어쩌고?

그런 말을 하면 안 될 텐데.

나림의 우려와 달리, 나현은 조수석 안쪽을 보며 싹싹하게 인사했다.

"안녕하세요. 나림이 언니 동생인 최나현입니다."

"아, 네. 안녕하세요. 정민혁입니다."

민혁은 '나림이 애인'이라는 소개 문구를 덧붙이지 않았다. 아마도 나림의 입장을 배려한 행동이리라.

그래서 나림은 민혁이 무척이나 사랑스러워졌고, 나현에게 소개를 시켜 주고 싶어졌다.

아니, 사실은 모두에게 소개시켜 주고 싶었다.

이 사람이 내 남자 친구라고.

"내 남자 친구야."

나림이 덧붙였다.

"우와, 진짜로? 정말이야?"

"응."

"우와, 형부. 안녕하세요. 다시 인사드릴게요. 처제라고 불러 주세요. 최나현입니다."

민혁이 차 문을 열고 내렸다.

민혁의 입가에 부드러운 미소가 떠올라 있는 걸 보고, 나림은 안도했다. 기분이 나아진 모양이다. 남자 친구라고 소개하길 잘했다.

"네, 저도 다시 인사할게요. 나림이 애인인 정민혁입니다."

"우와, 언니가 애인을 다 데리고 오다니. 신기하다."

나현은 윤명호라는 존재가 아예 없는 것처럼 행동했고, 나림은 그런 나현의 행동이 놀랍기만 했다.

철딱서니 없는 동생이라고만 생각했는데, 의외의 부분에서 생각이 깊다.

"형부, 우리 차나 한잔해요. 나, 언니 애인 보는 거 너무 신기해."

"에이, 무슨 차야."

나림이 만류했지만.

“네, 좋아요.”

민혁이 수락했다.

그래서 결국 민혁의 차를 타고 근처 커피숍으로 이동했다.

민혁이 주차를 하는 동안, 나림과 나현은 커피숍 앞에 서서 기다렸다.

“언니, 걱정 마. 명호 형…… 아니, 이제 아니지. 명호 오빠 얘기는 안 할게.”

“그래.”

“그런데 언니, 저 오빠 진짜 귀엽게 생겼다. 몇 살이야?”

“28살.”

“우와, 연하였어? 그것도 4살이나? 우리 언니, 능력도 좋네.”

“능력 좋긴.”

“아냐, 진짜로. 어디서 만난 거야?”

“회사.”

“오, 사내 연애?”

“응.”

“그럼…… 명호 오빠는? 괜찮은 거야?”

“글쎄. 괜찮지가 않은 것 같아.”

“흠. 그건 좀 곤란하겠다. 아, 저기 형부 온다.”

나현이 민혁을 향해 손을 흔들었다.

셋은 커피숍에 들어가 커피와 케이크를 하나씩 시켰다.

"형부, 진짜 반가워요. 언니한테 남자 친구 생겼다는 말을 못 들었었는데, 오늘 늦게 들어오길 잘했다. 이렇게 잘생긴 형부도 만나고."

"아하하하. 감사합니다. 이렇게 여자 친구 동생 만나 보는 게 처음이라 되게 쑥스럽네요."

"아, 진짜요? 그럼 제가 잘해야겠네요. 여친 동생 만나는 게 불편한 일이라는 생각 안 들게. 그런데 형부, 우리 언니의 어디가 좋으세요?"

"예쁜 거요."

"그냥 예뻐서?"

"네, 그냥 예쁘더라고요. 처음 만났을 때부터. 인사하는 모습도 예쁘고, 일하는 모습도 예쁘고, 저한테 일 가르쳐 주는 모습도 예쁘고, 숨 쉴 때도 예쁘고, 하품할 때도……."

"그게 뭐야, 그만해."

나림이 애교스럽게 웃으며 민혁의 팔을 툭툭 치는 모습을, 나현은 놀랍다는 표정으로 지켜봤다.

"왜? 처제가 이유 설명해 달래서 해 주는데."

"어우. 됐어. 동생 앞에서 민망하게."

"민망하긴. 사실을 말하는 건데."

"됐거든요."

"하여간 다 예뻐서요. 뭘 해도 예뻐서 푹 빠져 버렸어요."

"우와, 로맨틱하다."

"원래 로맨틱한 게 뭔지 모르고 살았는데, 나림이 덕분에 알게 됐어요."

"와, 잘생겼는데 로맨틱하기까지 하다니. 언니, 좋겠다."

나현의 말에 나림이 달콤한 미소를 지었다.

"응, 좋아."

갑작스러운 만남이었지만 2시간 동안 끊임없이 대화를 했다.

민혁과 헤어져 집으로 돌아가는 길, 나림이 입을 열었다.

"나는 네가 명호 오빠를 많이 좋아하는 줄 알았는데."

나현이 웃었다.

"언니 남친이고 언니한테 잘해 주니까 좋아했던 거지. 그리고 난 잘생기고 능력 있는 형부면 좋아. 그 오빠, 언니네 회사 다니면 능력도 좋은 거 아냐?"

"그야 그렇겠지."

"그럼 됐지, 뭐. 어차피 내가 데리고 살 것도 아닌데. 언니만 행복하면 됐네요."

나현의 말에 나림은 피식 웃었다.

나현이 이런 식으로 생각하고 있는지는 몰랐다.

하도 명호 형부 타령을 해서, 명호 편인 줄로만 알았는데.

어쩌면 내가 혼자서 너무 많은 생각을 하고 있었는지도 모르겠다. 엄마에게 소개를 시켜 주면, 엄마도 나현과 같은 반응을 보이지 않을까.

하지만 나림은 곧 그 생각을 털어 버렸다.

동생에게는 소개시켜줄 수 있지만, 부모님에게 소개시켜 주는 것은 그 의미가 달랐다.

'언젠가 민혁이를 부모님에게 소개시켜 줄 날이 올까?'

민혁과 사귀고 처음으로 그런 생각이 들었다.

*　　*　　*

"오, 동생을 소개받았다고?"

재훈이 놀라워했다.

"어. 여동생."

"어때? 예뻐?"

은영이 물었다.

"음. 글쎄. 나림이랑 많이 닮았어."

"그럼 예쁘겠네!"

"우리 나림이가 예쁘긴 하지."

"하여간 나림이 언니 말고는 예쁘다는 말을 절대 안 해 주지?"

"당연하지. 내 예쁘다는 칭찬은 나림이한테만이야."

"아, 진짜 징그럽다. 너, 정말로 정민혁 맞니?"

"난 원래 이런 남자야. 지금까지 이렇게 행동할 만한 여자를 만나지 못했을 뿐."

나현과 인사를 주고받은 이튿날 저녁.

민혁은 재훈, 미현 커플과 술집에서 만났다.

나림은 일이 있어서 이번 모임에서는 빠진 터였다.

"그래서? 네 전 여자들 정리는 다 했고?"

"나림이 만나기 전에 다 했지."

"전화 오는 일은 없고?"

"모르는 번호로 몇 번 전화가 온 적은 있어."

"설마…… 나림이 언니 앞에서 그 전화를 받은 건 아니겠지?"

"……받으면 안 되는 거였냐?"

"헐. 미쳤어?"

"하지만 걔들이 건 전화인 줄은 몰랐다고. 등록되지 않은 번호인데, 중요한 전화일 수도 있잖아."

"중요한 전화라면 네가 등록을 해 놨겠지. 너, 그럼 나림이 누나 앞에서 전 여자들이랑 통화를 했단 말이야?"

"통화까진 아니고. 애인이랑 같이 있으니까 끊으라고 했지."

"망했네."

"응, 망했어."

재훈과 미현이 서로를 돌아보며 중얼거렸다.

민혁은 철렁했다.

"왜? 뭐가 망한 건데? 잘 대처한 거 아냐?"

"아니, 뭐. 잘 대처한 건 아니지."

"불가항력이라고. 그 여자들이 모르는 번호로 전화를 거는 건."

“그래, 그건 그런데…… 내가 나림이 언니 입장이었으면 속이 새까맣게 타들어 갈 것 같아. 내 애인의 과거 여성 편력이 복잡한 걸 아는 상황인데, 그 여성들에게 지속적으로 전화가 걸려와. 으아, 나 같으면 절대 못 견딜 듯. 난 헤어질 거야.”

“……뭐?”

“나림이 누나가 뭐가 부족해서 너 같은 놈이랑 사귀는지 모르겠다, 진짜.”

재훈의 말에 민혁의 표정이 어두워졌다.

“……그러게. 나도 그걸 모르겠어.”

“뭐야, 정민혁. 농담으로 한 말인데 왜 다큐로 받아들여?”

“다큐니까.”

민혁이 깊은 한숨을 내쉬었다.

“나림이 전 남친이 너무 능력이 좋아.”

“아, 같은 회사라고 했지?”

“응. 그런데 능력이 좋아. 얼마 전에 최미랑 사건 터졌잖아.”

민혁은 그때 있었던 일을 설명했다.

“비참하더라, 정말. 내가 해 줄 수 있는 게 없는 거야. 고작해야 마사지 한 번 해 줘 놓고, 나림이 표정이 좋아져서 다행이다, 라고 생각하고 있었는데. 정작 그 자식은 나림이의 진짜 고민을 해결해 버렸어.”

“하지만…… 한 회사 사람이니까, 그 사람이 할 수도 있는 일이었던 거 아냐?”

"하지만 난 그걸 못 해냈다고."

"그거야 넌 이제 막 입사한 신입이니까. 1년도 안 됐는데 무슨 권한이 있어서 그걸 다 해내겠어?"

"그래도."

"찌질하게 굴지 마. 그렇게 애인 과거랑 일일이 비교하다 보면, 건강한 연애 못 해."

"응, 그렇겠지. 그래서 안 그러고 싶은데…… 나림이한테 나는 너무 메리트가 없잖아."

"연애를 메리트 따져 가면서 하니?"

"하지만……."

"그렇게 따지면 넌 나림이 언니한테 얻는 게 뭔데?"

"그야. 행복?"

"그러니까. 그 행복을 뭐로 얻는데?"

"나림이의 존재?"

"그럼 나림이 언니도 똑같지 않을까? 너의 존재 덕분에 행복을 얻는다고 생각할 수 있잖아."

"그럴까?"

"그래, 정민혁. 왜 이렇게 자신감이 떨어졌어? 안 그래도 매력 없는데, 더 매력 없어 보인다."

"야, 나 나름 매력덩어리거든?"

"그 자만심을 왜 나림이 언니 앞에서는 발휘하지 못하는데?"

"그걸 나도 모르겠어."

민혁이 소주잔을 들어 한 입에 털어 넣었다.

"내가 너무 부족한 놈인 것 같아."

"흐음. 민혁아. 네가 다큐로 생각하니까 나도 다큐로 얘기해 줄게. 여자 입장에서, 나한테 문제가 생겼을 때 그 문제를 나서서 해결해 주는 사람, 물론 좋아. 고맙고 듬직하지. 하지만…… 내 기분을 헤아려서 마사지를 해 주고, 저녁을 차려 주는 사람이 더 좋아. 1시간이나 마사지하는 거, 쉬운 일 아니잖아. 나림이 언니도 분명 그걸 알고 있을 거고. 그 덕분에 행복하다고 생각할 거야."

"정말 그럴까?"

"그래. 그러니까 넌 네 과거의 여자들을 나림이 언니의 현재로 끌어들이지나 마. 그거, 정말 견디기 힘든 일이니까."

* * *

"아직은 팀원들한테 지나랑 재계약했다는 걸 알리지 말아 주세요."

나림이 김 팀장에게 말했다.

"그래. 일이 어떻게 될지 모르니까 일단은 함구하고 있을게."

"네, 오늘 계약하고 돌아오는 대로 정리해서 얘기하면 될 것 같아요."

"그나저나 다행이야. 윤 부장이 정말 힘써 줬어. 달래는 것도 보통 일이 아니었을 텐데."

"그러게요."

"오늘 재계약 잘 되면, 나중에 윤 부장이랑 같이 저녁이나 먹지."

"네. 그렇게 전해 둘게요."

지나와 재계약 건으로 미팅을 하러 가는 날이었다.

명호도 동행하기로 했다.

명호는 외근이 하나 더 있어서, 지나의 소속사 앞에서 만나기로 했다.

회사를 나가 전철에 탄 나림은, 민혁에게 톡을 보냈다.

[나, 지금 전철 탔어.]

[응, 조심해서 다녀와.]

[일 잘하고 있어.]

[걱정 마십시오, 마님.]

곧바로 오는 답장을 보며 미소를 지었다.

가는 길에 할 일이 없어서 그동안 민혁과 나누었던 톡을 쭉 훑어봤다.

[안녕하세요, 과장님. 정민혁입니다. 번호 등록했어요. 앞으로 잘 부탁드립니다.]

민혁과 나는 첫 번째 톡을 보자 웃음이 나왔다.

그래, 이랬던 때도 있었지.

그리 오래전의 일이 아닌데도 까마득히 먼 옛날의 일처럼 느껴졌다. 그러는 한편, 이렇게 톡을 주고받았던 사이에서 장난스러운 톡을 주고받게 된 사이가 된 지금이 꿈처럼 느껴지기도 했다.

처음 인사를 할 때만 해도 민혁과 이런 관계가 될 줄은 꿈에도 생각하지 못했다.

'아니, 섹스를 한 후에도 그랬지.'

또다시 사랑을 하게 될 줄은 몰랐다. 언젠가 하게 되겠지만, 그 사랑 때문에 일희일비하는 일은 없을 줄 알았다.

하지만 아니었다.

사랑은 몇 번을 해도, 몇 살에 해도 마찬가지였다.

때로는 달콤하고, 때로는 우울하고, 때로는 즐겁고, 때로는 힘들고. 그런 여러 가지 감정을 불러일으킨다.

호수에 고인 물처럼 멈춰 있던 감정이, 민혁을 만나면서 다시 움직이기 시작했다.

얼어붙은 마음을 녹여 준 민혁에게 새삼스럽게 고마웠다.

'그러고 보니 거의 민혁이가 만나자고 했었네.'

나림은 톡에 메시지를 작성했다.

[오늘 끝나고 뭐해? 데이트할까?]

[데이트! 좋지.]

[그럼 저녁 먹고 영화 보자.]

[응. 영화표 예매해 둘게.]

[아냐, 내가 할게.]

[시러시러. 내가 할 거야.]

[ㅋㅋㅋㅋ 그래, 그럼. 저녁은 내가 살게.]

[시러시러. 내가 살 거야.]

[그럼 난 뭐해?]

[뽀뽀해.]

[으이그. 알겠어. 미팅 끝나고 연락할게.]

[응. 내 여친, 우리 과장님. 파이팅!]

톡을 하는 내내 미소가 사라지지 않았다. 가슴이 간질간질. 기분이 좋다.

* * *

지나는 나림에게 쌓인 것이 많았나 보다.

아니, 나림에게 쌓였다기보다는 맛나다 주식회사에 쌓인 것들을 모조리 나림에게 털어 내려는 듯 독설을 날렸다.

일 처리를 제대로 못 하는 게 아니냐는 둥, 그런 식으로 해서 어떻게 과장이 되었는지 모르겠다는 둥.

쏟아지는 독설을 막아 준 것은 명호였다.

명호가 넉살 좋게 그녀의 말에 대응해 주지 않았더라면, 상당히 큰 타격을 받고 미팅을 끝냈을지도 모르겠다.

어쨌든 지나는 기분이 풀린 듯 마지막에는 계약서에 사인을 해 주었다.

"오늘 여러 가지로 도와줘서 감사해요, 부장님."

전철역으로 걸어가며, 나림이 말했다.

"별말씀을. 같은 부서 사람으로서 당연히 해야 하는 일인데."

"오늘 지나 씨가 공격하는 걸 막아 주신 것도 감사하고요."

"기분은 괜찮아?"

"네, 괜찮아요. 일하다 보면 이런 일쯤이야 항상 겪는 거니까요."

"그런데 왜 딱딱하게 존댓말이야? 평소처럼 하지."

"평소처럼이 이래야 하는 거 아닐까요? 우리는 회사에서 직급이 다른 회사 동료일 뿐이니까."

"나림아."

"최 과장이라고 불러 주세요. 그게 싫으시면 나림 씨라고 불러도 좋고요. 이름을 부르는 건 불편해요."

"왜 그래, 갑자기?"

"갑자기가 아닙니다, 부장님. 적당한 선을 지켜야겠다는 생각이 들었어요."

"나는 별로 지키기 싫은데, 그 선."

"아니요, 지키는 게 좋을 것 같습니다. 이제 부장님과 저는 한 회사의 직장 동료. 그 이상도, 이하도 아니니까요."

"그 친구 때문에 그래?"

"부장님이 말씀하시는 그 친구가 제 남자 친구를 말씀하시는 거라면, 그래요. 그것도 하나의 이유가 되겠지요. 전 남자 친구가 있고, 남자 친구가 불쾌해할 일은 만들고 싶지 않아요. 앞으로는 업무 시간 이외에 연락을 하시는 일도 없었으면 좋겠습니다. 물론, 해 주신 일에는 무척 감사드리고 있습니다만, 그게 제가 개인적으로 감사할 일은 아니라고 생각합니다. 조만간 우리 팀 팀장님께서 사례하실 거예요."

나림은 그동안 품고 있던 말을 쏟아 내듯 말했다.

명호는 미간을 좁히고 나림을 내려다봤다.

"너 혼자 이러는 거 아닐까?"

명호가 중얼거렸다.

"네?"

"너 혼자만 이렇게 선을 긋고 그 친구를 배려하는 거 아니냐고. 그 친구는 만나고 싶은 대로 여자를 만나고, 선을 긋지도 않는데 너 혼자서만 전전긍긍하면서 이렇게 나랑 선을 긋는 거라는 생각은 안 해 봤어?"

"……그럴 리가요."

"너랑 그 친구를 이간질할 생각은 없어. 하지만 너 혼자서 선을 지키는 모습이 안쓰러워."

"제 애인은……."

"난 봤어. 그 친구가 임지연 씨랑 팔짱을 끼고 걸어가는 모습을."

순간, 심장이 툭 떨어지는 기분이 들었다.

"네?"

"그것도 회사 복도에서, 팔짱을 끼고 시시덕거리면서 걸어가더군. 아무리 너랑 그 친구가 비밀 연애를 하는 중이라고는 해도, 그건 너무한 거 아냐?"

"……."

"임지연 씨가 먼저 팔짱을 끼었더라도 충분히 빼낼 수 있는 시간이었어. 하지만 그 친구는 그러지 않았지. 그런데도 넌 그 친구를 위해 이렇게까지 하는 거야?"

생각지 못한 말에 명치 부근이 아파왔다.

나림은 그 통증을 드러내지 않으려고 애쓰며, 명호를 똑바로 응시했다.

"저와 제 애인의 일에 대해 타인이 떠들어대는 걸로, 그 사람의 행동에 대해 평가하고 싶진 않아요. 제 애인이 다른 여자와 팔짱을 끼고 걸어갔다면, 그럴 만한 이유가 분명히 있었겠지요."

사실은 그렇게 생각하지 않았다.

하지만 명호의 앞에서는 그렇게 생각하는 듯 말해야만 했다. 그러지 않으면 흔들리게 될 것만 같으니까. 간신히 부여잡은 민혁을 향한 신뢰가 송두리째 뽑혀 나올 것만 같으니까.

“설령 제 애인이 바람을 피운다고 해도, 그건 저와 그 사람 사이의 문제예요. 윤 부장님께서 신경 쓰실 일은 아닌 것 같습니다.”

“나는 네가 가슴 아파하는 걸 보기 싫어.”

“아, 그러세요?”

나림이 차갑게 웃었다.

“걱정하지 마세요. 윤 부장님 앞에서는 눈물 한 방울 흘리지 않을 테니까.”

“…….”

“회사까지는 따로 가는 게 좋을 것 같네요. 먼저 가 보겠습니다.”

도망치듯 명호의 앞을 벗어났다.

가슴이 술렁거렸다.

간신히 갈무리하고 있던 표정이 조금씩 일그러져 가는 것을 느꼈다. 하지만 표정 관리를 할 수가 없었다.

남의 이야기를 듣고 민혁을 의심하고 싶지 않았다. 하지만 명호는 없는 소리를 할 사람이 아니었다.

‘아니야. 지금 내가 믿어야 할 건 전 애인이 아니라 민혁이야. 의심하면 안 돼. 그래, 이유가 있겠지. 분명 지연 씨가 먼저 팔짱을 끼었을 거야.’

그리 생각하지만 생각한다고 해서 가슴의 통증이 사라지는 건 아니었다.

가슴이 까맣게 물들었다.

이럴 때는 어떻게 해야 하는 걸까?

민혁에게 물어봐야 하는 걸까?

'하지만 어떻게?'

내 전 남자 친구가 그러는데, 네가 다른 여자랑 팔짱 끼고 가는 걸 봤다더라.

그런 말을 할 수 있을 리 없었다.

나림은 택시 뒷자리에 똑바로 앉아 천천히 심호흡을 했다. 그러나 타들어 간 가슴의 아픔은 조금도 나아지지 않았다.

*　*　*

친구들과 PC방에서 한참 게임을 하다가 집에 가던 나현은, 편의점에 앉아 있는 태민을 발견했다. 태민은 파라솔에 혼자 앉아 컵라면과 냉동식품을 먹고 있었다.

'하여간 저 오빠는.'

태민을 보면 기분이 좋아진다.

어릴 때부터 태민은 항상 유쾌한 사람이었다.

"오빠. 또 여기 있어? 남들이 보면 이 편의점 주인인 줄 알겠다."

핀잔을 주며 맞은편에 앉았더니, 태민이 씩 웃으며 컵라면을 내밀었다.

"한 그릇 할래?"

"아니. 나 다이어트 중이야."

"빼빼 말랐는데 다이어트는 무슨 다이어트야? 너무 마른 건 안 예뻐."

"그래도 배 나오면 안 돼. 바다 가서 비키니 입어야 한단 말이야."

"바다 가게? 언제?"

"다음 주쯤?"

"흐음. 그래? 그럼 이거 내가 다 먹는다? 나중에 가서 후회하고 울어도 소용없어."

"나도 돈 있거든? 컵라면 하나쯤은 내가 사 먹을 수 있어."

태민은 그러든가, 말든가, 하고 중얼거리며 컵라면을 후룩후룩 먹었다. 맛있게 먹는 모습을 보니 허기가 졌지만, 다음 주의 미끈한 몸매를 위해 꾹 참았다.

"아, 오빠. 혹시 우리 언니한테 들었어? 언니, 남친 생겼다?"

"응, 들었지. 내가 너보다 너네 언니랑 더 친하잖아."

"됐거든. 하여간 며칠 전에 봤었어."

"오, 그래? 어때?"

"뭐야, 오빤 못 본 거야?"

나현이 우쭐해하는 모습을, 태민은 재미있다는 듯 지켜봤다.

"잘생겼더라."
"호오."
"뭐랄까. 커다란 강아지 같은 인상? 키도 크고 어깨도 넓고. 몸은 되게 듬직한데, 얼굴은 귀염상이야. 되게 동안이야. 좋은 사람인 것 같더라."
"흐응."
"그런데 있잖아. 그 오빠 옆에서 우리 언니, 되게 귀엽다?"
"그래?"
"응. 언니가 그런 모습 처음 봤어. 우리 언니, 좀 냉정한 느낌이잖아. 그런데 그 오빠 옆에서는 안 그러더라고. 앙탈도 부리고."
"흐음."
"편안해 보여서 안심이었어. 우리 언니, 명호 오빠랑 헤어지고 나서 아예 연애를 안 했잖아. 그래서 걱정이었는데, 이제 좀 행복해졌으면 좋겠어."
"너네 언니 행복을 바라면, 너도 게임만 하지 말고 얼른 취업 좀 해."
"뭐야, 게임만 하지는 않거든. 연애도 하고, 친구들도 만나고, 영화도 보고. 나, 게임 폐인 아니라고."
나현이 장난스럽게 말했다.
태민은 웃음기를 지웠다.
"농담하는 거 아냐, 최나현. 너, 대학 졸업한 지 한참 지났잖

아. 취업 안 할 거야?"

"할 때 되면 하겠지. 왜 오빠까지 그래, 무섭게."

"나림이가 얼마나 힘들지 생각 안 해 봤어? 지금 너희 집 생활비, 누가 다 대는지는 알아?"

"……그거야…… 거의 언니가……."

"그래. 걔가 자기 힘든 얘기를 안 해서 그렇지. 힘들 거야, 사실은. 한 번이라도 너네 언니 입장이 돼서 생각해 본 적 있어? 걔, 대학 다닐 때도 과외며, 알바해서 자기 등록금이랑 용돈 번 애야. 대학 졸업하자마자 취업해서 번 돈, 집안 빚 갚는 거랑 가족들 생활비로 다 썼고. 걔, 지금 32살이야. 여자 나이 32살."

"……."

"다른 여자들, 돈 모아서 시집가고 연애하고, 자기 옷 사고 꾸밀 때. 걔는 이제야 돈 모으기 시작했어. 그런데 동생이란 기집애는 철딱서니 없이 취업도 안 하고 게임이나 하고 다녀. 가족들은 다들 걔가 생활비 대부분을 대는 게 당연하다는 듯이 행동해. 걔는 자기가 번 돈을 자기 자신을 위해 쓰질 못해. 너 같으면, 그렇게 살 수 있겠어?"

늘 장난스럽던 태민이 이렇게 심각한 표정으로 나무라는 건 처음이었다.

하지만 화가 나지는 않았다.

태민의 말이 하나하나 전부 옳았기 때문이다.

언니의 인생에 대해 그런 식으로 생각해 본 적은 없었다.

언니가 열심히 일해서 집안 빚을 갚고, 생활비를 대는 것. 가족이니까 당연하다고만 생각했지, 그것이 내 입장일 때 어떨지 상상해 본 적은 없었다.

나림이 얼마나 열심히 사는지, 나현은 알고 있었다.

왜 저렇게까지 일을 할까, 젊은 날을 일만 하면서 보내는 건 아깝지 않을까. 그런 생각을 했는데, 그 이유는 전부 가족들 때문이었다.

그러면서도 나림은 그 부분에 대해 가족들을 지적한 적이 없었다.

"언니, 힘들었을까?"

"안 힘들면 사람이냐?"

"그럼 언니, 우리 때문에 결혼도 못 한 거야?"

"아니, 그건 아니고. 하지만…… 만약 나림이가 결혼을 하고 싶어졌다고 해도, 쉽게 결정을 할 수는 없겠지. 모은 돈도 얼마 없고, 가족들 생활비도 걱정해야 하니까."

"나, 언니의 발목을 잡고 있구나."

"그래."

태민은 냉정했다.

나현은 입술을 삐죽거리며 고개를 숙였다.

"아, 그렇게 생각해 본 적은 없었는데. 어떡하지?"

"어떡하긴, 뭘 어떻게 해? 앞으로는 그렇게 좀 생각하고, 얼른 취업해서 너네 언니 어깨에 짊어진 짐 좀 덜어 내 줘. 이 철딱서니 없는 기집애야."

* * *

나림이 민혁과 영화를 한 편 보고 집에 돌아왔을 때.

느닷없이 나현이 달려와 나림을 끌어안았다.

"언니, 사랑해."

"뭐야, 갑자기?"

"사랑해, 언니. 나, 앞으로 진짜 열심히 취업 준비 할게. 다음 주에 바다에 가기로 한 것도 다 취소했어."

"왜? 기대하고 있었잖아. 비키니 몸매 자랑할 거라고."

"취업이 우선이지. 나 취업해서, 우리 언니 예쁜 옷도 사 주고 예쁜 신발도 사 줘야지. 그러니까 언니. 너무 걱정하지 마."

너무 걱정하지 마.

그 말이 나림의 가슴에 따스하게 내려앉았다.

오늘 민혁과 영화를 보는 내내, 명호에게 들었던 이야기에 대해 고민을 하느라 무거웠던 마음이 조금 가벼워진 기분이 들었다.

나림은 나현의 허리를 토닥거리며 말했다.

"그래, 고마워."

7장

너와 함께

지나와의 계약이 성사되어 일이 수월하게 진행되기 때문일까.

최근 여직원들과의 사이가 전보다 부드러워졌다.

“오늘은 여자들끼리 점심 먹어요.”

“파스타 먹자, 파스타.”

그래서 점심때, 여직원들끼리 모여 파스타를 먹으러 갔다.

파스타와 피자를 골고루 시키고, 근황에 대해 이런저런 이야기를 하다가 패션 이야기로 옮겨갔다.

무슨 옷을 샀네, 온라인에서 산 옷은 모델 핏이 안 나네, 그런 이야기를 하는데 지연이 말했다.

“아, 저 이번에 헤어스타일 좀 바꿔 보려고요.”

“왜? 지금 머리 잘 어울리는데.”

"여름이기도 하고, 분위기 전환도 할 겸 해서요."

"어떻게 바꾸게?"

"제가 사진 다운 받아 놓은 거 있어요. 잠시만요."

지연이 휴대폰을 꺼냈다.

그때만 해도 나림은 별 생각 없이 파스타를 먹고 있었다. 면이 적당하게 익은 봉골레 파스타는, 나림이 좋아하는 것 중 하나였다.

봉골레 파스타의 조갯살을 바르고 있을 때였다.

"어, 잠깐! 잠깐!"

지연의 옆에서 휴대폰을 들여다보면 자영이 외쳤다.

"이거 뭐야? 뭐야, 누구야? 이거, 남잔데? 지연 씨, 애인 있어?"

"아, 아니요. 아니에요. 아, 왜 이 사진이……."

지연이 당황해하며 휴대폰을 감추려 했지만, 자영이 얼른 지연의 휴대폰을 뺏어들었다.

"어, 이 남자. 낯설지가 않은데. 이 옷…… 어, 이거 민혁 씨 아냐?"

쿵—!

"뭐? 민혁 씨라고요?"

"정말? 정말로?"

"어디, 나도 봐 봐."

"어, 진짜네. 민혁 씨네."

"뭐야, 둘이 막 따로 만나는 사이야?"

"택시 같이 탄 거야? 이거 어디 같이 가는 분위기인데?"

"팔짱 낀 거 맞지? 헐. 정말이야?"

쿵―!

"전혀 티가 안 났는데. 사귀는 거였어?"

"에이, 그런 거 아니에요."

"아니긴 뭐가 아니야. 누가 봐도 분위기 좋은데. 아직 썸 타는 사이?"

"아뇨, 그게 아니고……."

"와, 잘 어울리긴 한다. 둘이 이 늦은 시간에 택시 타고 어디 간 거야?"

"어딜 가긴요. 아하하하."

"왜, 말해 봐. 민혁 씨, 여자한테 관심 없는 줄 알았는데, 그것도 아니었나 보네."

쿵―!

아까부터 자꾸만 울리는 쿵, 쿵, 소리가 제 가슴에서 나는 소리라는 걸 뒤늦게 자각했다.

심장이 반으로, 반으로, 쪼개지고 있었다.

나림은 자신이 어떤 표정을 짓고 있는지, 어떤 행동을 하고 있는지도 자각하지 못한 채 멍하니 지연 쪽을 응시했다.

지연과 눈이 마주쳤다.

지연이 수줍다는 듯 생긋 웃었다.

비밀 연애를 하는 남자 친구를 들킨 것 같은 표정이었다.

쿵—!

또다시 심장이 둘로 쪼개졌다.

무언가 생각을 해야 하는데, 아무 생각도 나지 않았다. 머릿속에 뜨거운 물이 들어차, 사고가 정지된 것만 같았다.

여직원들은 민혁과 지연의 사이에 대해 떠들어댔고, 지연은 결국 털어놨다.

"제가 술이 많이 취해서 해롱해롱하는데, 친구들이 민혁이 오빠한테 전화를 했나 봐요. 저 좀 챙겨 주라고. 그래서 민혁이 오빠가 저 데려다주려고 나온 것뿐이에요."

"하지만 그냥 집에 가진 않았을 거 아냐."

"둘이 같이 보냈어? 누구네 집으로 갔어?"

그런 대화들을 듣고 싶지 않았다.

하지만 들려오는 대화를 막을 수도 없었다.

그래서 음식점에서 나올 때까지, 민혁과 지연의 이야기를 고스란히 듣는 수밖에 없었다.

음식점에서 나온 여직원들이 커피숍에 가자고 했지만, 나림은 일이 생겼다고 거절했다. 아마도 그들은 커피숍에 가서 계속 지연과 민혁의 관계에 대한 이야기를 할 것이다.

나림은 꿀꺽, 꿀꺽 침을 삼켰다.

목구멍으로 넘어가는 것이 침인지, 눈물인지 알 수 없었다.

심장이 갈기갈기 찢긴 기분이다.

'아니, 아니야. 그런 거 아냐.'

회사 앞에 도착했을 때에야, 생각을 할 수가 있었다.

'그런 거 아닐 거야.'

아닐 거라고 생각한다.

민혁이 바람을 피웠을 리 없다.

양다리를 걸치고 있을 리는 더더욱 없다.

'정말로?'

민혁의 첫인상이 떠올랐다.

처음 민혁을 알게 되었을 때만 해도, 여자들에게 쉽게 접근하고 꾀는, 난봉꾼이라고 생각했었다.

'아니, 그럴 리 없잖아. 민혁이가 바보도 아니고, 같은 회사 사람이랑 양다리를 걸칠 리가 없지.'

민혁을 믿고 싶었다.

하지만 마음이 쉽지 않았다.

믿으려고 해도 두 눈에 보이는 건, 두 귀에 들려오는 건, 믿을 수 없는 것들뿐이었다.

그럴 때는 정말이지, 어떻게 해야 좋을지 모르겠다.

회사 앞 벤치에 한참을 앉아 있었다. 얼마나 시간이 지났는지 모르겠다.

문득 머리를 스치는 손길에 고개를 들자, 민혁이 보였다. 점심을 먹고 들어오는 길인지, 민혁의 뒤쪽으로 회사에 들어가는 남자 직원들의 뒷모습이 보였다.

"과장님, 여기서 뭐해요?"

"아니, 그냥."

눈물이 날 것 같았다.

가슴이 콱 죄어 숨을 쉬기 힘들었다.

"그냥. 아무것도 안 해."

"아까 여직원들이랑 같이 나갔잖아요. 왜 혼자 있어요? 혹시…… 또 무슨 소리 들은 거예요?"

민혁의 눈에 떠오른 걱정이, 그동안은 나림의 가슴을 따스하게 만들어 준 그 애정 어린 눈빛이, 지금은 가식으로만 보였다.

"아니, 그런 거 아냐. 들어가 봐."

"같이 들어가요."

"싫어."

"네?"

"싫다고. 들어가 봐."

"……과장님."

"……."

"……그럼 사무실에서 봐요."

대답하지 않았다.

민혁은 대답을 기다리는 것 같았지만, 나림은 고집스럽게 입을 다물고 앉아 있었다.

결국 민혁이 포기하고 뒤로 돌아섰다.

붙잡고 싶었다.

묻고 싶었다.

하지만 그러지 않았다.

조금 더 생각을 정리할 시간이 필요했다.

복잡한 머릿속을 깔끔하게 정돈하고 싶은데, 잘 되지 않았다.

어떻게 사무실에 돌아가 일을 했는지 모르겠다. 정신을 차려 보니 퇴근 시간이 훌쩍 지나 있었고, 사무실에는 아무도 남아 있지 않았다.

나림은 짐을 챙겨 들고 아래로 내려왔다.

우선 집에 가자. 가서 좀 자자.

한숨 자고 일어나면 괜찮아지겠지. 머릿속도 정리될 거야.

그리 생각하며 내려왔는데, 회사 앞에 민혁이 서 있었다.

그의 모습을 발견하자, 또다시 쿠웅—!

심장이 쪼개졌다.

연인을 보면 기뻐야 하는데, 가슴이 설레야 하는데 아픔만 있었다.

시간이 흐르면 괜찮아질까.

그를 의심하지 않게 될까.

그의 여자 문제에도 담담해질까.

아니, 그렇지 않으리라.

그런 것들에 담담해진다는 것은, 사랑하지 않음을 뜻했다.

내 남자가 다른 여자와 얽히는데, 내 남자에게 다른 여자들이 전화를 하는데, 내 남자가 다른 여자랑 팔짱을 끼고 다니는데.

괜찮은 사람이 있을 리 없었다.

"왜 여기 있어?"

날카로운 목소리가 튀어나왔다.

"걱정돼서."

민혁의 음성은 여느 때와 마찬가지로 다정했다.

나림은 계속 걸어가며 물었다.

"뭐가?"

"네가. 표정이 많이 안 좋아 보이더라. 여직원들이랑 무슨 일 있었던 거지?"

"아니, 아무 일도 없었어."

"하지만……."

"신경 쓸 거 없잖아. 어차피 내 문제인데."

"무슨 말을 그렇게 해? 네 문제가 결국 내 문제인데."

"아, 그래?"

"나림아. 무슨 일이야?"

걱정스레 묻는 그의 음성에 가슴이 미어졌다.

토할 것만 같았다.

"무슨 일일 것 같은데?"

"모르니까 묻잖아. 나한테 뭐 화난 거 있어? 내가 잘못한 거라도 있어?"

"그런 거 없어. 나, 피곤해. 갈게."

"잠깐 얘기 좀 하고 가."

"할 얘기 없어. 나 좀 그냥 내버려 둬."

귀찮다는 듯 대꾸하고 택시를 잡았다.

평소에는 잘 타지 않는 택시지만, 1초라도 빨리 민혁의 앞에서 벗어나고 싶었다.

택시를 잡아 뒷좌석에 타고 문을 닫으려는데, 민혁도 따라서 뒷좌석에 올라앉았다.

"뭐 하는 거야?"

"혼자 보낼 수 없어서. 데려다줄게."

"됐어. 내려."

"아니, 안 내릴 거야."

민혁이 단호하게 대꾸하고 택시 기사에게 목적지를 말했다.

지연에게도 이런 식으로 대해 주었을까?

혼자 보낼 수 없다며, 그 택시에 같이 타고 갔을까?

어디로 갔을까?

그녀의 집으로? 아니면 그의 집으로?

오만가지 생각이 머릿속을 뿌옇게 물들였다.

집에 도착하기까지, 택시 안에는 침묵이 흘렀다.

택시에서 내리자마자 나림은 빠르게 집을 향해 걸었다. 민혁이 뒤따라왔다.

"나림아."

"그만 좀 부를래, 내 이름?"

"왜 이렇게 화가 났는지 말을 해 줘. 말을 해 줘야 내가 고치지.”

“못 고칠걸.”

“아니야, 고칠 수 있어. 뭐가 문제인 거야?”

“뭐가 문제냐고?”

나림은 걸음을 멈추고 그를 돌아봤다.

민혁이 눈썹 끝을 내리고 나림을 응시하고 있었다.

나림의 이유를 알 수 없는 분노에도, 그의 얼굴에는 화난 기색이 없었다. 그저 불안감만이 가득했다.

“네 여자 문제.”

“……내, 여자 문제?”

“그래. 그게 문제야.”

“내가 여자 문제를 일으킨 적이 있어? 너랑 사귀면서?”

“그럼 없니?”

“널 만나면서 모든 걸 정리했어. 나는, 아무 짓도 안 했어. 여자랑 얽히는 일도 없고, 몰래 여자를 만나지도 않았고.”

“아, 그래?”

나림은 피식 웃었다.

“그럼 지연 씨 만난 건, 대놓고 만난 거였니? 당당하게?”

“지연 씨? 우리 팀 임지연 씨?”

“그래.”

“만난 적 없어.”

“……거짓말 좀 하지 마.”

"거짓말 아니야. 나는……."

거기까지 말한 민혁이 입을 다물었다.

새까맣게 잊고 있었는데, 딱 한 번 지연을 만난 적이 있었다. 지연이 술 취해서 민혁을 불렀을 때.

하지만 나림이 그 일을 알 리 없었다. 지연이 말하지 않은 이상.

"지연이가 말했어?"

"왜? 말하면 안 되는 거였어?"

"나림아. 그건……."

"변명하지 마. 너, 회사에서 지연 씨랑 팔짱도 끼고 다녔다더라?"

"그건……."

"너랑 있으면, 다섯 번 중 한 번은 여자들에게 전화가 걸려와. 물론 네 휴대폰에 등록되지 않은 번호로 오는 전화이기는 하지. 그런데 어쨌든 그 여자들은 전부 너랑 과거에 관계가 있었던 여자들이야. 그래도 참았어. 그래, 네 탓 아니니까. 그 여자들이 너에 대한 미련을 끊지 못한 탓이니까. 그러니까 불쾌하고 답답해도, 여기가 타들어 가도."

나림은 가슴 위에 손을 얹었다.

"그래도 참았어. 그런데 임지연은 너무하잖아. 같은 회사 여자까지 그러는 건, 정말 너무하잖아. 내 귀에 안 들어올 거라고 생각한 거야?"

"말하지 못해서 미안해. 하지만 그건……."
"아까 점심 먹는데, 아주 다들 난리였어. 너랑 지연 씨랑 그 밤에 만나서 둘이 같이 택시 타고 어디 간 거냐고."
"……."
"지연 씨는 얼굴 붉히고, 수줍어 하고. 나는 그 상황에서 어떻게 해야 좋을지 알 수가 없더라. 내 남자 친구가 내 직장 동료랑 야밤에 만나서 같이 택시 타는 모습이 사진에 찍혔다는데, 대체 내가 어떻게 해야 좋을지 모르겠더라고."
그동안 가슴에 품고 있던 이야기들을, 나림은 쏘아붙였다.
꾹꾹 누르고 있었던 어두운 감정들이 파도처럼 밀려 나왔다. 민혁의 얼굴이 일그러졌다.
"그러는 넌."
제대로 변명도 못 한 채 나림의 이야기를 듣기만 하던 민혁이 입을 열었다.
"그러는 넌 어떤데?"
"내가 뭐?"
"네 전 남자 친구랑 같이 일하는 널 보는 내 마음은 괜찮았는지 알아?"
"하아…… 여기서 갑자기 내 전 남친 얘기가 왜 나와?"
"왜 나오느냐고? 나도 참고 있었거든. 나도 힘들었거든. 네 전 연인이 우리 회사래. 그래, 자기 과거에 대해, 이야기하지 않는 편이 좋지. 그런데 네 과거가 지금 우리 회사에 있잖아. 그렇다면 나한테 제대로 설명을 해 줘야 하는 거 아냐? 이러이러한 사이였다, 이러이러해서 헤어졌다, 이제는 아무 관계 아니다. 하지만 넌 한 번도 그런 이야기를 해 준 적이 없어. 내가 얼마나 불안할지, 생각이나 해 본 적 있어?"

나림은 눈을 크게 뜨고 민혁을 응시했다.

민혁이 그런 생각을 하고 있을 줄은 몰랐다.

"나는 윤 부장님이랑 정확하게 선을 그었어."

"그래서 밤 11시에 전화를 걸어?"

"회사 일로 그런 거잖아. 네가 받은 걸 가지고 화를 내지도 않았고."

"그렇다면 나도 마찬가지야. 그 여자들이 나한테 전화 거는 거, 내가 어떻게 할 수 있는 부분이 아니야. 네가 전화를 받아도 상관없었고."

"그거랑 이건 달라."

"뭐가 다른데?"

"넌…… 너는……."

난잡했잖아.

그 말을 내뱉기 전, 간신히 정신을 차렸다.

아무리 싸우더라도 할 말이 있고, 하지 말아야 할 말이 있었다.

그리고 지금은 감정이 너무 격해졌다.

해결할 수 없는 문제들. 가치관이 다른 문제들.

그건 이렇게 서로를 향해 화살을 쏘아 보낸다고 해서 해결이 되지 않는다.

"우리, 시간을 좀 갖자."

나림의 말에 민혁이 눈을 부릅떴다.

"그래, 시간을 좀 갖는 게 좋겠어."

나림이 다짐하듯한 번 더 말했다.

"아니, 못 가져."

민혁이 말했다.

"가져야 돼."

"못 가져. 그런 식으로 해결되는 건 없어. 이런 일로 싸우는 건 어느 커플이나 하는 일 아냐? 한 번 싸웠다고 시간을 가져야 돼?"

"약속 시간에 늦어서, 먹는 거 취향이 달라서 싸우는 문제가 아니잖아. 이건 내 과거와 네 과거의 문제야. 과거는 아무리 노력해도 바꿀 수 없고. 내 과거의 사람은 계속 한 회사를 다닐 거고, 네 과거의 여자들도 계속 날 괴롭히겠지."

"과거일 뿐이야."

"그 과거가 현재가 됐어. 그리고 임지연 씨 일은 과거도 아니잖아."

"나림아. 그러지 말고."

"시간을 갖자."

"아니, 난 못 가져. 절대 못 가져."

"그래?"

나림의 얼굴에서 표정이 사라졌다.

나림은 냉랭한 눈으로 민혁을 올려다봤다.

"그렇다면 헤어져야겠네."

"최나림!"

"우리, 여기까지만 하자. 안녕."

나림은 휙 돌아섰다.

민혁이 나림의 손목을 붙잡았다.

"이런 식으로는 못 끝내."

"그건 네 사정이고."

나림은 손목을 빼냈다.

"난 이런 식으로 끝낼 수 있어."

*　　*　　*

멀어지는 나림의 뒷모습을 멍하니 응시했다.

그녀를 잡을 수가 없었다.

이별을 이야기하는 나림은 무척이나 차가웠다. 그 서릿발 같은 냉정함에 얼어붙어, 움직일 수가 없었다.

이런 식으로 헤어지게 될 줄은 몰랐다. 간신히 잡은 사랑이 이렇게 와장창 깨질 줄은 몰랐다.

아무 생각 없었던 과거의 행각이, 이렇게 발목을 잡을 줄은 몰랐다.

심장이 차게 식어 갔다.

괴롭게 일그러진 민혁의 얼굴에 주르륵, 눈물이 흘러내렸다.

눈물을 닦아 낼 생각도 하지 못한 채, 민혁은 나림이 사라진 거리만을 하염없이 응시했다.

* * *

눈물이 흘렀다.

나림은 손등으로 눈물을 쓱 닦아 냈다.

울 일 아니야. 어차피 내 인생에 없었던 한 사람이 잠깐 들어왔다가 나간 것일 뿐이야. 걔가 없다고 내 인생이 달라지진 않아.

좋은 관계가 아니었어.

난 그 애의 과거 때문에 그 애를 계속 의심하고 아파했어. 내게 좋은 남자가 아니었어. 행복하지 않았어. 조금도 행복하지 않았어.

또 눈물이 흘렀다.

아니, 사실은 행복했어.

의심하고 아팠다. 하지만 그보다 좋을 때가 더 많았다.

'좋을 때가 많아도, 여자 문제는 분명 앞으로도 계속 날 괴롭혔을 거야. 그러니까 됐어. 내가 그 애에게 더 익숙해지기 전에

얼른 끝내는 게 옳아.'

나림은 천천히 심호흡을 하며 표정을 갈무리했다.

힘들 때 그것을 겉으로 드러내지 않는 것은 나림이 가장 잘하는 일 중 하나였다. 그러니까 이번에도 내색하지 않을 수 있을 것이다.

나림은 천천히 문을 열고 집으로 들어갔다.

엄마와 나현, 아빠가 식탁을 정리하고 있었다.

"다녀왔습니다."

나림은 인사하고 서둘러 방으로 들어가려고 했다.

"오늘 고모네 가족 왔었어. 나진이 오빠네 부부랑."

나진은 고모의 아들로, 나림보다 3살 어렸다.

"아아, 그래."

"언니도 1시간만 빨리 왔으면 만났을 텐데. 새언니가 애기 가졌대. 임신 4개월이라더라."

"아아, 그래."

적당히 대꾸하며 방으로 향하고 있는데, 엄마가 말했다.

"고모네는 벌써 손주를 보는데, 우리 집 큰 딸년은 아직도 저 모양이니. 쯧쯧."

엄마가 혀를 차는 소리에 우뚝 걸음을 멈췄다.

평소라면 적당히 넘길 말인데, 오늘따라 울컥 화가 치밀었다. 휙 돌아서서 엄마를 쏘아보는데, 나현이 말했다.

"엄마, 그러지 마. 언니도 만나는 사람 있어."

나림은 나현의 입을 틀어막고 싶었다.

그 만나는 사람, 방금 헤어지고 돌아오는 길이야.

"뭐? 정말? 윤 서방 말고?"

"응, 윤명호 씨는 이제 한물갔고. 얼마 전에 봤는데, 우리 예비 형부. 엄청 잘생겼어. 언니네 회사래."

"어머, 어머. 그래? 언제 한 번 집에 데리고 와."

엄마가 호들갑을 떨었다.

화내지 말자. 짜증 내지 말자.

나림은 속으로 되뇌며 말했다.

"헤어졌어."

"뭐?"

"왜?"

엄마와 나현이 동시에 외쳤다.

"왜긴. 안 맞아서 헤어졌지, 뭐. 아무튼 난 이제 다시 솔로니까 결혼 얘기는 꺼내지 마."

"얘가, 얘가. 왜 또 그런 식으로 헤어지고 그래? 너도 이제 그만 좀 따지고 남자 만나서 결혼해야지. 안 맞는 부분이 있으면 서로 고쳐 가면서 결혼하는 거야. 나는 뭐, 네 아빠랑 다 잘 맞아서 결혼한 줄 아니?"

"됐으니까 그만 좀 해."

"윤 서방도 그래. 사실 따지고 보면 윤 서방만 한 신랑감이…….”

“그만 좀 하라고!”

나림이 비명을 지르듯 외쳤다.

거실이 조용해졌다.

항상 차분해서 나이 차이가 얼마 안 나는 나현과도 싸운 적이 한 번도 없는 나림이었다. 그런 나림이 소리를 지르는 건 처음 있는 일이기에, 가족들은 눈을 휘둥그레 뜨고 있었다.

“그만, 그만, 그만! 제발 그 빌어먹을 결혼 타령 좀 그만하라고!”

“나, 나림아…….”

“왜 이렇게 난리야? 내가 결혼 못 한 게 죄야? 내가 뭐 하자 있어? 내가 이 집에 잘못한 게 있는 거야? 엄마, 나 고등학교 때부터 알바했어. 그 돈 모아서 대학 등록금 내고, 대학 내내 일해서 이 집 빚 갚았어. 회사 다니면서 번 돈도 다 집에 쏟아부었어! 가족들 생활비도 거의 다 내가 내! 그런데 내가 결혼 못 한 게, 엄마랑 아빠한테 그렇게 죄를 짓고 있는 거야?”

입이 제멋대로 움직였다.

일 때문에 아무리 힘들어도, 부모님께 쓴소리를 한 적이 없었다. 부모님에게 상처를 주고 싶지 않았다.

그런데 왜일까.

내 인생에 없었던 한 남자가 들어왔다가 나갔을 뿐인데, 그런 일을 경험하는 게 나 혼자만이 아닐 텐데…….

왜 모든 것이 다 무너지고 부서진 듯 느껴지는 것일까. 왜 항상 있는 잔소리조차 견디지 못하게 만드는 걸일까.

"나, 32살이야. 미친년처럼 일했어. 그런데 모은 돈이 하나도 없어, 지금! 내가 명품을 사는 것도 아니고, 돈지랄 하면서 돌아다니는 것도 아닌데, 내 수중에 있는 돈이 없다고! 나, 아직도 새벽 1, 2시까지 일하다가 자. 그렇게 번 돈, 전부 이 집에 쏟아부어. 그런데 내가 결혼 안 한 게, 내가 그 엿 같은 윤 서방이랑 안 만나는 게! 그렇게 죽을죄야? 매일 이렇게 잔소리를 들어야 할 만큼?"

"나림아……."

"엄마. 나도 힘들어. 나도 지쳐. 적어도 이 집에 들어와서는 편하고 싶어. 그런데 회사에서는 회사 여직원들이 지랄지랄, 집에서는 엄마가 결혼 안 한다고 잔소리. 나, 대체 어디서 쉬어? 나, 어디서 마음이 편해야 돼? 나, 대체…… 뭘 얼마나 더 해야 돼?"

눈물이 흐르고 있었다.

나림은 손등으로 눈물을 쓱 닦아 냈다.

"제발 나 좀 가만히 내버려 둬. 제발 좀."

나림은 휙 돌아섰다.

가족들이 무어라 하는 소리가 들렸다. 하지만 무슨 말을 하는지 하나도 귀에 들어오지 않았다.

"이런 식으로는 못 끝내."

들려오는 건, 민혁의 마지막 목소리뿐이었다.

* * *

집을 나왔지만 갈 곳이 없었다.

나림은 찜질방으로 향했다.

늦은 시간인데도 찜질방에는 사람이 꽤 많았다.

목욕을 하고, 분홍 찜질방 옷으로 갈아입고 식혜를 사 왔다. 식혜를 쪽쪽 빨며 멍하니 TV를 응시했다.

드라마를 하고 있는데, 하나도 눈에 들어오지 않았다.

민혁과 헤어진 게 고작 2시간 전의 일이다. 그런데도 그가 그리웠다.

그의 체온, 그의 목소리, 그의 눈빛.

어느 하나 그립지 않은 것이 없었다.

그의 넓은 품에 얼굴을 묻고, 칭얼거리고 싶었다.

오늘 이러이러한 일이 있었어. 오늘 이러이러한 말을 해버렸어.

민혁은 나림이 그런 말을 할 수 있는 유일한 사람이었다.

가장 힘들 때에 기댈 수 있었던 사람이, 가장 힘들 때에 내 곁에 없다. 그리고 가장 힘든 그 이유가, 바로 그 사람으로 인해 비롯된 것이다.

이별은, 그래서 아프다.

"가출 소녀."

옆에서 귀에 익은 음성이 들려왔다.

나림은 돌아보지도 않고 중얼거렸다.

"나이가 서른이 넘었는데 소녀는 개뿔."

"내 친구한테 이제야 사춘기가 찾아왔나?"

"여긴 어떻게 알고 왔어?"

태민이었다.

"나현이한테 전화 왔어. 너, 집 나갔다고."

"내가 찜질방에 있는 줄은 어떻게 알았어?"

"전에 나랑 얘기하다가, 집 나가면 갈 데가 찜질방밖에 없을 것 같다고 한 적 있었잖아. 혹시나 싶어서, 이 근처 찜질방을 다 돌아다녔지."

"엄마랑 아빠한테 못할 소리를 했어."

"할 때 됐지."

"아니, 하면 안 됐어. 비수를 꽂은 거야, 나는."

태민이 고개를 돌려 나림을 응시했다.

태민의 착한 친구는, 마음이 깊은 친구는, 식혜에 꽂힌 빨대를 입에 물고 멍하니 앞을 응시하고 있었다.

"너는 참 착한 애였어. 어릴 때부터. 그런데 착한 애들은 남의 가슴에 비수를 꽂지 않기 위해, 자기 가슴에 비수를 꽂을 때가 있어. 꽂히고 꽂힌 칼날이 여러 개 쌓이다 보면, 아프고 피가 흐르고 그 피에 숨이 막혀 죽게 되지. 난 늘 네가 걱정스러웠어. 네가 흘린 피에 질식해서 죽을까 봐."

"예술가라 그런지 말은 잘하네."

"내 친구 죽는 꼴은 보고 싶지 않아. 그러니까 잘했어, 오늘은. 한 번쯤 속 시원히 얘기할 때도 있어야 하는 거야."

나림은 고개를 숙였다.

"민혁이랑 헤어졌어."

"그래. 나현이한테 들었어."

"태민아. 나는 명호 오빠랑 헤어졌을 때도, 내 선택에 대해 후회한 적이 없었어. 그런데 지금은 혼란스러워. 나, 제대로 선택한 걸까?"

"……."

"민혁이의 여자 문제가 나를 힘들게 해. 과거의 여자도, 현재의 여자도. 그 애가 지금은 나를 사랑하고, 나만 보고 있다는 걸 알아. 하지만 느닷없이 등장하는 과거가, 현재가 내 가슴을 콱콱 짓밟아. 이런 문제들은 해결할 수 없는 거니까, 이런 문제들은 무엇보다도 중요한 거니까. 그러니까 헤어진 건 잘한 거겠지. 정말 잘한 걸 거야. 그런데…… 정말 잘한 걸까?"

"……."

"그런 말이 있잖아. 그거 하나 빼면 다 좋은 남자. 민혁이도 그래. 여자 문제 하나 빼면 다 좋은 남자야. 완벽해, 정말. 그래서일까? 그래서 내가 지금 이렇게 고민을 하고 후회를 하고 아프고 슬픈 걸까?"

"명호 형은 여자 문제조차도 없었던 남자였어."

"……."

"정말로 완벽한 남자였지. 그런데도 넌 그 형과의 이별을 아파할지언정, 그 선택에 대해 후회한 적은 없어."

"그래, 그랬지. 뭐가 다른 걸까?"

"글쎄. 그 두 사람이랑 사귀었던 건 내가 아니니까, 나는 모르지."

"……힘들어."

"응, 힘들 거야."

"괴로워."

"응, 괴롭겠지."

"너무 지쳐."

"지치는 게 당연해. 나였다면, 진즉에 도망쳤을 거야. 모든 것으로부터."

"도망……."

"그래, 도망."

"도망칠까, 나?"

나림이 고개를 들고 태민을 마주 봤다.

촉촉하게 젖은 나림의 눈을 보며, 태민이 미소를 지었다.

"그래, 그것도 좋은 선택이지."

"그런데 갈 곳이 없는걸."

"우리 집에 와도 좋고."

"아하하하. 그게 무슨 도망이야. 바로 옆집인데."

나림이 힘없이 웃었다.

"그럼 저 멀리, 해외로 도망을 쳐도 좋고."

"회사는 어쩌고?"

"도망친다는 애가 회사 생각은 뭐 하러 해? 그럼 평생 도망 못 쳐."

"그런가?"

"그래."

나림은 벌러덩 드러누웠다.

도망치고 싶었다.

그 생각을 오래전부터 쭉 하고 있었다.

최근 민혁을 만나면서 조금 괜찮아졌지만, 그와 헤어지자 다시금 그런 생각이 들었다. 그 여느 때보다도 강렬한 충동이었다.

도망치고 싶다. 나를 둘러싼 모든 것으로부터.

약하다고, 무책임하다고 비난해도 상관없었다.

"일단 내일부터 휴가를 좀 내야겠어. 고민을 좀 해 볼래."

"그래, 그럼."

* * *

민혁이 사무실에 들어온 건 정확하게 9시 정각이었다.

항상 일찍 와서 업무를 준비하는 민혁과 나림이 9시까지 오지 않아서, 다들 궁금해하던 차였다. 그런데 9시가 되자 들어온 민혁이, 그의 자리가 아닌 지연의 자리로 향하자, 다들 눈이 휘둥그레져서 민혁을 응시했다.

"오빠."

분위기를 못 읽은 지연이 환하게 웃으며 손을 흔들었다.

지연의 옆에 멈춘 민혁이 지연을 가만히 내려다보다가 입을 열었다.

"임지연 씨. 난 임지연 씨 싫어요."

"어?"

지연의 눈이 커졌다.

"난 임지연 씨가 끔찍하게 싫어요. 회사에서 친한 척하는 것도 싫고, 싫다는데도 자꾸 팔짱 끼는 것도 싫고, 사적으로 자꾸 전화하거나 메신저를 보내는 것도 싫고, 친구들 시켜서 전화를 걸어 데리러 오라고 말하는 것도 싫고. 전부 싫습니다."

"오, 오빠. 그게 무슨 소리야? 지금 무슨 소리 하는 거야? 자, 잠깐."

뒤늦게 상황 판단을 한 지연이 얼굴을 붉히며 일어났다.

"나가서, 나가서 얘기해."

팔짱을 끼어오는 지연을 피하며, 민혁이 계속해서 말했다.

"아니요, 여기서 얘기하는 게 좋겠습니다. 뒤에서 또 어떤 거짓말을 할지 모르니까요."

"거짓말…… 이라니. 오빠, 정말 왜 그래?"

"내가 사회생활이 처음이라, 동료 직원한테 어디까지 해야 하는지 알 수가 없었습니다. 내가 어리석었죠. 임지연 씨가 뒤에서 나와의 관계에 대해 두루뭉술하게 이야기하고 다니는 걸 진작 눈치챘더라면 좋았을 텐데. 내 행동 때문에 직원들이 더 오해한 것 같습니다. 난 임지연 씨가 정말 싫어요. 당신, 내 스타일 아니야."

"야, 정민혁! 너, 진짜 회사에서 뭐라는 거야? 내가 뭘 어쨌다고?"

지연이 바락 외쳤다.

지연의 눈에 눈물이 가득 고여 있었다.

"뭘 어쨌냐고? 그걸 몰라서 물어? 정말로?"

"나, 나는……."

"그래, 나한테 마음이 생길 수 있어. 그런데 바보가 아닌 이상, 걸려 오는 전화 안 받고 개인적인 연락에 답장 안 하고, 자꾸 따로 만나자는 걸 거절하면 싫다는 뜻인 줄 눈치채야지. 거기다 친구들 시켜서 날 불러낸 주제에, 대체 다른 사람들한테 뭐라고 떠든 거야? 내가 너랑 같이 택시를 탔다고?"

"오빠! 그건 오해야! 최 과장님이 오빠한테 뭐라고 말했는지는 모르겠지만, 그거 전부 오해야!"

"여기서 최 과장님이 왜 나오는데?"

"어?"

"여기서 최 과장님이 왜 나오느냐고. 최 과장님 들으라고 한 소리였어, 그 소리들?"

"아, 아니. 그게 아니라……."

"직장 동료니까 적당히 받아 주려고 했어. 그래, 솔직히 미움 받는 건 귀찮았거든. 너 같은 인종 딱 잘 아니까. 자기 마음에 안 들면 어떤 식으로 이간질하는지, 아주 잘 아니까. 그런데 관뒀어. 뒤에서 내 욕을 하든, 이간질을 하든 멋대로 해. 너 같은 여자 딱 질색이고, 넌 내 스타일 아니고, 내가 네 몸에 손대는 거 역겹고, 너한테 전화 오는 거 아주 지긋지긋해!"

지연은 입술을 달싹이다가 결국 울음을 터뜨렸다.

민혁은 그런 지연을 가만히 노려보다가, 팀원들을 돌아보며 고개를 숙였다.

"소란스럽게 해서 죄송합니다. 제가 많이 힘들었거든요, 임지연 씨 연락 때문에."

그렇게 말한 민혁은 아무 일도 없었다는 듯 자기 자리로 돌아가서 앉았다.

사무실 안은 쥐죽은 듯 고요했고, 가끔 지연이 훌쩍이는 소리만 들려왔다.

'진작 이럴걸.'

후회가 가슴에 사무쳤다.

'진작 이렇게 할걸. 다른 사람들이 날 어떻게 보든 상관없는데. 나림이만 내 옆에 있어 주면 되는데.'

내가 어리석었다.

휴대폰은 번호를 바꾸고, 임지연에게는 확실하게 말해서 끊어냈더라면, 이런 일은 생기지 않았을 것이다.

'나는 나림이 전 애인 때문에 이렇게 가슴 아파하면서, 나림이가 그럴 거라고는 생각도 못 했어.'

늘 신경은 쓰고 있었다. 하지만 내 일처럼 생각하지는 못했다는 게 진실이었다.

'내가 나림이 입장이었더라면…….'

데이트를 하는데 전 남자들에게 끊임없이 연락이 오고, 직장 동료가 나림의 어깨를 쓰다듬고. 그런 모습을 봤더라면 밤에 잠도 못 잤을 것이다.

나림을 편안하게 해 주고 싶었는데, 가장 상처 주는 사람이 되고 말았다.

"우리, 여기까지만 하자. 안녕."

어젯밤.

냉랭하게 말하던 나림의 눈빛이 뇌리에서 떠나지 않았다.

'냉정한 게 아니야.'

민혁은 한숨을 내쉬었다.

'그건 냉정한 게 아니야. 속마음을 내비치지 않으려고 냉정함으로 포장한 거지.'

나림은 힘들 때, 우울할 때. 그것을 드러내지 않는 여자이다.

꾹꾹 눌러 참고 스스로 극복하려고 노력하는 여자이다.

그래서 그러한 차가움으로 벽을 쌓고, 더한 상처를 받지 않으려고 발버둥을 치는 것이리라.

가슴이 미어졌다.

나림이 혼자 슬퍼하고 있을 것이 걱정되었다.

* * *

"헤어졌다고? 왜?"

친구들을 만났다.

헤어졌다는 말에, 진희와 유미는 두 말 없이 나와 주었다.

"그냥. 여러 가지 이유로. 하여간, 나는 여행을 가려고 해."

"나림아, 너 괜찮은 거야?"

진희가 걱정스럽게 물었다.

"괜찮지, 그럼."

"아니, 안 괜찮을 것 같은데. 넌 속상한 게 있어도 겉으로 드러내질 않잖아. 그래서 걱정이야."

"맞아. 친구 좋은 게 뭐니? 이런 일 있을 때 다 털어놓고 울고불고하는 거지. 일주일 사귀고 헤어져도 힘든데, 너네 꽤 오래 사귀었었잖아."

친구들의 다정한 걱정에 울컥 눈물이 나오려고 했다. 나림은 고개를 숙이고 중얼거렸다.

“드러내지 않은 줄 알았는데, 왜 다들 눈치를 채는 거지?”

“당연히 눈치채지. 우리가 해태 눈이니?”

“맞아. 그냥 네가 말 안 하고 싶어 하니까 말을 안 했던 것뿐이지. 다들 안다고, 친구라면.”

“그래, 다들 아는구나.”

나림은 천천히 호흡을 했다.

어젯밤 태민과 대화를 끝내고 집으로 돌아갔다.

늦은 시간인데도 부모님과 나현은 거실에서 나림을 기다리고 있었다.

“미안하구나, 나림아.”

엄마는 울면서 말했다.

“나는 네가 너무 힘들어 보이니까, 얼른 결혼이라도 해서 편해지기를 바랐어. 항상 이 집을 책임져야 한다는 생각을 하는 것 같으니까, 결혼하면 그런 생각을 좀 덜어줄 수 있지 않을까 싶었어.”

엄마가 그렇게 생각하고 있을 줄은 꿈에도 몰랐다.

"네가 집에 얼마나 잘하고, 우리 걱정을 얼마나 많이 하는지 아는데. 어떻게 네가 결혼 좀 안 했다고 죄라고 하겠니. 그저…… 그렇게 말해서 얼른 이 집을 떠나, 네가 적어도 밤에 하는 번역일이라도 관두고 좀 편하게 생활하기를 바란 거야."

"아빠가 무능력해서 미안하구나. 우리 딸이 힘들어하는 걸 알면서도."

"미안해, 언니."

아무도 알아 주지 않을 거라고 생각했다.

내가 겪는 고통은 내가 감내해야만 하는 것. 내가 극복하고 이겨 내야만 하는 것.

그렇게만 생각해 왔다.

하지만 아니었나 보다.

이야기를 하니, 피드백이 돌아왔고, 감정을 호소하니 위로를 받았다.

주위 사람들의 걱정과 마음 씀씀이를 무시하며, 혼자라는 고독 속에 나림을 밀어 넣은 것은, 다름 아닌 나림 자신이었다.

"사실은 힘들어."

나림은 친구들에게 솔직하게 말했다.

"많이 힘들어. 이렇게 힘들 줄 몰랐는데, 상상 이상으로 힘들어. 죽을 것 같아. 이 괴로움이 영원히 계속될까 봐 무서워. 가슴이 너무 아픈 거야. 정말 너무너무 아픈데, 평생 이렇게 아프면 어쩌나 걱정스러워."

"나림아……."

"많이 좋아했어. 아니, 많이 사랑해. 사랑하고 있어. 너무 좋아, 민혁이가. 지금껏 이렇게까지 편안하고 설레게 해 주는 사람을 만난 게 처음이야. 그래서. 그래서 아파. 그 애의 과거가 현실로 드러날 때마다."

"여자 문제가 있었어?"

"글쎄. 아마도, 아니었겠지. 그저 과거의 여자들일 뿐이니까. 그저 선을 제대로 못 그은 것뿐이니까. 하지만 그게 나한테는 문제였어. 사랑하는 만큼, 괴롭더라. 사랑하는 만큼, 아프더라. 그 애가 해 주는 모든 것들이 다 고맙고 좋은데, 그래도 간혹 떠올라 나를 힘들게 하더라."

"그러면 잘 헤어졌어."

진희가 단호하게 말했다.

나림은 고개를 들어 진희를 응시했다.

"정말로 그렇게 생각해?"

"네가 그렇게 결정했다면 잘한 거야. 네가 옳아."

"……."

"하지만 넌 네가 틀렸다는 말을 듣고 싶겠지."

"……사실은 그래. 사실은 내가 잘못 결정한 거라는 말을 듣고 싶어. 그런 거 아무 문제 아니라고, 살다 보면 괜찮아진다고, 그런 이유로 헤어질 필요 없다고. 그런 말을 듣고 싶어."

"냉정하게 말해서, 연인 간에 이성 문제만큼 서로에게 상처를 주는 일은 없어. 도박, 술, 담배. 그런 것들도 문제라고 하지만, 이성 문제는 심장을 갈기갈기 찢어 놓지. 그러니까 괜찮다는 말은 해 줄 수가 없어."

"역시…… 그렇겠지."

"하지만."

진희가 덧붙였다.

"시간을 좀 더 들여서 지켜볼 필요는 있었어. 결국은 신뢰의 문제인 거야."

"신뢰의 문제……."

"너랑 네 연하 남친은 사귄 기간이 아주 길지는 않아. 서로에 대해 잘 모르고 확신이 없으니까, 그런 문제들이 더 크게 다가온 것일지도 모르지. 만약 함께하는 시간이 더 길어지고, 그 애가 너한테 보여 주는 모습들이 신뢰가 가면, 그 애의 과거도 전처럼 괴롭게 느껴지지는 않았을 거야."

"그럴까?"

"응."

나림은 입을 다물고 생각에 잠겼다.

민혁과 사귄 지 3개월이 되어 가고 있었다.

짧다면 짧은 기간이었다.

그 짧은 시간 동안 너무 많은 사건들이 있었고, 그 사건들은 항상 나림의 심장에 비수를 꽂았다. 상처가 나을 틈도 없이 자꾸만 꽂아서, 지쳤다.

"하여간 여행을 갈 거야."

나림은 말했다.

"해외여행을 가야겠어."

"혼자서?"

"글쎄."

해외여행을 가 본 적은 한 번도 없었다.

여권은 만들어 놨지만 일하느라 바빠서 갈 시간이 없었다.

민혁과 사랑에 빠졌을 때, 첫 해외여행을 민혁과 함께하고 싶다는 생각을 했었다.

"글쎄. 어째야 할지 모르겠어."

* * *

어찌해야 좋을지 모르겠다고, 민혁은 생각했다.

나림과 헤어진 지 일주일이 지났지만, 여전히 헤어지던 그 순간에 남아 있었다.

"그럼 헤어져야겠네."

그 말을 듣는 순간 느낀 심장의 격통이, 매순간 되풀이되고 있었다.

회사에서는 여러 가지 일이 있었다.

나림은 장기 휴가를 냈고, 지연은 그만둔다는 말도 없이 그만뒀다. 민혁은 팀장에게 불려가 한 소리 들었지만, 별다른 제재를 받지는 않았다.

아침에 눈을 뜨면 회사에 가고, 일을 하고, 퇴근을 하는 삶이 반복되고 있었다. 하루하루가 무의미했다.

하루에도 몇 번씩 휴대폰을 확인했다.

혹시라도 나림에게 연락이 오지 않을까 싶어 휴대폰을 들지만, 모르는 번호로 걸려 온 전화 몇 개, 등록되지 않은 사용자에게 온 톡이 몇 개.

한때는 일상이었던 그 연락들을 보며 쓴웃음을 지었다.

그랬구나.

이렇게나 자주 다른 여자들에게 연락이 왔었구나.

이럴 때마다 나림의 속이 새까맣게 타들어 갔겠구나.

헤어진 후에야 깨닫는 자신이 한심하고 바보 같았다.

휴대폰 번호를 바꾸고 싶은데, 그러면 나림과의 끈이 완전히 끊어질 것 같아서 그러지도 못했다.

침대에 누워 멍하니 천장만 응시하던 민혁은, 옆에 놔둔 휴대폰이 울리는 소리에 무심코 손을 뻗어 전화를 받았다.

"네."

[야, 너 집에 언제 와?]

"어, 누구?"

[어, 누구? 이 자식아, 네 누나다!]

"아…… 누나."

[목소리가 왜 그 모양이야? 회사가 힘들어?]

"아니, 그냥 좀."

그러고 보니 나림과 연애를 한 후, 가족들과 연락을 한 번도 하지 않았다. 나림에게 신경을 쓰느라 그럴 여유가 없었던 것이다.

[하여간 아들 새끼 키워 봐야 하나도 쓸모가 없어요. 계집질하느라고 바쁘지, 아주?]

누나인 현서는 변함이 없었다.

"계집질이라니. 그런 거 아냐."

[그런 거 아니긴. 이제 번듯한 회사도 다니겠다, 명함도 생겼겠다, 여자들 꼬시기 더 쉬워졌겠지. 내가 너 때문에 남자를 못 믿어요, 남자를.]

"내가, 그렇게까지 최악인가?"

[하이고? 그걸 아직도 모르셨어요? 최악이지, 그럼.]

"하아."

민혁은 깊은 한숨을 쉬었다.

이쯤 되면 무슨 안 좋은 일 있냐고 물어볼 법도 하지만, 누나는 절대 그러지 않았다.

[어디 누나 앞에서 한숨이야, 한숨이. 너, 집에 안 온 지 벌써 몇 달인 줄 알아? 계집질도 좋지만, 가끔은 집에 와서 부모님한

테 얼굴 좀 비추고 그래, 이 호로 자식아.]

"계집질 안 한다니까. 하아."

[한숨 쉬지 말라고.]

"……누나."

[왜?]

"누나는 동생이 한숨 쉬는데 걱정도 안 돼?"

[안 돼.]

"아, 그래."

[하여간 살아 있으면 됐다. 끊는다.]

"누나."

[아, 왜?]

"나, 회사 관두고 엄마 가게나 도울까?"

[똥을 싼다, 똥을 싸. 끊어!]

현서는 대답도 듣지 않고 전화를 끊었다.

이 인간은 대체 왜 전화를 한 걸까?

현서의 전화를 받고 나니 마음만 더 심란해졌다.

나림의 나긋나긋하고 부드러운 목소리가 듣고 싶었다.

"아, 보고 싶다."

민혁은 눈을 감았다.

"보고 싶어, 나림아."

* * *

명호는 휴대폰을 들고 한동안 망설였다.

휴대폰에는 나림의 연락처가 떠 있었다.

나림이 갑자기 장기휴가를 냈다는 이야기를 들었다. 나림은 길게 휴가를 받은 적이 단 한 번도 없었다.

게다가 그쪽 팀에서 민혁과 지연 사이에 소동이 있다는 이야기도 들려왔다. 명호의 팀 여직원들은 일주일이 지난 지금까지도 그 일을 떠들어댔다.

"끔찍하게 싫다고 했대."

"작작 좀 하라고 그랬나 봐."

"민혁 씨 되게 순해 보이는데 의외로 박력 있다."

"임지연, 걔 안 그래도 별로였는데. 되게 여우 짓하고 다니잖아."

"맞아, 맞아. 그런 타입 꼭 있어."

나림이 장기 휴가를 낸 것이 그 일과 관련이 있을 것만 같았다.

'하지만 나림이는 나랑 헤어졌을 때도 회사는 계속 나갔었는데. 남자랑 헤어졌다고 해서 회사 일을 등한시하는 여자가 아냐, 나림이는.'

그래도 걱정이 됐다.

결국 마음을 다잡고 통화 버튼을 눌렀다.

안 받을 줄 알았는데, 신호가 몇 번 간 후에 나림이 전화를 받았다.

주위가 시끄러웠다.

—여보세요?

나림의 목소리는 경쾌했다.

역시 이 여자는 이별 따위에 무너질 여자가 아니다. 장기휴가를 받은 데는 다른 이유가 있겠지.

"나야."

—응, 무슨 일?

부장님으로만 부르겠다던 말은 이제 유효하지 않은가 보다. 명호는 안도의 한숨을 내쉬며 말했다.

"회사에 휴가를 길게 냈다기에, 무슨 일이 있는 건 아닌가 걱정스러워서."

—아아, 그거. 오빠, 나 지금 공항이야.

"공항?"

—응. 해외여행을 가려고. 그런데 설레서 너무 일찍 와 버렸지 뭐야. 심심한데 여기로 올래? 와서 얘기해.

어쩐지 나림이 평소와 다르다는 느낌이 들었다.

하지만 명호는 말했다.

"지금 출발하면 1시간쯤 걸릴 거야."

—응, 비행기 시간까지 5시간 남았어.

대체 얼마나 설레었기에 5시간이나 일찍 간 거냐, 싶었다.

"금방 갈게."

명호는 전화를 끊자마자 황급히 집을 나섰다.

* * *

1시간도 걸리지 않아 공항에 도착했다.

공항에는 사람이 많았지만, 명호는 한 번에 나림을 찾을 수 있었다.

나림은 작은 커피숍 옆에 있는 벤치에, 커다란 캐리어를 앞에 두고 멍하니 앉아 있었다.

표정은 밝아 보였다.

'이별을 한 건 아닌가?'

민혁과 지연의 사건, 그리고 나림의 장기 휴가 소식을 듣고, 두 사람이 이별을 했다고 생각했는데 아니었나 보다. 어쩌면 둘이서 같이 여행을 가는 길일지도 모른다.

그때, 나림이 고개를 돌리다가 명호를 발견하고는 웃으며 손을 흔들었다.

"오빠, 진짜 일찍 왔다."

나림과 처음 사귀었던 때를 떠오르게 하는, 생기발랄한 모습에 심장이 뛰었다.

나림은 여전히 사랑스러웠다.

"여행, 혼자 가는 거야?"

"응, 혼자."

"아아. 민혁 씨는?"

"헤어졌어."

역시.

하지만 그렇다고 하기엔 표정이 너무 밝다.

"오빠. 나 있잖아, 안 그래도 오빠한테 얘기를 해야겠다 싶었어."

"무슨 얘기?"

명호는 나림의 옆자리에 앉았다.

"오빠, 있지. 나는 사실 평범해. 그냥 평범한 여자야."

나림이 정면을 응시한 채로 담담하게 말했다.

"하나도 대단하지 않아. 다른 여자들과 다르지도 않아. 평범하고 또 평범해. 일이 너무 힘들어서 도망치고 싶을 때도 있고, 다른 사람들이 날 욕하면 신경 쓰이고 속상해. 상처를 받을까 봐 겁이 나고, 친구가 날 깎아내리는데도 화를 내지도 못해. 나는 그런 평범한 사람이야."

"……."

"오빠는 항상 말했지. 나림이 넌 다른 여자들과 다르다고. 그래서 좋아한다고."

나림은 잠깐 생각에 잠긴 듯하다 다시 말을 이었다.

"오빠. 나는 오빠를 좋아했어. 아니, 그래. 사랑했어. 사랑했지. 그래서 오빠의 사랑을 받고 싶었고, 그래서 노력했어. 오빠가 생각하는 최나림의 모습을 유지하려고. 누가 내 욕을 해도 신경 쓰지 않고, 내 할 일만 당당하게 하고, 내 일이 아무리 힘들어도 징징거리지 않는 여자."

명호는 고개를 돌려 나림을 응시했다.

"물론 나는 늘 내가 스스로 모든 걸 이겨 내려고 노력했어. 하지만 때로는 누군가에게 기대고 싶을 때도 있었어. 그런데 오빠 앞에선 절대 그럴 수가 없었지."

나림도 고개를 돌려 명호와 눈을 맞췄다.

"그래서 헤어진 거야, 우리. 오빠가 해외 발령을 받아서도, 오빠가 내 커리어를 무시해서도 아니야. 그게 하나의 이유가 될 수는 있겠지만, 그게 전부가 아냐. 진짜 이유는 바로 그거였어. 나는 오빠랑 같이 있으면 숨이 막혔어."

"나림아."

"오빠. 민혁이는 내 숨통을 죄지 않아. 그 애는 나한테 기대하는 모습이 없어. 그냥 내 자체를 사랑해 줘. 내가 숨을 쉬는 것조차도 예쁘대. 웃을 때도 예쁘고, 징징거릴 때도 예쁘고, 일을 할 때도 예쁘고, 그냥 예쁘대. 예뻐서 좋대."

나림의 목소리는 여전히 경쾌했다.

그러나 그녀의 눈에서는 눈물이 흐르고 있었다.

"그래서 나는 민혁이랑 있으면 내 모습으로 돌아갈 수가 있었어. 그 애는 내가 뭘 해도 예뻐하니까. 그래서 숨을 쉴 수 있었고, 그래서 징징거릴 수 있었어.”

나림이 코를 훌쩍거리다가, 손등으로 눈물을 쓱 닦아 냈다.

“오빠를 사랑하지 않았던 건 아니야. 오빠랑 함께하는 시간이 늘 숨 막혔던 것도 아니고. 즐겁고 행복한 적도 많았어. 하지만 오빠. 난 이제 오빠랑 함께 있을 때, 그런 감정을 느낄 수가 없어. 오빠를 향한 내 사랑은 끝났고, 오빠랑 함께 있을 때도 이제는 아무 감정도 느껴지지 않아. 즐겁지도, 행복하지도, 그렇다고 싫지도 않은. 그래, 그냥 조금 친한 회사 상사랑 같이 있는 기분이야.”

부드러운 음성이 명호의 심장에 콱 박혔다.

“그러니까 오빠. 이제 그만 나랑 헤어져.”

이제야 명호는 깨달았다.

아무리 노력해도 전으로 돌아갈 수 없음을.

내가 이 여자를 사랑한다고 해서, 그녀의 마음을 내가 원하는 대로 움직일 수 없음을.

명호는 받아들이게 되었다.

차라리 화를 냈더라면, 너 때문에 민혁과의 사이가 좋아지지 않았다 욕을 했더라면, 포기할 생각이 들지 않았을 것이다.

관계의 종말을 고하는 그 단조롭지만 단호한 음성이, 오히려 현실을 알려 주었다.

“그래.”

명호는 말했다.

"그래, 알겠어."
"응, 오빠."
나림이 다시 시선을 정면으로 돌렸다.
갈게, 잘 지내, 따위의 말은 하지 않았다.
명호는 일어나서 나림의 모습을 잠시 지켜보다가 몸을 돌렸다.

명호가 돌아서서 걸어가는 모습이 시야 끝에 걸렸다.
그제야 나림은 고개를 돌려, 멀어지는 그의 뒷모습을 응시했다.
명호가 인파 속에 묻히자, 그의 모습을 찾을 수 없게 되었다.
만약 명호가 아니라 민혁이었다면, 어디에 있든 단번에 찾을 수 있었을 텐데.
그래, 그만큼이나 그를 사랑한다. 사랑하고 있다.
나림은 고개를 돌려 시간을 확인하고 중얼거렸다.
"자, 이제 나도 가 볼까?"

* * *

차라리 자고 싶었다.
잠이 들면 잠시 동안 이 아픔에서 벗어날 수 있으니까.
물론 꿈을 꾸겠지만, 그녀가 내 곁에 있는 덧없는 꿈을 꾸겠지만. 그녀가 곁에 없는 지독한 현실로부터는 도망칠 수 있으니까.

그래서 잠을 자고 싶었다.

하지만 도통 잠이 들지 않았다. 이별이 불면증을 동반하는 줄은 몰랐다.

이별이라는 건, 정말로 최악이다.

불면증, 우울증, 무력증.

마이너스적인 증상만 동반한다.

사람은 뜨거운 사랑을 하고 이별을 해 봐야 성숙한다는 말. 아픈 만큼 성장한다는 말. 다 개나 주라지.

이런 고통은 정말이지 경험하고 싶지 않다.

얼마나 그렇게 누워 있었을까.

딩동—

초인종 소리가 들렸다.

무시했다.

누군가 잘못 누른 것이겠지.

딩동—

또다시 초인종이 울렸다.

'나림인가?'

그러나 가슴속에 싹트는 희망을 황급히 지웠다.

나림은 이 집의 비밀번호를 알고 있었다. 초인종을 누를 리 없다.

누구도 상대하고 싶지 않은 기분이었다.

하지만 또다시 초인종이 울렸고, 민혁은 신경질적으로 일어나 현관문으로 향했다.

이별에 추가되는 증상 하나가 더 있다.

짜증.

나림과 관계된 일이 아닌 그 모든 것들이 짜증 났다.

누구냐고 묻지도 않고 벌컥 문을 열었다.

열린 문 너머로 보이는 광경에, 민혁은 그대로 얼어붙었다.

이건 꿈일까.

그녀가 그리워 만들어 낸 망상일까.

나림이 서 있었다. 커다란 캐리어를 옆에 두고.

굳어 있는 민혁을 올려다보며 나림이 옅은 미소를 지었다. 나림의 눈가는 울어서 부은 듯 불그레했다.

수척해진 그녀의 모습에 가슴이 사무쳤다. 내 아픔보다, 그녀가 겪었을 아픔이 더 크게 다가와 가슴을 때렸다.

"여행을 가려고 했어."

나림이 입을 열었다.

"잠깐이라도 좋으니까, 날 둘러싼 것들로부터 멀리멀리 도망치고 싶었어. 그런데 있잖아. 나한테는 꿈이 하나 있었거든."

"……."

"매일매일 숨 막히는 일상에서 딱 하나 소망을 품었어. 나의 첫 해외여행은, 내가 사랑하는 남자와 하고 싶다는 소망."

나림이 고개를 숙였다가 다시 들었다.

"발권을 하고 들어가기만 하면 되는데, 그게 안 되더라. 딱 하나 품었던 소망, 포기할 수가 없더라. 게다가 깨달았거든. 어디로 도망을 쳐도, 지금 내 가슴을 짓누른 슬픔과 후회로부터는 멀어질 수 없으리라는 걸. 그래서 여기로 왔어. 후회하고 싶지 않아서."

"후회…… 했어? 나랑 헤어진 걸?"

갈라진 음성이 흘러나왔다.

"응, 이별을 말한 그 순간부터, 계속 후회했어. 그래서…… 기회를 달라는 말을 하려고 왔어. 한 번만 더……."

내가 일상으로부터 도망칠 곳이 되어 줄래.

그 질문을 하기도 전에, 민혁이 나림을 끌어안았다.

그의 넓은 가슴은 여전히 따뜻했고, 그의 부드러운 향기 역시 여전히 상냥했다.

나림은 눈을 감고 그의 가슴에 얼굴을 묻었다.

아아, 그래.

이것을 원했다.

그 어떤 곳으로 도망을 쳐도, 이 가슴에 안겨 있을 때의 편안함과 아늑함을 느끼지는 못할 것이다.

"기회, 줄게."

나림의 머리를 쓰다듬으며, 민혁이 속삭였다.

"그러니까 너도 나한테 기회를 줘."

"무슨 기회?"

"네가 나를 신뢰하게 만들어 줄 기회."

"응."

"하나하나 고쳐 갈게. 하나하나 바꿔 가고. 그러니까 우리. 서로한테 기회를 주자."

"응, 그래."

"얘기도 많이 하고, 싸우기도 하고. 그렇게 지내자."

"응, 응. 그래."

행복해서, 좋아서 가슴이 벅차 눈물이 흐르는 경우도 있는 모양이다.

멋진 영화를 보고 나면 감동의 눈물이 흐르듯 그렇게.

나림은 민혁의 가슴에 얼굴을 묻고 조용히 눈물을 흘렸다.

* * *

캐리어를 민혁의 집 안으로 가지고 들어와 짐을 풀었다.

"여기서 여행 온 기분을 낼 거야."

즐거워 보이는 나림의 모습에 민혁이 웃었다.

"그럼 나는 호텔 벨보이가 되는 건가?"

"아니, 넌 나랑 같이 여행 온 내 애인."

나림이 웃으며 민혁의 손을 깍지 껴 잡았다. 민혁이 나림의 이마로 흘러내린 머리를 쓸어 뒤로 넘겼다.

"누나, 뭔가 달라진 것 같아."

"그래?"

"응, 밝아 보여. 굉장히."

"뭔가 한 꺼풀 벗어던진 기분이기는 해. 항상 오지도 않은 미래를 걱정하곤 했거든. 우리 아버지가 또 어디서 보증을 서시면 어쩌나, 우리 가족들 생활비는 어떻게 하나, 내가 갑자기 회사에서 잘리면 어쩌나, 내 남자 친구가 바람을 피우면 어떻게 하나."

"이젠 그런 걱정 안 해?"

"응, 안 하기로 했어, 이제는. 내 가족들을, 너를, 그리고 나를 믿어 보기로 했어."

"그래, 다행이다."

민혁이 나림의 어깨를 감싸고 끌어당겨, 그녀의 정수리에 입을 맞췄다.

"그럼 우리, 여행 온 기분 좀 내볼까?"

민혁의 질문에 나림이 웃었다.

"응, 그러자. 뭐부터 할까?"

"일단은 섹스부터."

"뭐야, 머릿속에 그런 것밖에 없는 거야."

"응, 난 음란한 놈이거든."

민혁이 나림의 손목을 들어 올려 벽에 밀어붙였다. 두 팔 안에 나림을 가두고 입을 맞춘 민혁이, 검고 깊은 눈동자로 나림을 지그시 응시했다.

"밤새도록 할 거야, 오늘은. 우리의 첫 여행이니까."

민혁의 뜨거운 입술이 나림의 목덜미를 지분거렸다. 그는 나림의 귓불과 귓바퀴, 목덜미를 애무하며, 나림의 상의를 벗겼다.
나림은 작게 신음하며 그의 목을 끌어안았다.
민혁은 나림의 부드러운 등과 허리를 쓰다듬으며 허리를 굽혔다. 그의 입술이 부풀어 오른 나림의 유두 앞에서 멈췄다.
"벌써 섰네."
그의 입김이 유두에 닿아, 나림은 바르르 몸을 떨었다.
"정말 야한 몸이야."
민혁이 웃으며 양손으로 나림의 양쪽 유두를 꽉 꼬집어 비틀었다.
"읏!"
번지는 달콤한 통증에 나림이 신음을 흘렸다.
그는 손가락 사이로 유두를 굴리며 나림의 반응을 살폈다. 느끼는 모습을 그에게 보이는 게 창피해 두 손으로 얼굴을 가리려 했지만, 그가 명령했다.
"손 내리고 가만히 있어."
"그럼 그만 좀 봐."
"아니, 볼 거야. 네가 느끼는 모습, 예쁘거든."
그가 묵직하게 속삭이며 예고도 없이 나림의 가슴을 한 움큼 베어 물었다.
"핫!"
나림은 고개를 뒤로 젖히며, 그의 머리를 끌어안았다.

그는 나림의 가슴을 세게 빨아들이며, 다른 손으로 나림의 바지를 벗겼다. 바지의 단추가 풀리고 지퍼가 내려갔다.

민혁은 다리로 바지를 완전히 내린 후, 나림의 팬티까지 벗겼다.

그의 혀가 유륜을 핥았고, 그의 손이 검은 수풀을 헤치고 음부 안쪽으로 들어와 자그마한 구슬을 찾아냈다. 클리토리스가 그의 손가락에 사정없이 농락당했다.

위와 아래에서 동시에 느껴지는 감각에, 다리에서 자꾸만 힘이 빠졌다. 나림은 그를 끌어안고 주저앉지 않기 위해 애썼다.

한동안 나림의 몸을 애무하던 그는, 갑자기 상체를 일으키더니 나림을 돌려세웠다. 나림이 두 손을 벽에 짚는 걸 확인한 민혁은, 그녀의 가느다란 허리를 잡아 옆으로 들어 올렸다.

벌어진 다리 사이로, 언제 끄집어냈는지 모를 그의 페니스가 밀려 들어갔다.

충분히 젖은 몸은 기다렸다는 듯 민혁의 것을 받아들였다. 안에 들어온 그의 페니스가 무척 뜨거웠다.

민혁은 나림의 젖은 몸 안을 충분히 느끼려는 듯 잠시 움직이지 않았다. 그는 나림의 가슴을 주무르며, 나림의 목덜미를 애무했다.

그리고 천천히 허리를 움직였다.

벌어진 다리 사이에서, 그의 몸이 빠져나갔다가 들어오기를 반복했다. 그의 페니스가 반복적으로 속살을 문질러 달콤한 전율을 자아냈다.

나림의 호흡이 거칠어졌고, 벽에 짚은 손에 힘이 들어갔다.

"다리에…… 다리에 힘이 안 들어가. 주저앉을 것 같아……."

"그래? 그럼 엎드려."

민혁은 나림의 잘록한 허리를 잡아 조심스럽게 벽에서 떼어냈다. 나림이 무릎을 꿇고 엎드리는 동안, 그는 여전히 자신의 페니스를 빼내지 않았다.

"엉덩이 들어."

무릎을 꿇고 엎드린 나림에게, 민혁이 명령했다.

"나, 다리에 힘이 안 들어가서……."

"들어, 최나림."

나림이 애원했지만 그는 들어주지 않았다.

나림은 바들거리며 간신히 무릎을 펴 엉덩이를 높이 들어 올렸다. 그는 일어선 자세로, 나림의 둥근 엉덩이를 감상하며 페니스를 꾸욱 밀어 넣었다.

"읏!"

깊은 곳에 느껴지는 자극에 또다시 다리에서 힘이 풀렸다. 엉덩이를 내리려고 했지만, 그가 나림의 허리를 꽉 잡아 고정시켰다.

그가 빠르고 깊게 허리를 움직였다. 강렬한 자극에, 나림은 숨을 쉴 수 없었다.

철퍽— 철퍽—

젖은 몸과 몸이 부딪치는 야한 소리에, 나림의 신음이 섞였다.

"아, 아앗. 아아!"

나림은 자기가 크게 소리를 내는 것도 의식하지 못했다.

둥글고 흰 엉덩이가 흔들리고, 가슴이 출렁거렸다. 가슴이 출렁거릴 때마다, 아까의 애무로 예민해진 유두가 공기의 스침에 반응했다.

이윽고 절정을 느낀 나림의 엉덩이가 움찔거렸다.

"으…… 으으. 흐…… 읏……."

그녀의 입술 사이로 흐느낌 같은 신음이 흘러나왔다.

나림은 더 이상 다리에 힘을 줄 수가 없었다. 전신으로 퍼진 강렬한 쾌감이, 근육을 풀리게 만들었다.

오르가즘을 느끼는 와중에 몇 번이나 힘이 풀려 무릎이 꺾였다. 민혁이 단단히 잡고 있지 않았더라면 그대로 쓰러졌을지도 모르겠다.

"힘들어?"

떨림이 잦아진 후, 민혁이 낮은 음성으로 물었다.

"으, 응."

"그런데 어쩌지?"

민혁이 손가락으로 나림의 엉덩이를 따라 둥근 원을 그리며 말했다.

"난 아직인데."

그가 자신의 것을 끝까지 빼냈다가 퍽 밀어 넣었다.

"핫!"

"그래도 많이 힘든 것 같으니까."

민혁이 나림의 다리를 조심스럽게 굽혀 편안한 자세로 만들어 준 후 돌아 눕혔다. 그리고 그 상태로 나림의 등 뒤에 손을 넣어 그녀를 안아 일으켰다.

나림은 꺅, 하고 작은 비명을 지르며 얼른 그의 목에 매달렸다.

민혁은 그녀의 엉덩이와 허리 부근을 두 팔로 받치고 말했다.

"소파로 갈까, 침대로 갈까?"

"침대."

"그래, 그럼."

민혁과 나림이 침실로 향하는 동안, 둘은 여전히 연결되어 있었다. 잔뜩 예민해진 속살에 넣어진 그의 페니스가, 걸어갈 때마다 움직였다.

나림은 두 팔로 그의 목을 꽉 끌어안고 그의 목덜미에 얼굴을 묻었다. 나림의 입술 사이로 흘러나온 뜨거운 신음이 그의 목에 닿았다.

민혁은 나림을 조심스럽게 침대에 눕혔다.

말투는 강경하지만 나림이 다치지 않도록 조심하는 그의 행동이 좋았다. 그가 나를 얼마나 아끼는지가 느껴졌다.

나림을 눕힌 그는 정자세로 피스톤 운동을 계속했다.

나림의 두 다리가 그의 허리를 감쌌다.

그의 움직임이 점점 더 빨라졌고, 그에 따라 나림의 허리도 들썩거리기 시작했다.

"아……."

그가 낮은 신음을 뱉어 냈다.

귓가에 울린 그의 목소리에, 나림은 또 한 번 오르가즘을 느꼈다. 그를 감싼 속살이 움찔, 움찔 떨리는 것이 느껴졌다.

"아, 으읏……!"

비슷한 시기에 그도 신음을 흘리며 절정을 느꼈다.

쑥 빼낸 그의 페니스에서 흰 액체가 분출되어 나림의 아랫배를 적셨다. 나림은 하아, 하아 숨을 몰아쉬며 움찔거리는 그의 페니스를 움켜쥐었다.

"읏!"

그가 한쪽 눈을 찡그리는 모습이 보기 좋았다. 그래서 엄지로 그의 귀두를 살살 문지르고 있는데, 그가 허리를 굽혀 나림의 입술에 입을 맞췄다.

"재미있어?"

"응. 네가 그런 표정 짓는 게 좋아."

"나도. 네가 내 아래에서 찡그리고 헐떡거리는 걸 보는 게 좋아."

"이상하지 않아?"

"아니, 예뻐."

그가 또 키스했다.

"사랑해."

"응, 나도."

함께 욕실에 들어가 샤워를 했다.

서로의 머리를 감겨 주고 샤워 타월로 서로의 몸을 문질러 주고…… 그렇게 씻고 나와 침대에 나란히 누웠다.

"너와 헤어지고 회사에 휴가를 낸 다음에, 많은 생각을 했어."

나림은 누워서 민혁의 손을 잡고 말했다.

"나는 명호 오빠와 헤어졌고, 너를 만난 후 그 오빠와 제대로 선을 긋고 있다고 생각했었어. 하지만 네게는 그렇게 느껴지지 않았을지도 모르겠다는 생각이 들더라. 그래, 내가 네 입장이었어도 불편하고 싫었을 것 같아."

"응. 네가 그 사람이랑 무언가를 할 거라고 생각했던 건 아냐. 그저…… 그 사람, 멋지잖아. 멋져서 자꾸 내 자신을 비교하게 됐어."

"그래? 난 네가 더 멋진데."

나림이 고개를 돌려 민혁을 응시했다.

"귀여운 얼굴도, 강아지 같은 눈도, 상냥하고 따뜻한 손도. 전부 다 네가 더 멋진데."

"하지만 능력이 차이가 나잖아."

"그런 생각을 하고 있었어?"

"당연하지. 어릴 때야 잘생긴 게 최고일지 모르지만 시간이 흐를수록 남자의 능력도 보게 되잖아."

"아하하하하."

나림이 경쾌하게 웃었다. 민혁이 입술을 비쭉 내밀었다.

"웃지 마. 난 심각하다고."

"아니, 아니. 네가 그런 생각을 하고 있었다는 게 귀여워서."

"귀엽다니. 그런 말 남자한테 하는 거 아냐."

"하지만 정말 너무 귀여운걸."

나림이 민혁의 목 아래로 팔을 넣어, 그의 머리를 가슴에 보듬어 안았다.

"민혁아, 나는 누군가를 만날 때에 능력을 보지 않아. 그래, 어쩌면 열심히, 성실히 일하는 모습이 매력 포인트가 될 수 있지. 넌 열심히, 성실히 살아왔잖아. 5년 후의 네가 기대 돼."

민혁은 눈을 감았다.

그녀의 살결에서 나는 향기가 좋았다.

그녀의 마른 등을 어루만지며, 민혁은 속삭였다.

"나도 생각했어. 나에 대해. 그리고 너에 대해."

"그래."

"미안해. 후회했어. 조금 더 제대로 살걸. 조금 더 단정하게 살걸. 그렇게. 하지만 이미 과거는 이미 지나가 버렸고, 그렇다면 앞으로 네가 걱정하지 않게, 속상해하지 않게 노력했어야만 했다고 생각했어."

"응."

"나름대로 잘 정리했다고 생각했는데, 내 과거가 너의 현재가 되어 너를 아프게 할 줄은 몰랐어. 그래서 이제는 너의 앞에, 내 어떤 과거도 드러나지 않게 할 거야. 그게 널 상처 입히지 않게, 내가 하나하나 고쳐 갈게. 조금만 시간을 줘."

"응. 믿을게."

"고마워, 나림아. 내 인생에 들어와 줘서."

"나도 그래. 나도 고마워."

그동안 못했던 이야기들을 도란도란 나누었다.

나림이 끌어안기도 하고, 민혁이 끌어안기도 하며, 그렇게 늦은 시간까지 대화를 나누다가 누가 먼저랄 것 없이 까무룩 잠이 들었다.

* * *

머리를 쓰다듬는 손길에 잠에서 깨어났다.

옷을 말끔하게 차려입은 민혁이, 나림의 옆에 앉아 머리를 쓰다듬고 있었다.

"으응."

나림은 민혁의 다리를 끌어안았다.

"벌써 회사 갈 준비 다 한 거야?"

"응."

"피곤하겠다. 어제 늦게 잤는데."

"좀 졸리긴 한데, 괜찮아. 나는 항상 회사 가는 게 즐거워서 내가 회사 체질인 줄 알았는데, 아니었나 봐."

"왜?"

"회사에 네가 있어서 가고 싶었던 거였어. 아아, 진짜 회사 가기 싫다."

민혁이 누워서 나림을 끌어안았다.

"이렇게 예쁜 걸 여기에 두고 나가야 하다니. 아, 가기 싫어."

"아하하하."

나림은 웃으며 그의 품에 얼굴을 파묻었다.

"그래도 가야겠지?"

"응, 가야지. 신입 주제에."

"맞아, 난 신입 주제에니까."

민혁이 시무룩하게 침대에서 내려왔다.

나림도 졸린 눈을 비비며 그를 따라 내려오자, 민혁이 만류했다.

"괜찮아. 누나는 좀 더 자."

"응. 배웅만 해 주고."

나림은 민혁을 따라 현관문으로 향했다.

나림은 이불로 몸을 감싸고 졸졸 따라 나와, 민혁에게 말했다.

"잘 다녀와, 민혁아."

"응, 푹 쉬고 있어."

민혁은 나림의 볼에 입을 맞춘 후 집을 나섰다.

'와, 이거 기분 되게 새롭네.'

가족이 아닌 여자의 배웅을 받으며 출근을 하는 건 처음이었다.

부스스한 머리, 반만 뜬 눈으로 바이바이 손을 흔드는 나림은 귀여웠다. 회사로 가는 내내 그 모습이 뇌리에서 떠나질 않았다.

'아, 위험해, 위험해.'

하복부에 힘이 들어가려고 했다.

그녀를 상상하는 것만으로도 이러다니. 앞으로는 때와 장소를 가려서 그녀를 생각해야겠다.

하지만 쉽지 않은 일이었다.

아침에 눈을 떴을 때, 나체로 옆에 누워서 자고 있던 그녀의 모습이 불쑥 튀어나왔다.

베개 위에 흐트러진 머리칼과 이불 위로 살짝 드러난 봉긋한 가슴, 반쯤 벌어진 입술을 떠올리자, 당장 집으로 돌아가 그녀를 덮치고 싶었다.

'매일 이랬으면 좋겠다.'

함께 잠을 자고 아침에 눈을 뜨면 그녀가 보이고, 출근을 하고 돌아가면 그녀가 나를 기다리고 있고.

함께 저녁을 먹고 도란도란 대화를 나누고, 그러다가 까무룩 잠이 들고.

그러한 일상이 계속되었으면 좋겠다.

'결혼, 하고 싶다.'

그런 생각이 들었다.

'정말 결혼하고 싶다.'

주위에 결혼한 친구들이 몇 명 있었다.

이른 나이에 결혼을 한 친구들은 아내에게 잡혀 살기도 하고, 그렇지 않기도 했다. 하지만 양쪽 다 총각 때보다 자유가 없기는 마찬가지였다.

그런 걸 보며, 나는 결혼만큼은 하지 않을 거라고 생각했었다. 내 자유를 빼앗기지 않으리라고 다짐했었다.

하지만 괜찮겠구나, 싶었다.

그녀와 함께하는 일상을 위해, 자유 정도는 포기할 수 있었다.

'아니, 포기가 아냐.'

포기하는 것이 아니다.

그저 내 삶이 최나림이라는 색깔로 물드는 것일 뿐.

자유를 빼앗기는 것도, 포기하는 것도 아니다. 사랑하는 사람과 함께하기 위해, 내 삶의 방식을 조금 바꾸게 되는 것일 뿐이다.

그녀와의 미래를 간절히 원했다.

꿈꾼 적도, 상상한 적도 없었던 결혼 생활이 순식간에 머릿속에 그려졌다.

분홍빛으로 물든 그 망상이, 민혁의 입가에 미소를 묻어나게 만들었다. 미소를 지울 수가 없었다.

회사에서 일을 하면서도 나림과의 미래에 대한 생각은 지워지지 않았다.

'집은…… 조만간 세입자 계약이 끝나니까, 그 집으로 들어가서 살아도 되겠지. 가구는 돈이 되는 만큼만 바꾸고. 그렇게 살면서 돈을 모아서, 좀 더 큰 집으로 옮기는 거야. 방은 세 개 정도면 되겠지? 아, 그 전에 프러포즈를 해야 하나? 프러포즈는 어떻게 하지?'

떡 줄 사람은 생각도 않는데, 민혁의 망상은 끊이지 않았다. 프러포즈에서 시작된 생각이, 어느 틈에 70살 이후 실버타운에 들어갈 계획까지 세우고 있었다.

상상하는 동안 실실 웃는 민혁의 모습을 지켜보던 팀원들은, 작은 목소리로 속삭였다.

"실성했나?"

"요새 오만상을 찌푸리고 있더니, 오늘은 왜 저러는 거지?"

"민혁 씨는 귀엽기만 했었는데, 요샌 무서워 죽겠어."

"저렇게 웃는 걸 봐도, 이젠 무섭네요."

그런 대화들을 나누다가, 결국 자영이 용기를 내서 민혁에게 다가갔다.

"민혁 씨."

"네?"

"음, 뭐 좋은 일이라도 있어?"

"아, 티가 나나요?"

민혁이 입가를 문지르며 물었다.

"응, 티가 나. 아침부터 계속 웃고 있잖아. 무슨 일인데 그래?"

"아, 그게요."

민혁은 잠시 망설이다가 말했다.

"저, 결혼하고 싶은 사람이 생겨서요."

"어?"

"뭐라고?"

"진짜요?"

민혁과 자영의 대화에 귀를 기울이고 있던 여직원들이 난리가 났다.

"뭐야, 민혁 씨. 애인이 있는 거야?"

민혁이 웃었다.

"네, 사실 있어요. 저, 그 사람이랑 결혼하려고요."

* * *

민혁이 출근한 후, 나림은 다시 침대로 돌아가 잠이 들었다.

이렇게 오랜 시간 푹 자는 게 얼마만인지 모르겠다.

11시가 넘을 때까지 자고 느즈막이 일어나 거실로 나갔다. 식탁 위에 쪽지가 있어서 봤더니, 민혁이 써두고 간 쪽지였다.

[집에 먹을 게 없어. 배달 음식이라도 시켜 먹어. 집 주소 적어 놓을게. 사랑해.]

섬세한 배려에 웃음이 나왔다.

아직은 배가 고프지 않기에, 샤워를 하고 나와 냉장고를 열었다. 쪽지에 적힌 대로 먹을 건 없고, 맥주와 소주만 있었다.

그러고 보니 주방 여기저기에 술병들이 널려 있다.

'나랑 헤어지고 마신 걸까?'

가슴이 찌릿 아파 왔다.

'이젠 그런 일 없었으면 좋겠다.'

나림은 주방을 대충 정리하고, 냉장고에 붙어 있는 음식점 광고지를 확인했다. 중국집에 전화를 걸어 볶음밥을 시킨 후, 거실 청소를 시작했다.

중간에 배달이 와서 밥을 먹고, 거실 청소를 끝낸 후에는 소파에 앉았다.

창문으로 쏟아져 들어오는 햇빛이 뜨거웠다.

'아, 좋다.'

늘 무언가를 해야만 한다는 압박감에 시달려 왔다.

아무것도 안 하는 시간은 사치.

끊임없이 공부를 하거나 책을 읽거나 일을 하면서 살았다.

이런 식으로 아무것도 하지 않고, 일에 대한 생각을 하지 않으면서 시간을 보내는 건 처음이다.

나림은 눈을 감았다.

오늘 아침 머리를 쓰다듬던 민혁의 손길이 떠올랐다. 현관문 앞에서 볼에 입맞춤을 해 주던 그의 모습도.

'결혼하면 이런 식으로 살게 될까?'

민혁과의 결혼을 꿈꾼 적은 없었다.

민혁은 인기가 많고, 여자도 많고, 어리니까, 적당히 사귀다가 헤어지게 될 거라는 생각이, 늘 가슴 한편에 자리 잡고 있었다.

하지만 그와 평생 함께하겠다고 각오한 지금, 나림은 그와의 결혼을 상상하게 되었다.

민혁과 함께 꾸밀 집과 알콩달콩하게 보낼 순간순간들.

시간 가는 줄을 모르고 상상하다가 피식 웃었다.

'에이, 사귄 지 얼마나 됐다고. 적당히 하자, 적당히.'

나림은 벌떡 일어나 민혁의 방으로 들어갔다.

책상 옆 책꽂이에 책이 몇 권 꽂혀 있기에, 흥미로울 것 같은 책을 한 권 뽑아 들고 거실로 나왔다. 책을 읽다가 꾸벅꾸벅 졸고, 그러다가 깨어나 또 책을 읽고.

그런 고즈넉한 시간이, 참으로 좋았다.

이 시간이 흐르면 그가 돌아올 것을 알기에, 더 좋았다.

* * *

'이제 슬슬 퇴근하겠네.'

민혁이 퇴근할 시간이 되자 괜히 설레었다.

어젯밤 내내 함께 있었고 아침에도 봤는데, 왜 이리 설레는지 모르겠다.

그가 돌아올 시간이 기다려졌다.

나림은 책을 덮고 일어나 거울 앞으로 향했다. 모습을 점검해 보고, 립글로즈를 살짝 발랐다. 민혁에게 예쁘게 보이고 싶었다.

민혁에게 전화가 와서 얼른 받았다.

—지금 집이야?

"응, 집이야."

—점심은 먹었고?

"볶음밥 시켜 먹었어."

—아, 거기 맛있지. 저녁은 뭐 먹고 싶은 거 없어? 밖에서 먹을까, 아니면 집에서 먹을까?

"집에서 먹자. 오늘은 밖에 나가기 싫어."

—그래, 그럼 뭐 간단하게 먹을 수 있는 거 사서 갈게. 1시간쯤 후에 도착할 거야.

"응, 알겠어."

1시간쯤 기다리다 보니, 민혁이 돌아왔다.

민혁은 비밀번호를 누르고 들어오는 대신 초인종을 눌렀고, 나림이 얼른 가서 문을 열어 주었다.

"다녀왔어."

"응, 고생했어."

나림은 두 팔을 올려 그의 목을 끌어안았다.

가볍게 입을 맞추고 안으로 들어왔다.

"곱창 볶음 사 왔는데, 괜찮아?"

"응, 나 그거 좋아해."

"나 손 좀 씻고 올게."

"응."

그가 손을 씻는 동안, 나림은 곱창 볶음의 포장지를 벗겼다.

식탁에 마주 앉아서 저녁을 먹은 후에는, 커피를 타서 거실 소파로 향했다. 소파에 나란히 앉아 TV를 틀려고 리모컨을 집었을 때였다.

"나림아. TV 보기 전에 할 얘기가 있어."

"할 얘기?"

"응."

민혁이 나림을 돌아봤다.

"우리, 결혼하자."

나림의 눈이 커졌다.

"어?"

"우리, 결혼하자. 평생 같이 살자."

나림은 무어라 대답해야 좋을지 알 수 없었다.

물론 오늘 낮에 내내 그와의 결혼 생활이 어떨지 상상하기는 했었다. 하지만 오늘 바로 프러포즈를 받게 될 줄은 몰랐다.

담담한 프러포즈가 이토록 가슴 깊이 박힐 줄은 몰랐다.

당혹스러우면서도 좋고, 좋은데 이상하게도 눈물이 나려고 했다. 그래서 나림은 멍하니 그의 입술만 응시했다.

"우리는 즐겁고 행복하게 지낼 수 있을 거야. 내가 그렇게 해 줄게. 그러니까, 나랑 결혼해 줘, 나림아."

"나는. 아, 나는. 아, 정말로?"

"응, 정말로."

"우리, 사귄 지 얼마 되지도 않았잖아. 결혼은 중요한 문제야. 넌 아직 젊고, 너한테는 찬란한 미래가 남아 있어. 그런데 그런 걸 이렇게 쉽게 결정해도 돼?"

"쉽게 결정한 거 아냐. 오늘 하루 종일 생각했어."

"오늘 하루?"

"하지만 정말로 쉽게 결정한 거 아냐. 나는 두 번 다시 너만큼 사랑하는 여자 못 만나. 내 미래가 찬란하려면, 네가 있어야 하고. 그래서 누가 널 채 가기 전에, 내가 널 잡아야겠어. 결혼하자. 난 너랑 함께 하면 그것만으로도 분명 행복할 거고. 넌 내가 세상에서 제일 행복한 여자로 만들어 줄게."

그가 담담하게 말하는 이야기가 달콤하게 가슴에 내려앉았다.

그는 주머니에서 작은 상자를 꺼내 나림에게 내밀었다. 반지가 들어 있을 줄 알았는데, 그 안에 들어 있는 건 의외로 귀걸이었다.

언젠가 본 적이 있는 귀걸이었다.

기억을 더듬다가 어디서 봤는지 깨달았다.

오래전, 그러니까, 민혁이 막 회사에 입사했을 무렵.

자영이 나림의 컴퓨터로 쇼핑몰 창을 띄워 보여 줬던 귀걸이.

나림이 예쁘다고 건성으로 말했고, 자영이 나림과 잘 어울릴 것 같다고 했던 그 귀걸이었다.

새까맣게 잊고 있던 그 일을, 민혁은 기억하고 있었다.

그의 애정에, 가슴이 벅찼다.

나림은 울먹이며 두 팔로 그를 끌어안았다.

“응, 응, 민혁아. 우리 결혼하자. 우리 평생, 즐겁고 행복하게 지내자. 나도 널 세상에서 가장 행복한 남자로 만들어 줄게.”

8장

찬란한 미래

“사실은 반지도 있어.”

조금 쑥스럽게 말한 민혁이 잠자리에서 나림의 왼쪽 약지에 반지를 끼워 주었다.

“나도 끼고 있었는데, 눈치 못 챘지?”

민혁이 왼손을 들어 보이며 물었다. 그의 왼손 약지에서도 나림과 똑같은 반지가 빛나고 있었다.

“응, 전혀 몰랐어.”

“누나는 의외로 관찰력이 없구나. 가끔 이런 무방비한 면이 정말 좋아.”

“이상한 걸 좋아하네.”

그런 이야기를 하다가 잠이 들었다.

어제처럼 민혁의 손길에 잠에서 깨고, 회사 가기 싫다는 민혁의 칭얼거림을 들어주고, 배웅을 해 주고, 또다시 잠이 들었다.

원래 이렇게 많이 자는 편이 아닌데, 그동안 못 잔 잠을 보상받기라도 하려는 듯 잠이 쏟아졌다.

오후가 되어서야 일어났더니, 민혁에게 메신저가 와 있었다.

[일어났어?]

[응, 방금.]

[내 여친 잠꾸러기네. 오늘은 뭐할 거야?]

[친구들 좀 만나려고. 오늘도 칼퇴야?]

[칼퇴는 하는데, 오늘 어머니 가게 좀 다녀오려고. 오랫동안 못 들러서.]

[응, 그래. 그럼 나중에 또 연락해.]

원래 친구들을 만날 예정은 없었지만, 친구들을 만나 프러포즈 받은 것을 자랑하고 싶었다.

진희, 유미가 있는 톡방에 만나자고 글을 써놓고 씻고 왔더니, 톡이 와 있었다.

[뭐야, 나림? 보라카이에 가 있는 거 아니었어?]

[중간에 돌아온 거?]

[뭔데? 왜 대답 안 해?]

[야야야야야야. 걱정되잖아. 얼른 대답해라.]
[나타나라, 나림, 나림.]

톡방에서도 전해지는 소란스러움에, 나림은 피식 웃으며 답을 했다.

[나, 사실 여행 안 갔어. 이따 만나서 자세한 얘기해 줄게. 다들 퇴근하고 홍대에서 보자.]

*　　*　　*

나림은 미리 홍대에 나가 책을 한 권 샀다.
항상 읽는 인문서적이 아닌 스릴러 소설이었다. 조만간 영화로 개봉할 예정이라기에, 흥미가 생겨서 구입했다.
원래 오락용 소설은 잘 읽지 않지만, 이제부터는 읽어 보기로 했다. 민혁의 방에 스릴러, 미스터리 소설이 잔뜩 있었기 때문이다.
커피숍에 앉아 책을 읽다 보니 어느새 약속 시간이 다가왔다.
나림은 4분의 1쯤 남은 책을 아쉬운 마음으로 가방에 넣고 약속 장소로 향했다. 친구들은 이미 와 있었다.
"야, 최나림. 어떻게 된 거야?"
"너, 무슨 일 생긴 건 아니지?"

"괜찮은 거야?"

진희와 유미가 수선을 떨며 달려들었다.

"괜찮아, 괜찮아. 일단 어디 좀 들어가서 얘기하자."

"그럼 쌀국수."

항상 먹고 싶은 게 분명한 유미가 단호하게 말했다.

그래서 그들은 베트남 식당으로 향했다.

자리에 앉아 요리를 주문하자마자, 진희가 말했다.

"그런데 너, 표정이 은근히 좋아 보인다?"

"응, 좋아."

"뭐가 좋은데? 얼른 좀 말해 봐. 나, 오늘 네 연락 받고 궁금해서 일을 제대로 못 했어."

"나도, 나도. 나, 진짜 나림이한테 전화하고 싶은 걸 꾹 참았다니까."

유미가 거들었다.

나림은 테이블 위에 두 손을 가지런히 올려놨다. 오른손 위에 왼손을 겹쳐서 반지가 잘 보이게 했지만, 친구들은 눈치를 채지 못했다.

초록은 동색이라고, 친구들도 나림처럼 관찰력이 없기는 마찬가지였다.

그래서 나림은 왼손을 슬며시 들어, 손등을 그들 눈앞에 내밀었다.

손이 나림의 얼굴을 가리는 게 거추장스럽다는 듯 고개를 옆으로 기울이던 진희의 눈이 커졌다.

"헐!"

"왜? 왜?"

유미는 아직도 눈치를 채지 못했다.

"헐, 최나림. 헐!"

"왜, 왜 그러는데?"

"야, 이거 봐 봐."

진희가 나림의 왼손을 가리켰다.

"왜? 뭘? 뭔데? 허얼!"

"이게 뭐야, 최나림?"

"설마 커플링?"

"헐!"

"대박!"

"커플링이 아니라 약혼 반지."

나림의 말에, 친구들의 눈이 더 커졌다.

"뭐? 약혼?"

"진짜로?"

"누구랑?"

"설마…… 윤명호?"

"아니, 아니. 정민혁."

나림이 말했다.

유미의 볼이 발갛게 상기됐다.

"진짜야? 정말 약혼한 거야?"

"응, 나, 어젯밤에 프러포즈 받았어."

"우와!"

"대박!"

"축하해! 우와!"

"진짜 잘됐다!"

친구들은 너무 이르지 않느냐, 좀 더 알아봐야 하는 거 아니냐는 질문을 던지지 않았다. 다행이었다.

"자, 다들 일단 좀 진정들 해. 사람들이 다들 쳐다본다."

나림이 차분하게 말했다.

"아니, 지금 사람들이 쳐다보는 게 문제야? 최나림이 약혼을 했다는데?"

"그것도 여행을 가지고 않고. 대체 어떻게 된 거야? 헤어졌다더니 뭐가 어떻게 진행된 건데?"

"처음부터 끝까지, 낱낱이 고해 바쳐라, 최나림."

그래서 나림은 고해 바쳤다.

어머, 어머를 연발하며 나림의 이야기를 듣던 친구들은, 민혁의 약혼 선물에 담긴 의미까지 듣자,

"꺄아!"

"멋지다!"

라고 소리를 질렀다.

"그럼 지금 그 귀걸이가 그거야?"

"응, 이거야."

"정말 잘 어울리네. 예쁘다. 반지도 예쁘고."

"얼굴도 정말 좋아 보여. 너 진짜 행복해 보인다, 야."

"나중에 한번 보여 줘. 저번엔 제대로 인사도 못 했잖아."

"응, 그래. 언제 한번 같이 만나자."

"날짜는 잡은 거야?"

"아직. 어제 프러포즈 받았는걸."

"이러다가 나림이가 나보다 먼저 하는 거 아냐?"

진희의 말에 유미가 고개를 끄덕였다.

"얘네 진행 속도를 봐서는 그럴지도 몰라. 그 남자, 집도 있다면서? 준비된 남자네."

"그러게. 우린 완전 대출로 시작하는데. 부럽다, 야."

"아, 일단 얼른 밥 먹자."

얘기를 하느라 먹지 못하고 있었던 쌀국수는 이미 면발이 퉁퉁 불어 있었다.

그래도 남김없이 먹고 커피숍으로 이동을 했다.

거기서도 친구들은 얼른 더 썰을 풀어 보라고 나림을 채근했고, 나림은 없는 에피소드를 쥐어 짜가며 친구들을 즐겁게 해 주는 수밖에 없었다.

* * *

민혁은 커다란 고깃집의 주차장에 차를 세웠다.

어머니가 운영하는 고깃집의 주차장은 거의 다 채워져 있었다. 오늘도 손님이 많은 모양이다.

오래전 어머니가 취미 삼아 시작한 고깃집이 이렇게까지 커질 줄은 몰랐다. 작은 가게에서 시작을 했는데, 지금은 분점을 몇 개나 가진 가게가 되었다.

민혁은 가게 안으로 들어갔다.

민혁을 알아본 가게 직원들이 몰려왔다.

"우와, 형. 오랜만이에요."

"오빠, 왜 이렇게 오랜만에 와요? 취업하셨다면서요?"

"오, 정장도 입고. 잘 어울리는데."

그런 얘기들을 하고 있는데, 어느새 등장한 어머니가 도끼눈을 하고 직원들을 돌아봤다.

"얼른들 가서 일하지 못해?"

"네네."

"아, 무서워라."

직원들이 까르르 웃으며 여기저기로 흩어졌다.

몇 개월 만에 보는 어머니는 여전히 우아했다. 그리고 여전히 냉정했다.

"어머니."

오랜만에 방문한 아들을 흘끗 올려다본 어머니가 무언가를 건네기에 받아 봤더니, 앞치마였다.

"바빠. 일 좀 도와라."

"아니, 어머니. 나 할 얘기가 있어서……."

"지금 딱 바쁠 시간 때야. 손님들 좀 빠지면 얘기해."

어머니는 가차 없었다.

그래서 민혁은 앞치마를 받아 드는 수밖에 없었다.

민혁은 정장 재킷을 벗고 앞치마를 둘렀다. 검은색 앞치마를 둘러 늘씬한 허리를 강조시킨 민혁은, 사람 많은 고깃집에서도 한눈에 들어올 만큼 근사했다.

취직을 하기 전에는 어머니의 가게에서 종종 일을 도왔기에, 민혁은 능숙하게 주문을 받았다.

"오빠, 회사 일은 어때요? 맛나다에 입사했다면서요?"

잠시 틈이 생겼을 때, 여자 직원 한 명이 와서 물었다.

"응, 재미있어."

"그 회사 다니면 직원 할인 엄청 해 준다던데. 얼마나 할인 해 줘요?"

"35프로 정도?"

"아, 진짜? 오빠, 나 그럼 다음에 거기 그 뷔페 뭐더라? 거기 한 번 데려가 주면 안 돼요?"

"응, 안 돼."

민혁이 딱 잘라 거절하자 여직원의 눈이 커졌다. 지금껏 민혁이 이런 식으로 거절한 적이 없었기 때문이다.

"회사 일 바쁘고, 안 바쁜 시간에는 애인이랑 같이 있어야 하거든."

여직원의 눈이 더 커졌다.

근처에 있던 몇몇 직원도 그 이야기를 듣고는 민혁에게 다가왔다.

"뭐야, 형. 애인 생겼어?"

"헐, 오빠. 애인 있어요? 진짜로?"

"이 오빠가 애인이라고? 진짜? 정말?"

오랫동안 이 가게에서 일한 만큼 민혁에 대해 잘 아는 직원들은, 놀라움을 금치 못했다.

손님들이 무슨 일인가 싶어 이쪽을 돌아봤다. 그리고 민혁의 어머니인 박 여사는 이곳을 향해 형형한 눈빛을 쏘아 냈다.

"얘들아. 사장님이 노려보신다."

"헐. 어, 얼른 일하러 가자. 형, 나중에 얘기해 줘요. 꼭!"

직원들이 다시 일을 하기 위해 여기저기로 흩어졌지만, 박 여사는 여전히 아들을 향해 무시무시한 눈빛을 쏘아보내고 있었다.

느닷없이 찾아와 직원들이 일에 집중하지 못하게 만드는 민혁에게 분노한 것이리라.

'아이고야.'

민혁은 속으로 혀를 차며, 막 손님들이 나간 테이블을 치우기 시작했다.

3시간이나 정신없이 일한 끝에야, 손님이 조금 줄어들었다.

민혁은 자기가 도울 일이 없다는 걸 확인하고 나서, 박 여사가 앉아 있는 카운터로 향했다. 박 여사가 눈만 흘끗 들어 민혁을 응시했다.

"너는 애가 왜 꼭 바쁜 시간에 와서 소란을 일으켜?"

"잠깐 그런 거잖아, 어머니. 무섭게 굴지 마. 예쁜 표정 좀 지어 봐 봐."

"성가신 소리 하지 말고 왜 왔는지나 말해."

"어머니. 나 상처야. 아들이 어머니 가게에 오는 게 꼭 이유가 있어서야? 어머니 보고 싶어서 온 거지."

"웃기는 소리 하고 앉아 있네. 아까 할 얘기가 있어서 왔다며? 무슨 소린데?"

"아, 그거."

민혁의 입가에 미소가 번졌다.

"어머니. 나, 애인 생겼어."

"그게 일일이 나한테 보고하러 올 일이니? 그런 것 말고, 로또를 샀더니 1등에 당첨됐더라, 그런 소식이나 들고 와."

"아니, 어머니. 그냥 애인이 아니라, 결혼하고 싶은 사람이 생겼어."

민혁의 말에 박 여사가 피식 웃었다.

"어떤 정신 빠진 여자애가 너 따위랑 결혼을 하겠다고 하니?"

"아, 어머니. 말이 너무 심하네."

"심하긴. 내 아들이지만 참 별로야. 나 같으면 절대 너 같은 녀석이랑은 안 만나지. 그 여자애는 얼마나 머리가 비었기에, 남자 얼굴 좀 반반하다고 결혼을 하겠대?"

"어머니. 고슴도치도 제 자식은 함함한다는데, 너무한 거 아냐? 다른 집 엄마들은 아들이 연애한다고 그러면 질투도 하고, 그 여자가 내 아들에 비해 부족하다고 하고 그런다는데."

"아들도 아들 나름이지. 난 네 얼굴에 속아서 널 좋아하는 여자애들만 보면, 여기가 아파, 여기가."

박 여사가 가슴을 두드리며 말했다.

"그 정도야?"

"그 정도면 다행이게? 가끔 악몽도 꾼다. 그래서, 어떤 앤데?"

박 여사의 질문을 받은 민혁의 입가에 달콤한 미소가 번졌다. 처음 보는 아들의 표정에, 박 여사가 슬쩍 눈썹을 올렸다.

"예뻐. 예쁘고 성격도 끝내주고 능력도 좋아."

"너, 꿈꾸는 거 아니니? 그런 여자가 널 진심으로 상대할 리 없지."

박 여사가 진지하게 지적했다. 그래도 민혁의 입가에 걸린 미소는 사라지지 않았다.

"응, 꿈같아. 나도 매일 아침마다 눈뜨면 꿈일까 봐 걱정이 돼. 그런데 아무래도 꿈이 아닌 것 같아. 그래서 결혼하려고. 평생 꿈꾸는 기분으로 살게."

행복한 듯 보이는 민혁을, 박 여사는 물끄러미 응시하다가 말했다.

"언제 한번 집에 데리고 와. 얼마나 보는 눈이 없는 아이인지 구경이나 해 보게."

* * *

집에 돌아온 민혁의 품에 안긴 나림이 말했다.

"음, 고기 냄새."

"아, 어머니 가게 일 좀 돕느라고."

"어머니가 고깃집 하시는 거야?"

"응. 고기가 진짜 맛있어. 손님도 많고. 일단 좀 씻고 올게."

"응."

민혁이 욕실에 들어간 동안, 나림은 먹다 멈춘 라면을 마저 먹었다.

민혁이 샤워를 끝내고 나왔을 때, 나림은 설거지를 하는 중이었다. 브리프만 입고 나온 민혁이 나림의 뒤로 다가가, 그녀의 목덜미에 입을 맞추며 자연스럽게 가슴을 움켜쥐었다.

"알몸에 앞치마만 입고 설거지 하고 있었으면 더 좋았을 것 같은데."

"내 남자 친구 머릿속에는 그런 생각밖에 없는 걸까?"

"그런 생각이라니."

민혁의 손이 나림의 상의 아래로 들어왔다.

"어떤 생각?"

"야한 생각."

"원래 남자들은 늘 야한 생각만 하지."

민혁이 브래지어 안으로 손을 넣어, 나림의 가슴을 주물렀다.

"그런 말도 있잖아. 남자들의 성욕은 여자들의 식욕과 같다는 말."

"그런데 정말 그렇게 끊임없이 생각해?"

"난 여자들이 더 신기한데? 정말 그렇게 끊임없이 먹을 생각을 해?"

"보통 밥 먹으면서 후식 뭐 먹을까 생각하지. 후식 먹으면서는 저녁 뭐 먹을까 생각하고."

"말도 안 돼."

"말도 안 되긴. 하루 종일 섹스 생각만 하는 게 더 말이…… 앗……."

민혁이 나림의 젖꼭지를 꼬집는 통에, 나림은 말하다가 탄성을 뱉어 냈다. 설거지를 하는 손에 힘이 들어갔다.

"멈추지 말고 계속 해, 설거지."

"네가 이러는데 어떻게…… 아……!"

"계속 해. 얼른 끝내고 누워서 제대로 하자."

"그럼 얼른 끝내게…… 읏…… 침대에 가서 기다려."

"싫어. 내 머릿속엔 그 생각뿐이니까."

민혁은 성가시다는 듯 나림의 상의를 위로 걷어 올리고, 나림의 등에 입을 맞추며 가슴을 애무했다. 그의 뜨거운 입술이 낙인을 찍듯 등을 누를 때마다, 설거지를 하는 나림의 손에 힘이 들어갔다.

쏴아아—

물이 쏟아지는 소리에, 거칠어진 나림의 숨소리가 묻혀 사라졌다.

'집중하자, 집중. 설거지에 집중하는 거야. 애무받는다는 생각을 안 하면 돼.'

하지만 민혁이 바지를 훅 벗기는 통에 그럴 수도 없었다.

민혁은 나림의 다리를 살짝 옆으로 벌리게 만든 후, 갑작스럽게 자신의 물건을 집어넣었다.

"읏!"

나림은 싱크대 쪽으로 허리를 굽히며 신음했다.

"설거지 멈추지 말라니까."

여유롭게 말하는 그가 얄미워서 휙 돌아봤더니, 민혁이 씩 웃으며 나림의 이마에 입을 맞췄다.

"아니면 이렇게 일어서서 하는 게 좋아?"

"그런 거…… 으흣…… 아니거든?"

"그래? 표정은 좋아하는 것처럼 보이는데?"

민혁이 계속 허리를 움직이며 말했다.

다리 사이에서 번지는 달콤한 통증에, 나림은 인상을 찌푸렸다. 그의 육체에 닿아 쾌락에 젖은 자신의 얼굴이 어떤 모습일지 궁금했다.

나림은 아랫입술을 잘근 깨물고 그를 쏘아보다가 다시 설거지를 시작했다.

흐르는 물에 거품을 닦아 내는 와중에도, 그의 몸은 계속 들어왔다가 나가기를 반복하고 있었다. 종종 깊이 찔러 들어올 때는, 반사적으로 허리를 굽히고 헐떡이느라 설거지하는 시간이 점점 길어졌다.

겨우 설거지를 다 끝냈을 때, 그가 나림의 목덜미를 잡아 그대로 엎드리게 만들었다. 나림은 비틀거리며 넘어지지 않기 위해 두 손으로 바닥을 짚었다.

나림은 다리를 굽히지 못하고 엉덩이를 위로 든 상태로, 그에게 부끄러운 부분을 완전히 드러냈다.

민혁은 그 광경을 즐거운 듯 응시하며 피스톤질을 반복했다.

"아…… 아아…… 앗!"

점점 빨라지고 커지던 나림의 신음이 짧은 탄성으로 바뀌었고, 나림의 엉덩이가 움찔움찔 떨렸다. 비슷한 시기에, 민혁도 절정을 느끼고 페니스를 빼냈다.

하얀 액체가 나림의 엉덩이를 타고 허벅지로 흘러내렸다.

둘은 헐떡거리며, 주방에 그대로 드러누워 서로를 끌어안았다. 행위가 끝난 후인데도 둘은 시작할 때처럼 서로의 입술을 찾아 헤맸고, 서로의 몸을 쓰다듬었다.

손길이, 체온이, 젖어 드는 타액이 좋아서, 둘은 애무를 멈추지 않았다.

그렇게 누워서 정상위로 한 번 더 뜨거운 섹스를 나눈 후에야, 둘은 만족하고 함께 욕실로 향했다.

"넌 정말 체력도 좋다."

샤워기 아래에서, 나림이 가쁜 숨을 몰아쉬며 말했다.

샤워기에서 쏟아지는 따뜻한 물이, 아직 섹스의 여운이 가시지 않은 나림의 몸을 적셨다. 민혁은 그런 나림을 사랑스럽다는 듯 내려다보며 볼을 쓰다듬었다.

"아직 젊잖아."

"이 늙은 누나는 힘들어."

"늙긴. 같이 다니면 나보다 어려 보일걸."

민혁이 물에 젖은 나림의 눈썹을 엄지로 훑었다.

"아, 예쁘다. 내 여자 친구는 어쩌면 이렇게 예쁘지?"

정말 놀랍다는 듯 말하는 민혁의 모습에 나림은 수줍게 웃었다. 매일 해 주는 그 말이 질리지 않았다.

민혁과 사귀게 된 후, 예쁘다는 말을 정말 원 없이 듣는 것 같다.

씻고 나와서 침대에 나란히 누웠다.

"나, 내일모레 집에 가려고."

"어? 벌써? 왜?"

"이것저것 정리할 것도 있고. 번역 일 못 끝낸 것도 후딱 끝내서 보내 놔야 더 편하게 쉴 수 있을 것 같아서."

"아, 보내기 싫은데."

"벌써 며칠이나 같이 있었는데?"

"부족해. 몇 년을 같이 있어도 부족할 거야. 안 보내고 싶어. 여기 가둬 두고 싶어."

"위험한 소리를 하네, 이 남자가."

"응, 난 위험한 남자거든."

"이럴 수가. 착해 보여서 속았어."

"속긴. 누구보다도 먼저 내 성격을 파악했으면서."

"안 그래. 처음 봤을 땐 나름 순진한 애가 아닐까 싶었다고."

"나, 사실 순진해."

"순진은 무슨. 세상에서 제일 야한 남자면서."

"네 앞에서만 그렇지."

민혁이 웃으며 나림의 어깨를 어루만졌다.

"아, 오늘 어머니한테 결혼할 거라고 얘기하고 왔어."

"그래?"

나림은 벌떡 일어나 민혁을 돌아봤다.

"혹시 나에 대해서도 얘기했어?"

"응, 얘기했지."

"뭐라셔?"

"한번 같이 만나자셔."

"아, 진짜? 아, 어떡하지?"

사실은 마음에 남은 불안감이 하나 있었다.

나림은 민혁보다 4살이나 많았다.

얘기를 들어 보니, 민혁은 금수저까지는 아니어도 은수저 집안의 1남1녀 중 아들이었다. 하나뿐인 예쁜 아들이 4살이나 많은 여자와 결혼을 하겠다고 하면, 집안의 반응이 그리 좋지 않을지도 몰랐다.

민혁과 둘이 있을 때는 나이 생각을 하지 않지만, 가족들을 만나야 하는 상황이 되니 그런 부분들이 걱정됐다.

만약 민혁의 집에서 반대를 하면 어떻게 해야 하는 걸까?

"뭘 어떻게 해?"

민혁도 일어나서 앉아 나림을 마주 봤다.

실 한 오라기 걸치지 않은 그의 듬직한 몸을 응시하던 나림은, 그의 품에 파고들어가 앉아 말했다.

"걱정돼. 너희 부모님이 날 마음에 안 들어하시면 어떻게 해?"

"에이, 그럴 일 없어."

"너, 누나도 있다면서? 누님이 날 별로 탐탁찮게 생각하시면?"

"절대 안 그럴걸."

"세상에 절대가 어디 있어? 모를 일이지. 귀엽고 사랑하는 아들인데, 내가 너한테 부족하다고 생각하실 수도 있잖아."

나림의 정수리에 턱을 괴고 있던 민혁은 잠시 자신의 가족들이 자신에게 하는 행동을 떠올렸다.

'그게 귀엽고 사랑스러운 아들에게 하는 행동들이었던가?'

두 번 귀엽고 사랑스럽다가는 남아나는 것이 없겠다.

'그나저나.'

민혁은 자신의 품에 들어와 오도카니 무릎을 끌어안고 앉아 고민에 빠진 나림을 내려다봤다.

'이 여자는, 뭔데 이렇게 귀여워?'

민혁은 나림을 꽉 끌어안았다.

"네가 긴장하는 건 처음 봐. 긴장 같은 거, 진짜 안 하는 줄 알았는데."

"나도 긴장쯤은 하거든. 게다가 이런 상황에서 긴장 안 하는 사람이 어디 있니?"

"이런 상황이라니?"

"결혼이 하고 싶을 만큼 사랑하는 남자의 가족들을 만나게 되는 거잖아. 너도 내 가족 만나게 되면 긴장할걸."

"에이, 난 그런 걸로 긴장 안 해."

"과연 그럴까?"

"응. 멋지게 입고 선물 딱 사 들고 가서, 당당하게 인사드릴 거야. 저, 나림이를 사랑합니다! 나림이를 제게 주십쇼! 이렇게."

"흐응. 그래?"

"응, 그럼. 난 그런 걸로 긴장 안 해."

"그래, 그럼."

민혁의 근거 없는 자신감에, 오히려 나림이 느끼고 있던 긴장이 희미해졌다.

"나도 내일 집에 가서 부모님께 결혼하고 싶은 남자가 생겼다고 알릴게. 나중에 한번 인사드리러 와."

"응, 부모님 시간되실 때로 약속 잡아. 난 언제든 문제없으니까."

자신만만한 그 모습이, 가평의 번지 점프대에 오르기 전과 비슷해 보였지만, 나림은 구태여 그 부분을 지적하지 않았다.

그래, 어디 한 번 얼마나 당당한가 보자.

*　*　*

민혁이 출근한 후, 나림은 집에 돌아갈 준비를 했다.

여행 준비를 할 때처럼, 캐리어에 차곡차곡 짐을 집어넣었다.

이 캐리어를 쌀 때만 해도 여러 가지 생각들이 머릿속을 괴롭혔었다. 고작 며칠 전의 일인데, 까마득히 먼 옛날의 일처럼 느껴졌다.

민혁과 다투고 잠시 이별했던 그 일이 꿈같았다. 아니, 민혁과 함께하는 모든 것들이 전부 꿈같다.

나가기 전, 잠시 식탁에 앉아 민혁에게 짧은 메모를 남겼다.

[잘 쉬다가 가. 또 놀러올게. 사랑해.]

단 며칠 이 집에 머물렀을 뿐인데, 그의 집이 내 집처럼 느껴졌다. 떠나는 것이 아쉬워 몇 번이나 뒤를 돌아봤다.

집에 도착했을 땐 아무도 없었다.

짐을 풀고 방 청소를 좀 하고, 보내야 할 원고들을 정리하며 시간을 보냈다.

"어? 나림이 왔니?"

엄마의 목소리가 들려서 거실로 나갔다.

엄마는 장을 보고 오는 길인지, 양손에 검은색 비닐봉지를 들고 있었다. 나림은 그것을 받아 들고 주방에 가져다놓으며 말했다.

"엄마. 아빠는 오늘 일찍 오시나?"

"평소처럼 오시겠지? 여행은 즐거웠어?"

"응, 즐거웠어."

사실 여행 안 가고 애인 집에서 머물렀어, 라는 말은 절대 할 수 없었다. 어떤 식으로 감춰야 할지는 대충 생각해 둔 터였다.

"그래, 표정이 많이 좋아 보이네. 다행이다."

가족들 앞에서 한 번 터뜨리고 난 후, 엄마는 더 이상 나림의 앞에서 결혼 이야기를 꺼내지 않았다. 그날 이후 가족들이 다들 나림의 눈치를 보는 것 같았다.

장 본 것들을 정리하고, 엄마와 같이 저녁을 준비했다.

그러고 보니 지금껏 일 핑계를 대며, 식사 준비하는 걸 도운 적이 없었던 것 같다. 그래서인지 엄마도 나림의 행동에 조금 당황하는 것처럼 보였다.

이런저런 얘기를 하며 저녁을 거의 다 준비할 때쯤 아빠와 나현이 함께 돌아왔다.

"아빠랑 요 앞에서 만났어. 어? 언니, 왔어? 일찍 돌아왔네?"

"오늘 올 거면 말해 두지. 데리러 갔을 텐데."

"그런데 진짜 빨리 돌아왔다. 한 달 정도는 있다가 올 줄 알았는데."

가족들에게는 계획 없이, 돌아오고 싶을 때 돌아오는 여행이 될 거라고 말해 둔 터였다.

"응, 돌아올 때가 된 것 같아서."

"재미있었어? 어디어디 갔었어?"

이렇게 자세하게 물어보면 곤란하다.

나림은 말을 돌렸다.

"저녁 거의 다 됐으니까 일단 손 씻고 와."

가족들이 모두 식탁에 모일 때를 기다렸다가, 나림은 가족들을 쭉 둘러보며 말했다.

"아빠, 엄마, 나현아. 나, 결혼하고 싶은 남자가 생겼어."

애인과 헤어졌다고 말하고, 결혼 얘기 지긋지긋하다고 성질을 내며 집까지 나갔던 나림이, 여행 다녀와서 갑자기 결혼하고 싶은 남자가 생겼다고 말했다.

그러니 가족들의 반응은 안 봐도 뻔했다.

다들 수저를 든 상태로 굳어, 나림의 얼굴만 조심스레 살피고 있었다.

나림은 몰랐지만, 가족들은 한 가지 생각을 하고 있었다.

'여행지에서 사기꾼한테 낚인 거 아냐?'

하지만 지난번의 일이 있기에, 그 부분을 지적하지도 못하고 나림의 눈치를 보는데, 나림이 말했다.

"저번에 말했던 남자 있잖아, 헤어졌다던. 그 애랑 다시 만나기로 했어. 프러포즈를 받았어."

그제야 엄마와 아빠는 안도의 한숨을 내쉬고, 질문을 쏟아부었다.

언제 만났냐. 뭐하는 친구냐. 어떤 녀석이냐.

나림은 하나하나 전부 답을 해 주고, 마지막에 말했다.

"정말 좋아. 같이 있을 때 이렇게까지 행복하게 해 주는 사람은 처음이야. 그 애랑 있으면 정말 행복해."

자식이 행복하다는 데 싫다고 할 부모는 없었다.

나림의 부모도 마찬가지였다.

엄마는 설레는 표정으로 얼른 한 번 보여 달라고 했고, 아빠는 짐짓 근엄한 표정을 지으며,

"내 딸, 아무 녀석에게나 줄 수는 없지. 어디 데리고 와봐라."

라고 말했다.

그래서 주말에 보자고 약속을 잡았다.

설거지까지 돕고 방으로 들어갔을 때, 나현이 따라 들어왔다. 나현은 나림을 따라 침대에 앉아, 작은 목소리로 물었다.

"언니, 여행 안 갔지?"

"티 나?"

"엄청! 그래도 엄마랑 아빠는 눈치 못 챘을 거야. 나니까 눈치 채지."

"절대 말하면 안 돼. 알겠지?"

"알겠어, 알겠어. 내가 미쳤다고 그런 걸 얘기하니? 그래서? 그 형부랑 같이 있었던 거야?"

"응, 걔네 집에 있었어."

나림은 나현에게 왜 그런 결정을 내렸는지 설명했고, 프러포즈 받은 이야기도 했다. 두 손으로 양 볼을 감싸고 이야기를 듣던 나현이, 귀걸이 얘기에 도달하자, 꺅하고 소리를 질렀다.

"웬일, 웬일. 형부, 진짜 로맨틱가이다. 우와. 잘생겼는데 로맨틱하기까지 하다니. 대박."

여자들 반응은 다 똑같은 모양이다. 친구들도 귀걸이 부분에서 열광했었다. 남자들은 이 얘기를 들었을 때 어떤 반응일지 궁금했다.

'다음에 태민이 반응은 어떤지 한번 봐야지.'

라는 생각을 할 때, 나현이 나림의 두 손을 꼭 붙잡았다.

"언니야. 진짜 축하해."

"고마워, 나현아."

"언니, 나 요새 진짜 열심히 취업 준비 하고 있어. 지원서도 여기저기 보내 놨고. 그러니까 언니, 우리 집 걱정은 하지 말고 결혼 준비나 잘해."

"결혼 준비…… 이제 막 프러포즈 받았는데, 벌써 준비해야 하나?"

"언니, 프러포즈 받았으면 이제 금방이지. 마사지도 좀 받고, 피부 관리도 하고 그래. 언니는 세상에서 제일 예쁜 신부가 될 거야."

내가 신부가 되다니.

한참 먼일일 줄 알았다. 아니, 얼마 전까지만 해도 웨딩드레스를 입는 일은 없을 거라고 생각했었다.

나현의 말을 듣자, 이제야 정말로 결혼을 하게 되었구나, 라고 실감이 됐다.

나현은 자기가 결혼을 앞둔 것처럼, 웨딩홀과 웨딩드레스에 대해 한참을 떠들다가 자기 방으로 돌아갔다.

나림은 침대에 누워 눈을 감았다.

처음으로, 웨딩드레스를 입은 자신의 모습을 상상했다.

나쁘지 않았다.

* * *

나림이 휴가를 내고, 지연이 회사를 관두는 바람에, 맛나다 주식회사 홍보부 영상팀 직원들은 일더미의 축복을 받은 상황이었다.

다들 야근하고 익숙하지 않은 업무까지 맡아서 처리하느라 정신이 없었다. 특히 나림이 맡았던 일들은, 이걸 정말 한 사람이 다 했던 건가 싶을 정도로 많았다.

"과장님이 일을 진짜 많이 하셨었네요."

"그러게 말이야. 어떻게 이걸 혼자 다 했지?"

"으아, 진짜 죽겠어요. 과장님, 빨리 돌아오셨으면 좋겠는데."

"과장님 그만두시면 어떻게 해. 나, 이거 진짜 못하겠어."

"뭘 얼마나 대단한 것들을 한다고 징징거려? 최 과장이 욕심 많아서 다 떠안고 하다가, 지도 못 하겠으니까 무책임하게 휴가 내버린 거지."

직원들의 말을 듣던 주 과장이 비아냥거렸다.

평소라면 모르는 척할 직원들이지만, 다들 예민해진 상태라 도끼눈을 하고 주 과장을 노려봤다.

"주 과장님, 그런 식으로 말씀하시면 안 되죠. 솔직히 최 과장님이 일 거의 다 하신 건 맞잖아요."

"맞아, 그리고 그거 우리한테 떠넘긴 적도 없었고."

"그런데 주 과장님은 주 과장님 잡무도 전부 우리한테 시키시잖아요. 그거 처리하느라고 일이 더 늦어진단 말이에요."

"주 과장님이 하셔야 할 일은 주 과장님이 좀 하셨으면 좋겠어요."

참다참다 터진 여자들의 파워는 어마어마했다.

변명할 틈도 주지 않고 와다다다 쏟아 내는 통에, 주 과장의 얼굴이 터질 듯 빨갛게 부풀어 올랐다.

주 과장에게 한 소리 하고 싶었던 민혁은 즐거운 기분으로 그 모습을 지켜봤다. 나림에게 이 광경을 보여 주고 싶었다.

속이 부글부글 끓어도, 맞는 소리들이라 대꾸를 못 하던 주 과장이 참다못해 담배나 피우고 오겠다며 벌떡 일어섰을 때였다.

벌컥—

사무실 문이 열리고, 나림이 등장했다.

안 그래도 나림의 이야기를 하고 있던 터라, 생각지 못한 순간에 등장한 나림의 모습에 직원들은 과한 반응을 보였다.

"과장님!"

"우와, 최 과장님!"

"보고 싶었어요!"

"우와, 최 과장님이다."

예상치 못한 환대에 나림의 눈이 커졌다.

다들 왜 이러지?

정신을 차린 주 과장이 나림의 어깨를 팍 밀치고 사무실을 나갔다.

"주 과장님, 왜 저렇게 화가 나신 거야?"

"우리도 모르죠, 뭐. 최 과장님, 휴가 끝난 거예요?"

자영이 물었다.

"아직 휴가 기간이긴 한데……."

직원들의 표정이 어두워졌다.

"그냥 휴가 반납하고 일하려고. 집에만 있으려니까 찌뿌드드

해서."

직원들이 두 팔을 들고 환호했다.

"우와!"

"드디어!"

"환영합니다, 최 과장님!"

나림은 이 격한 반응을 도통 이해할 수가 없었다.

모두의 인사를 받으며 간신히 자리에 가서 앉은 나림은, 직원들이 흥분을 좀 가라앉힌 후에 민혁을 돌아봤다. 민혁은 아까부터 싱글싱글 웃으며 이 모든 광경을 지켜보는 중이었다.

"이게 다 무슨 일이야?"

"무슨 일이긴요. 과장님이 워낙 능력자니까 다들 반기는 거죠."

"응?"

"부럽습니다, 과장님. 저도 언젠가 과장님처럼 인정받고 싶어요."

민혁의 설명에도 나림은 직원들이 왜 이러는 건지 도통 알 수 없었지만, 기분이 나쁘지는 않았다.

* * *

밀린 업무를 처리하다가 잠깐 쉬려고 나왔다.

휴게실로 향하는데 뒤따라 나온 민혁이 나림의 손목을 잡고 비상계단 쪽으로 끌어당겼다.

"누가 보면 어쩌려고?"

어두운 비상계단에서, 나림이 그의 품에 안겨 투덜거렸다.

"뭐, 어때. 곧 결혼할 텐데."

"곧? 얼마나 곧?"

"올해 가기 전에. 내일 할까?"

"으이그."

나림은 싫지 않은 목소리로 대꾸하며, 민혁의 허리를 안았다. 민혁이 나림의 머리에 쪽쪽쪽 입을 맞췄다.

"오랜만에 회사에서 보니까 신선하네요, 과장님. 오늘 회사 나올 줄 몰랐는데."

"응, 서프라이즈를 좀 해 주고 싶었어."

"정말 깜짝 놀랐어요. 심장이 쿵 내려앉는 줄."

"뭘 그 정도씩이나."

"오늘 옷도 예뻐요. 벗기기도 쉽고."

나림은 허리 라인이 들어간, 회색 원피스를 입고 있었다. 더워서 스타킹은 신지 않은 상태였다.

민혁은 나림의 허벅지를 쓰다듬으며, 나림에게 입을 맞췄다.

"정민혁 씨, 여기 회사거든?"

"아무도 안 보잖아요. 그리고 과장님은 회사에서 하는 걸 좋아하는 거 아니었어요?"

"특별히 좋아하는 건 아니야."

"그거 아쉽네요. 그 특별히 좋아하지 않는 일, 전 지금부터 할 예정이니까."

"난 예정에 없는데."

"그래요? 그럼 과장님은 그냥 가만히 서서, 제 애무를 받기만 하세요."

민혁이 손을 뒤로 돌려, 원피스의 지퍼를 쭉 내렸다. 그리고 나림이 반항할 틈도 없이, 원피스를 아래로 내렸다.

순식간에 브라와 팬티만 입은 상태가 된 나림은, 숨을 멈추고 두 팔로 몸을 가렸다. 하지만 민혁은 나림의 양쪽 팔을 잡아 올려 벽에 고정시키고, 나림의 브라 후크를 풀었다.

희고 봉긋한 가슴이 모습을 드러냈다.

"민혁아."

이렇게 홀딱 벗겨질 줄은 몰랐기에, 나림이 간절한 목소리로 그를 불렀다.

"여기, 사람들 잘 안 와요. 하지만 소리를 내면 누군가 오긴 하겠죠."

민혁이 작은 목소리로 말하고는, 나림의 가슴에 입술을 가져갔다. 벌어진 입술 사이로, 잔뜩 곤두선 나림의 유두가 쏙 들어갔다.

민혁은 혀끝을 세워 나림의 유두를 자극했다. 그의 혀가 스칠 때마다 나림의 몸이 움찔거렸다.

누가 올지도 모르는 상황에서 반나체가 되어 애무를 받고 있다는 긴장감이 도리어 온몸을 예민하게 만들었다. 여느 때보다도 강렬한 자극이 쾌감이 되어, 나림은 견딜 수가 없어졌다.

신음은 간신히 참았지만 호흡이 가빠지는 것까지 참기는 힘들었다.

하아. 하아.

입술 사이로 미처 거두지 못한 숨결이 흘러나왔다.

눈을 슬쩍 들어 나림의 표정을 살핀 민혁이, 나림의 속옷 안으로 손가락을 넣었다. 그의 손가락이 클리토리스를 부드럽게 애무했다.

축축이 젖은 애액에 미끌거리는 손가락 두 개가 능숙하게 클리토리스를 농락하자, 나림은 고개를 숙여 그의 머리카락에 얼굴을 묻었다.

"으……."

신음이 흘러나왔다.

소리를 죽여야 하는데.

제 신음 소리에 흠칫 놀라, 나림은 그의 목을 꽉 끌어안았다.

당장이라도 비상구 문이 열리고 누군가 들어올까 봐 초조하고 불안했다. 아니면 저 위에서 누군가 걸어 내려올까 봐.

나림은 어두운 계단 위쪽과 비상구 문을 번갈아 돌아보며, 그의 애무에 몸을 떨었다.

부푼 클리토리스에 느껴지는 자극이 점점 강렬해지고, 전기가 통한 듯 찌릿한 느낌이 드는가 싶더니, 달콤한 전율이 전신으로 내달렸다.

"으핫……."

터질 뻔한 소리는, 민혁의 입술에 가로막혔다.

민혁은 클리토리스를 계속 문지르며, 나림의 입술을 거칠게 탐했다. 정신이 반쯤 나간 채로 그의 입술을 받아들였다.

이윽고 손가락을 빼낸 그가, 애액에 젖어 번들거리는 손가락을 혀로 핥았다. 절정으로 정신이 없는 와중에도, 그 모습이 무척이나 섹시하다고 생각했다.

민혁은 바닥에 떨어진 나림의 원피스를 끌어올려 다시 입혀주고, 지퍼를 올려 주었다.

"정민혁."

다시 원래의 상태로 돌아간 나림이, 경고하듯 그의 이름을 불렀다.

눈썹을 치켜 올리고 쏘아보는 나림을, 민혁은 귀엽다는 듯 내려다봤다.

"왜요, 과장님?"

"너, 진짜……."

"좋았어요?"

"하나도 안 좋았어!"

"그런 것치고는 엄청 느끼시던데요. 평소보다 더."

"아냐, 그건. 긴장해서……."

"하지만 평소보다 빨리 갔잖아요. 그것도 내 손가락 두 개로."

그렇게 말하며, 민혁이 방금 전까지 나림의 속에 들어와 있던 손가락을 들어 보였다. 나림은 아랫입술을 잘근 깨물고 그를 노려봤다.

민혁이 웃으며 허리를 굽히고 나림의 뺨에 입을 맞췄다.

"과장님은 정말 귀여워요."

"넌 하나도 안 귀여워."

"네, 알아요. 하지만 어쩔 수 없어요. 난 이제 과장님 거니까."

이렇게 예쁜 소리만 하는데, 도저히 미워할 수가 없다.

계속 째려볼 생각이었는데 표정이 누그러졌다.

"과장님은 내 거고."

민혁이 나림의 머리를 뒤로 쓸어 넘겨주고 나림의 손을 잡았다.

"이제 슬슬 들어가죠."

절정을 느낀 직후라, 비밀 연애를 하는 중이라는 걸 깜빡 잊고 있었다. 한 손을 민혁에게 맡기고, 다른 손으로 옷매무새를 점검하며 비상구 밖으로 나가던 나림은 맞은편에 서 있는 명호의 모습에 우뚝 멈췄다.

명호는 지나가는 길이 아니라, 계속 그곳에 서 있었던 것처럼 보였다.

나림의 손을 잡은 민혁의 손에 힘이 들어갔다.

명호는 민혁을, 그리고 나림을 돌아보며 고개를 절레절레 저었다.

"때와 장소는 좀 가리시죠, 최 과장님. 정민혁 사원."

"아……."

들은 걸까?

나림의 얼굴이 빨개졌다.

"충분히 가리고 있습니다."

민혁이 뻔뻔하게 대꾸했다.

명호가 피식 웃었다.

"이래서야 비밀 연애가 아니라 공개 연애네요. 둘이 속닥속닥 귀엽다고 하는 소리, 라디오 생중계하는 것처럼 생생하게 들리더군요."

아, 그걸 들은 거구나.

나림은 안도했다.

"안 그래도 조만간 하려고요. 라디오 생중계."

민혁이 바보 같은 소리를 했다.

얘는 또 무슨 소리를 하는 거야?

"우리 결혼할 거거든요. 올해 안에."

민혁이 덧붙인 말에, 명호의 표정이 굳었다가 부드럽게 펴졌다.

"그래요? 잘됐네요. 사내부부 탄생이라니. 축하드려요."

"네, 감사합니다."

명호가 살짝 고개를 숙이고는 자리를 떠났다.

명호의 모습이 완전히 사라진 후에야, 민혁의 손에서 힘이 빠졌다.

"미안해, 나림아."

"응? 뭐가?"

"내가 어린애처럼 굴어서."

나림은 웃음을 터뜨릴 뻔했다.

자각하고 있기는 하구나.

"아냐, 괜찮아. 어차피 알릴 일이었고."

"하아. 나, 진짜 왜 이러지? 이렇게 행동하지 않으려고 했는데."

"괜찮아, 괜찮아."

"나 안 버릴 거지?"

"으이그. 괜찮다니까."

나림은 민혁의 엉덩이를 토닥토닥 두드려줬다.

"정말로 괜찮아. 너야말로 괜찮은 거야? 내가 윤 부장님이랑 같이 일하는 거. 프로젝트 남은 게 있어서 둘이서 외근 나갈 일이 몇 번 있을 텐데."

"응, 그건 이제 괜찮아."

"그럼 다행이고. 아, 맞다. 그리고 이번 주말에 시간 돼?"

"당연히 되지. 내 주말은 네 건데. 그런데 왜?"

"부모님한테 결혼할 사람 있다고 말씀드렸거든. 토요일에 같이 점심 먹자."

*　　*　　*

일을 마무리하고 퇴근을 하던 재훈은, 교문 앞의 광경에 걸음을 멈췄다. 교문 앞에 여학생들이 모여 있었던 것이다.

무슨 일인가 싶어 다가갔더니, 재훈을 알아본 여학생들이 꺅꺅거렸다.

"쌤, 여기 잘생긴 오빠가 버려졌어요."

"우리가 주워 가도 돼요?"

"강아지 같아요."

설마, 하는 생각에 여학생들 너머를 봤더니, 민혁이 교문 옆 기둥 앞에 쭈그리고 앉아 있었다.

재훈은 한숨을 푹 내쉬었다.

"안 돼. 저 녀석은 주인이 있어."

"쌤이 주인이에요?"

"아니야. 딴 주인이 있어."

"아, 뭐야. 재미없어."

"우리 교실에 넣어 놓고 키우려고 했는데."

"아쉽다."

요새 여학생들은 무섭다.

재훈은 훠이, 훠이 학생들을 쫓아 보내고 민혁의 앞에 섰다.

"너, 여기서 뭐하냐?"

민혁이 고개를 들었다.

여자들이 민혁만 보면 열광하는 이유를 알 것도 같았다. 같은 남자인데도, 오도카니 앉아 고개만 들어 이쪽을 보는 민혁은 정말로 귀여웠다.

눈초리가 살짝 내려간 커다란 눈과 붉고 도톰한 입술.

여자로 태어났더라면 여러 남자 울렸을 것이다. 뭐, 지금도 여러 여자 울리기는 하고 있지만.

"어쩌지, 재훈아?"

"또 뭘?"

"나림이가……."

"너 또 멍청한 짓 했냐?"

"아니, 그게 아니라……."

"그럼 또 뭔데?"

"토요일에 나림이네 가족들이랑 점심 먹재!"

"……그게 왜?"

"무서워!"

"대체 왜?"

"어쩌지? 어떡하지? 어머님, 아버님이 날 마음에 안 들어 하실 거 아냐. 나림이는 똑똑하고 능력 좋고 예쁘잖아. 그렇게 곱게 키운 딸이니까, 나 같은 놈팡이가 결혼하겠다고 찾아가면 집 안에 발도 못 들이게 할지도 몰라. 어쩌지? 응? 나, 이제 어떻게 해야 돼?"

재훈은 기가 막혔다.

점심을 먹자고 초대한 건 그쪽인데, 집에 발을 못 디디게 할 리가 없다는 걸, 이 얼굴만 반반한 녀석은 정말로 몰라서 이러는 걸까?

민혁은 패닉에 빠진 것 같았다. 그리고 재훈은, 자신의 일터까지 찾아와 못난 모습을 보이는 사랑스러운 친구를 굳이 챙겨 주고 싶지 않았다.

그래서 대답도 하지 않고 돌아서는데, 민혁이 몸을 날려 재훈의 두 다리를 끌어안았다. 그 바람에 재훈은 넘어질 뻔했고, 저 멀리서 이 모습을 지켜보던 학생들이 까르르 웃음을 터뜨렸다.

아, 진짜 싫다.

"야, 정민혁."

"가지 마, 너까지 날 버리면 안 돼."

"아니, 대체 누가 널 버렸는데? 지금 이 시점에서 널 버린 사람은 아무도 없어. 물론 1초 후, 내가 널 버릴 거지만."

"안 돼, 너까지 날 떠나면 난 혼자야."

"아니, 그러니까 지금 이 시점에서 널 떠난 사람은 없다니까. 물론 1초 후, 난 널 떠날 거지만."

"가지 마. 나랑 있어 줘."

"아니, 갈 거다. 너랑 있고 싶지 않아. 너희들은 왜 동영상을 찍고 있어? 얼른 집에들 가!"

재훈이 학생들을 돌아보며 외쳤다.

학생들은 깔깔 웃을 뿐, 재훈의 말을 귓등으로도 안 들었다.

무너진 교권에 대해 깊은 통감을 하며, 재훈은 민혁을 돌아봤다.

"일단 일어나라. 여기서 좀 벗어나자."

* * *

민혁을 어르고 달래 힘겹게 일으켜 커피숍으로 데리고 간 재훈은, 미현을 불렀다. 민혁이 패닉에 빠졌다는 소리에, 미현은 곧바로 달려왔다. 아마 이 재미있는 구경거리를 놓치고 싶지 않기 때문일 것이다.

재훈의 옆에 앉은 미현은, 초조해하는 민혁을 물끄러미 응시하다가 웃음을 터뜨렸다.

"아하하하! 아, 웃겨."

"야, 넌 내가 심각하게 고민하는데, 그게 그렇게 웃기냐?"

"응, 웃기지. 너, 나림이 언니 앞에서는 하나도 긴장 안 되는 척했을 거 아냐. 번지 점프 때처럼."

나림은 지적하지 않았던 부분을, 미현은 날카롭게 지적했다. 민혁이 인상을 찌푸렸다.

"나, 역시 웃겨 보이지?"

"응, 엄청."

"나림이가 정 떨어져 하면 어쩌지?"

"어쩌긴. 놓아줘야지."

"야, 양미현."

"아하하하하. 진짜 찌질하다. 여친 부모님 만나러 가는 것 때문에 이렇게 안절부절못하다니."

"여친이 아니라 약혼녀라고, 약혼녀."

"뭐가 됐든. 우리 재훈이는 우리 부모님 만날 때 하나도 긴장 안 했는데."

다른 때라면 툽상스럽게 비아냥거렸겠지만, 지금은 상황이 달랐다. 민혁은 존경의 눈으로 재훈을 바라봤다.

"대단하다, 너."

"뭘 또 진지하게 받아들이고 앉았어? 당연히 긴장했지."

재훈의 말에 미현이 그를 돌아봤다.

"정말? 정말로 긴장했었어?"

"당연하지. 그 당시만 해도 뭣도 없는 놈이었는데, 혹시라도 마음에 들어 하시지 않을까 봐 엄청 긴장했다고."

"뭐야, 나 좀 감동이야."

"감동은 무슨. 너처럼 괜찮은 여자, 내가 실수해서 놓치게 될까 봐 얼마나 초조했다고."

"우와, 나 사랑받는구나."

"그럼. 세상에서 제일 사랑받고 있지."

"세상에서 제일 사랑받는 건 나림이야."

둘의 애정 행각을 묵묵히 지켜보던 민혁이 끼어들었다.

"그런 건 됐고, 넌 나림이 언니 부모님께 인정받을 걱정이나 하셔."

미현이 잔인하게도 민혁의 처지를 상기시켰다. 민혁은 다시 패닉에 빠졌다.

"어떻게 해야 돼? 뭐 입고 가지? 뭘 사서 가야 돼? 인사는 뭐라고 시작해? 어떤 얘기를 하게 될까? 머릿속이 하얗게 비어서 아무 생각도 안 나면 어떡해?"

"……얘, 좀 심각한데?"

미현의 말에 재훈이 고개를 끄덕였다.

"어, 얜 나림이 누나 만나고 나서 계속 심각해."

"흠. 그럼 장난은 그만 쳐야겠네."

미현은 완전히 장난을 그만두지는 않았지만, 그래도 민혁이 궁금해하는 부분들에 대해서는 성실하게 조언을 해 주었다.

민혁은 대학에서 강의를 들을 때보다 진지하게 미현의 이야기를 들었고, 재훈은 그런 민혁을 보며 자기가 가르치는 학생들도 저런 모습을 좀 본받으면 좋겠다고 생각했다.

* * *

민혁이 친구들 앞에서 바보 같은 짓을 하고 있을 때, 나림은 편의점에서 태민과 만나는 중이었다.

태민에게 그동안의 이야기를 했고, 태민은 축하를 해 주었다.

귀걸이 사건도 얘기했는데, 여자인 친구들과 달리 태민은,

"그 귀걸이야? 사이트를 저장해 뒀던 건가?"

라고 말하는 걸로 끝이었다.

역시 여자들과 남자들은 같은 사건에 대해서도 반응이 다르다.

"어쨌든 네가 행복해 보이니 다행이다."

"응, 나 요새 진짜 행복한 것 같아."

"그 친구 여자 문제는? 잘 해결된 거고?"

"응, 얘기 잘 했어. 아마 앞으로 또 이런 문제가 생길지도 모르지만. 확률은 반반이고, 혹시라도 생기면 대화하고 싸우고, 그러면서 풀어 가기로 했어."

"그래, 연인 사이에는 대화가 중요하지. 넌 항상 네 기분을 무시하고 감추지만, 그런 걸 솔직하게 드러내는 것도 중요해. 부정적인 감정을 품게 되는 건, 창피한 게 아냐. 사람이라면 응당 긍정적인 감정만큼 부정적인 감정도 느끼는 법이니까."

"네, 네. 선생님."

"자, 그럼 이제 네게 가르칠 것은 다 가르쳤다. 하산하도록 해라."

"네, 스승님."

둘은 웃으며 맥주캔을 부딪쳤다.

"그나저나 그 친구는 언제 보여 줄 거야? 되게 궁금하네."

"아, 사진 찍었어."

나림이 민혁과 함께 찍은 사진을 내밀었다. 아이스크림을 하나씩 손에 들고 찍은 셀카였다.

"오, 이 친구야? 잘생겼네."

"그치?"

"되게 동안이다. 28살이라고?"

"응."

"너랑 잘 어울리네. 인상도 좋아 보이고. 다음엔 직접 좀 보여줘."

"응. 너도 마음에 들어 할 거야. 성격도 정말 좋거든."

나림의 말에 태민이 경쾌하게 웃었다.

"입만 열면 애인 자랑이네. 그렇게 좋냐?"

"응, 그렇게 좋아."

태민은 손에 턱을 괴고 나림을 응시했다.

다행이었다. 이 친구가 행복해 보여서.

나림과 가장 가까이 지냈기에, 나림의 집안 사정을 잘 알고 있었다. 나림이 얼마나 치열하게 하루하루를 보냈는지도 알고 있었다.

그래서 나림이 수줍게 웃는 얼굴을 보는 것이 무척이나 기뻤다.

"그래, 최나림. 계속 그렇게 좋아라."

* * *

토요일은 아침부터 분주했다.

이른 아침부터 달그락거리는 소리가 들려 나가 보니, 엄마와 나현이 반찬거리를 손질하고 있었다.

"시장은 언제 다녀왔대?"

"1시간 전에. 언니는 좀 더 자."

"아냐, 나도 슬슬 일어나야지."

민혁이 오기까지는 아직도 6시간이나 남았는데, 엄마와 나현은 시간이 얼마 남지 않은 것처럼 행동했다.

야채를 씻고 썰고 삶고.

난리도 이런 난리가 없다.

씻고 나온 나림은 요리를 도왔다.

"뭘 이렇게 많이 해? 갈비랑 잡채 정도만 해도 될 것 같은데. 우와, 이게 다 뭐야? 이거, 꼬치까지 하게?"

"해야지. 우리 딸이 좋아하는 사람 데리고 온다는데. 맛있는 거 먹여서 보내야지."

엄마의 말에 나림은 괜히 울컥 눈물이 나올 것 같았다.

지금껏 엄마가 결혼을 하라고 할 때마다 짜증만 났었는데. 그런 마음을 품었던 것이 죄송할 정도였다.

"나현이가 그러는데, 네 남친이 그렇게 잘생겼다며?"

"응, 잘생겼어. 처음에 회사 들어왔을 때 여직원들이 그 사람한테 잘 보이려고 야단이었거든."

"그럼 여자 문제 같은 건 없니?"

"응, 없어. 알아서 잘 잘라 내."

"그래, 다행이네. 키는 크고?"

"커. 184 정도 된다고 들었는데."

"집안은?"

"아버지는 사업하시고, 어머니는 고깃집 하신대. 커다란 고깃집."

"결혼하고 나서 괜히 너한테 와서 도우라고 하고 그러는 거 아냐?"

"에이, 안 그러시겠지."

"그래도 혹시 모를 일이야. 아들 가진 엄마들은 잘 키워 놨더니 여우한테 자식 뺏기는 기분 든다고들 하더라."

"난 여우보다는 곰인데."

"내 딸이 왜 곰이야? 귀여운 고양이지."

"아니, 그런 말이 아니잖아."

엄마와의 대화가 즐거운 건 오랜만이었다.

언제 이렇게 스스럼없이 대화를 나누었을까.

기억을 더듬어 보니, 중학교 때가 마지막이었다. 중학교 때 전교 1등을 하고 나서, 우리 딸이 최고네, 우리 딸 덕분에 내가 어깨가 으쓱해, 그런 이야기를 끝으로 엄마와의 대화를 줄여 나갔다.

아빠가 엄마 몰래 친구의 보증을 서 줬었는데, 친구가 돈도 안 갚고 도망치는 바람에 문제가 커졌기 때문이었다.

엄마는 늘 한숨만 쉬었고, 기구한 인생 타령을 하기 시작했다. 그래서 나림은 엄마와의 대화를 피했다.

그때의 엄마를 생각하자, 가슴이 지끈거렸다.

'외로웠겠다, 우리 엄마.'

그런 이야기를, 남에게 할 수는 없었을 것이다.

친구나 형제자매나 부모님에게도 할 수 없는 이야기. 그 이야기를 딸에게 했을 뿐인데, 딸은 울적해지고 성가시다며 피해 버렸다.

내가 어린 나이부터 돈 걱정을 하고, 빚을 갚기 위해 노력을 해야만 했던 것은 전부 부모님 때문이라고 생각했다. 그래서 사실은 원망의 마음도 있었다.

고집스럽게 나만 피해자라고 생각했던 아집에서 벗어나, 이제야 부모님의 기분을 생각하게 되었다.

결혼을 하기 전에는 여러 가지 생각이 든다더니, 이런 것도 그런 생각의 일종인 걸까?

눈가가 시큰거렸다.

최근 들어서 눈물이 많아진 것 같다.

"엄마. 미안해."

"응? 뭐가?"

"내가 돈 좀 번다고 엄마 무시하고 그런 거."

"에이, 그게 무슨 소리야. 네가 언제 날 무시했다고. 내가 괜히 너한테 잔소리해서 널 더 힘들게 만들었지. 엄마가 돼서 우리 딸 예쁜 옷도 사 주고, 용돈도 주고. 그러고 싶었는데, 괜히 어린 나이에 철들게 만들고 스스로 돈 벌게 만들어서 얼마나 미안하고 속상했는지 몰라."

"엄마……."

"너 낳았을 때, 눈이랑 코가 나랑 똑같아서 얼마나 신기하고 좋았는데. 나는 못 해 본 것들, 내 딸은 다 할 수 있게 해 줘야지. 그렇게 결심했었는데…… 내가 해 본 것들조차도 해 주지 못해서…… 그게 참 미안하고 그래, 엄마는. 어휴. 주책이야. 왜 눈물이 나고 그러지?"

엄마가 훌쩍거렸고, 나림도 훌쩍거렸다.

옆에서 부침개를 부치던 나현이 입술을 삐죽거렸다.

"다들 왜 그래? 남들이 보면 우리 언니 몇 시간 후에 시집가는 줄 알겠다."

*　　*　　*

한숨도 못 잤다!

푹 자고 말끔한 모습으로 나림의 집에 갈 생각 있었는데, 머릿속으로 이런저런 시뮬레이션을 하다 보니 어느 틈에 아침이 되었다.

후다닥 일어나 씻고 드라이를 하고 왁스로 헤어스타일을 세

팅했다. 오늘을 위해 준비한 정장을 입은 후, 거울 앞에 서서 자신의 모습을 점검했다.

영 별로다.

'왜 이따위로 생겼지?'

태어나서 한 번도 해 본 적 없는 고민을 했다.

'아, 키가 좀 더 컸으면 좋았을 텐데. 어깨도 더 넓고. 이럴 줄 알았으면 운동 좀 더 할걸. 이 옷 말고 다른 옷으로 살 걸 그랬나? 옷이 나랑 좀 안 어울리는 것 같은데.'

미현과 재훈이 소중한 3시간을 투자해서 골라 준 옷인데, 마음에 안 찼다.

'선물은 이걸로 괜찮으려나?'

예쁜 쇼핑백에 담긴 한우 세트와 나림의 어머니께 드릴 꽃바구니도 준비했다.

'부족한 것 같아. 아, 처제 것도 준비했어야 했는데. 역시 부족해. 백화점에 한 번 더 들를까?'

혼란스럽게 고민을 하다 보니, 어느 틈에 출발해야 할 시간이 되었다.

당일이 되면 괜찮을 줄 알았는데 조금도 괜찮지 않았다. 가슴과 명치는 뭔가 얹힌 듯이 죄고, 헝클어진 생각이 정리되지가 않았다.

미현에게 많은 조언을 받았던 것 같은데, 그 내용이 하나도 기억나지 않았다.

마음을 좀 진정시키고자 재훈에게 전화를 걸었더니, 받지는 않고 잠시 후 문자로 '영화 보는 중'이라는 메시지가 왔다.

필요할 때 전화도 안 받다니. 도움 안 되는 놈.

어제 소중한 데이트 시간을 버려가며 3시간이나 옷을 골라 주고, 4시간이나 조언을 해 준 재훈이 알면 기함할 생각을 하며, 민혁은 크게 심호흡을 하고 쇼핑백을 집어 들었다.

'일단, 가자. 늦으면 안 되지.'

* * *

부모님께 민혁을 처음 소개시키는 자리는 화기애애하고 즐거웠다.

근사한 정장에 꽃바구니와 한우 선물 세트를 들고 찾아온 민혁은 누구나 호감을 품을 만큼 상냥한 미소를 짓고 있었다.

은근히 남자 얼굴을 따지는 엄마는, 첫눈에 민혁이 마음에 든 것 같았다. 대놓고 잘생긴 형부를 원하는 나현은 말할 것도 없었다.

아빠는 짐짓 '내 딸, 아무한테나 줄 수는 없지.'라는 분위기를 내려고 노력하는 모양이었지만, 한 마디 하려고 할 때마다 엄마와 나현의 등살에 입을 다물어야 했다.

엄마가 새벽부터 준비한 점심을, 민혁은 무척이나 맛있게 먹었다.

"우리 장모님 요리 솜씨 최고네요."

라고 말을 하면, 아빠가 옆에서,

"누구 허락받고 장모님……."

이라는 말을 꺼내다가, 엄마에게 말을 가로채였다.

"어머, 우리 정 서방은 참 예쁘게도 말하네요."

"어휴. 장모님, 말씀 편하게 하세요. 아들처럼 생각해 주세요. 앞으로 제가 이 집 장남 노릇하겠습니다."

"누구 마음대로 이 집 장남……."

"우와! 정말요? 안 그래도 우리 집에 여자밖에 없는데. 든든한 형부가 들어와서 너무 좋다."

나현은 '아빠'를 남자로 여기지 않는 것 같았다.

대화가 끊기지 않았고, 웃음이 가득한 시간이었다. 결국 아빠도 민혁에게 마음을 열고, 일에 대해 여러 가지 이야기를 나눴다.

가족들과 어울리는 민혁의 모습이 사랑스러웠고, 민혁에게 잘 대해 주는 가족들에게 고마웠다.

이윽고 민혁이 집에 가기 위해 일어났고, 나림은 배웅을 해 주기 위해 민혁을 따라 나갔다.

집 근처에 세워 둔 민혁의 차가 보였다.

차문을 열고 뒷좌석에 탈 때까지, 민혁은 말이 없었다. 뒷좌석에 나란히 앉아 문을 닫았을 때에야, 민혁이 고개를 휙 돌려 나림을 응시했다.

"나, 괜찮았어?"

"어?"

"나, 실수한 거 없지? 잘한 거지? 아니, 실수했나? 어땠어, 나?"

민혁이 쉴 새 없이 질문을 쏟아부었다. 나림은 눈을 휘둥그레 뜨고 민혁의 얼굴을 살펴봤다.

아까는 괜찮았는데, 민혁의 얼굴은 하얗게 질려 있었고 새까만 눈동자는 이리저리 흔들리고 있었다.

"아하하하!"

웃음이 터지고 말았다.

"왜 웃어? 나, 역시 뭔가 실수한 거야? 웃긴 행동했어?"

"하하하. 민혁이 너, 긴장하고 있었던 거야?"

"당연하지! 어제는 잠도 못 잤다고."

"뭐야. 긴장 하나도 안 된다면서? 당당하고 자신감 있게 행동할 거라면서."

"아, 물론 그렇지. 나는 당당하고 자신 있어."

민혁이 얼른 말을 바꿨다.

하지만 불안한지 곧 나림의 손목을 잡고 강아지 같은 눈빛을 보냈다.

"누나. 나, 실수한 거 없어?"

"응, 없어."

"정말로?"

"응. 부모님이랑 얘기도 잘하고 그랬잖아."

"기억이 안 나!"

"……."

"여기 주차한 것까지는 기억나는데, 그다음부터 내가 뭘 어떻게 했는지 기억이 하나도 안 나!"

"당당하고 자신 있다며?"

"아, 물론 그렇지만……."

이 와중에도 허세를 부리는 민혁이 귀여워서 견딜 수가 없었다. 나림은 그를 꼭 끌어안았다.

"잘했어. 좋았어. 행복했고."

"정말?"

"응, 정말."

"아, 다행이다."

민혁이 나림의 등에 손을 얹었다. 그의 손이 나림의 등을 부드럽게 어루만졌다.

"난 누나만 행복하면 돼."

"응, 행복해."

진심이었다.

*　*　*

나림의 집을 방문한 다음 주 토요일에는, 나림이 민혁의 부모님에게 인사를 하기로 했다.

토요일 이른 아침부터 본가에 간 민혁은, 가족들에게 신신당부를 했다.

"절대로, 아들 자랑이라든가, 아들 가진 유세. 막 그런 거 하면 안 돼요. 알겠죠?"

소파에서 손톱을 깎던 현서가 기가 막힌다는 듯 응수했다.

"자랑할 거리가 있어야 자랑을 하지."

"누나도 마찬가지야. 괜히 동생 여친이라고 질투하고 그러면 안 돼."

"하? 질투? 엄마, 쟤 말하는 것 좀 봐. 미쳤나 봐."

"그러게."

어머니가 무심히 대답했다.

장난기 많은 아버지는 이 모든 것을 흥미진진하게 지켜보고 있었다.

"아무튼 나는 나림이 데리러 다녀올게."

"그래라."

"정말로 나림이 오면……."

"아, 진짜! 적당히 좀 해!"

현서가 버럭 외치자,

"하여간 성질머리하고는."

민혁은 투덜거리며 집을 나갔다.

민혁이 나간 후, 현서가 박 여사의 허벅지를 톡톡 두드렸다.

"엄마, 식사 준비하자."

*　　*　　*

민혁의 손을 잡고 엘리베이터를 기다리며, 나림은 생각했다.

'긴장은 내가 해야 하는 거 아닌가?'

사실 오늘 아침에는 좀 긴장했다.

어쨌든 나림은 민혁보다 4살 연상이었고, 그 사실을 민혁의 부모님이 어떻게 받아들일지 알 수 없었다. 만약 나이가 많다는 이유로 트집을 잡으면 어떻게 행동을 해야 좋을지 고민이 됐다.

옷도 몇 번이나 갈아입고 고른 끝에 선택했고, 어떻게 대화를 풀어갈지 시뮬레이션을 하기도 했다.

그 모든 긴장과 고민은, 집 앞에 데리러 온 민혁을 만나는 순간 깨끗이 사라졌다. 어째서인지 민혁이 무척이나 긴장한 듯 보였기 때문이었다.

"으아, 떨린다."

엘리베이터를 타며, 민혁이 중얼거렸다.

"대체 뭐가?"

"가족들한테 여자 친구 소개시켜 주는 거 처음이거든."

"아, 그래?"

"당연하지. 네가 내 첫 애인인데. 으아, 떨려. 긴장된다."

"아니, 아무리 그래도 네 가족들인데 뭘 그렇게 떨어? 내가 떨어야지."

"넌 안 떨려?"

"떨렸었는데…… 지금은 별로."

원래 같이 있는 사람이 격한 감정을 드러내면, 도리어 이쪽은 차분해지는 경우가 있다. 지금 나림의 상황이 딱 그랬다.

"역시 넌 대단해. 강심장이야. 멋져."

"그런 칭찬을 받을 정도인가, 이게?"

올라가는 내내 "역시 내 여친은 멋져."라고 중얼거리는 민혁의 모습에 웃음이 나왔다.

역시 내 남친은 귀엽다.

민혁의 우려와 달리 민혁의 가족들은 나림을 반갑게 맞아 주었다. 식사 자리는 즐거웠고, 식사가 끝난 후 나림이 치우려고 일어났더니,

"손님은 그냥 앉아 있어요."

누나인 현서가 만류했다.

후식으로 나온 차는 향기가 좋았다.

"이게 무슨 차인가요?"

"루이보스티. 허브티 좋아하니?"

"커피를 더 좋아하긴 하는데, 앞으로 허브티를 좀 마셔볼까 봐요. 향기가 정말 좋네요."

"그래. 그럼 집에 있는 거 조금씩 덜어 줄 테니까 가져가서 한 번 마셔 보고, 제일 마음에 드는 걸로 구입해."

박 여사가 부드럽게 말했다.

나림의 엄마처럼 쾌활하지는 않지만, 무심한 듯 다정한 목소리가 듣기 좋았다. 민혁에게서 '우리 어머니는 진짜 무서워.'라는 말을 종종 들었기 때문에 긴장했었는데, 대화가 편해서 다행이었다.

"민혁이는 회사에서 어떠니? 일은 제대로 하니?"

"네, 맡긴 일은 제대로 해내고 있어요. 실수한 적도 없고, 그래서 다들 좋아해요."

"또 눈웃음 살살 치면서 순진한 척, 착한 척하고 있겠지."

"아, 누나."

현서가 중얼거린 말에, 민혁이 투덜거렸다.

"왜? 맞잖아. 너 밖에서 내숭에 가식 떨고 다니는 거. 혹시 나림 씨, 민혁이 가식에 넘어간 건 아니죠?"

"아하하하. 아니에요."

"정말요?"

"정말이야. 나림이는 처음부터 내가 가식에 내숭 부린다는 거 간파했어."

민혁의 말에 현서가 눈을 가늘게 떴다.

"호오. 여자가 그러기는 쉽지 않은데. 보통 얘 얼굴 반반해서, 어지간한 여자는 그냥 넘어가던데."

"누나, 좀."

"그래, 그만해라. 현서야. 그렇게 다 파헤치면, 나림 씨 도망친다. 간신히 며느리 보게 생겼는데.”

아버지가 현서를 만류하자, 현서가 고개를 끄덕였다.

“그래, 아직 혼인 신고 전이니까 계속 내숭을 부려야 하는구나.”

나림이 민혁을 돌아봤더니, 민혁이 하얗게 질린 얼굴로 나림의 손을 꼭 잡았다.

“저거 다들 장난치는 거야. 알지?”

“정말 장난일까?”

“당연하지. 난 이제 절대로 네 앞에선 내숭 안 부려. 물론 다른 여자들 앞에서도 마찬가지고.”

“흐응.”

“정말이야. 난 너만 있으면 돼.”

혹시라도 나림의 마음이 상할까 안달복달 못하는 민혁의 모습을, 가족들은 놀랍다는 듯 지켜봤다.

“나림아. 만약에 우리 민혁이가 속 썩이고 힘들게 하면 혼자 애태우지 말고 얘한테 일러라.”

어머니가 현서를 가리키며 말했다. 현서가 인상을 찌푸렸다.

“아, 엄마. 그러면 매일 나한테 연락 올 거 아냐.”

“그래, 네가 애 좀 써.”

“아, 내가 그렇게 매일 나림이 속을 썩이진 않거든.”

“모를 일이지. 속이 바싹바싹 타는데도 말 안 하고 있을지도.”

“정말 그래, 나림아?”

민혁이 나림을 돌아봤다. 나림은 눈을 가늘게 뜨고,

"글쎄에."

하고 말을 끌었다. 민혁이 눈썹 끝을 축 늘어뜨렸다.

이 표정, 참 좋다.

가족들만 아니면 민혁의 볼에 쪽, 입을 맞추고 싶었다.

즐거운 시간을 보내고 집에 돌아가려는데, 현서가 따라 나왔다. 1층까지 함께 내려온 현서가, 민혁을 새 쫓듯이 훠이훠이 쫓아 보내더니, 나림의 팔짱을 꼈다.

"나림 씨."

"네, 언니."

"아까 한 말, 농담 아니에요."

"네? 어떤 말이요?"

"민혁이가 속 썩이면 연락하라는 말."

"아아."

"민혁이가 누군가를 이렇게 좋아하는 걸 보는 게 처음이에요. 아마 서툴러서 본인도 모르는 새에 나림 씨를 속상하게 할 수도 있죠. 그럴 때는 속 끓지 말고 연락해요. 내가 엉덩이를 걷어차 줄 테니까. 아, 물론 나림 씨가 직접 차도 되고."

"아하하하. 그럴게요."

"다음에 또 만나요, 우리."

"네, 언니. 다음에는 말씀 편하게 하세요."

"응, 그럴게요."

현서가 가볍게 손을 흔들고 돌아서자마자 민혁이 다가왔다. 민혁은 나림의 팔에 팔짱을 끼며 불안한 목소리로 물었다.

"우리 누나가 뭐래?"

"그냥 뭐. 좋은 말씀 해 주셨어."

"정말? 너한테 뭐라고 한 거 아냐?"

짚어도 한참 잘못 짚었다.

나림은 자기 가족들이 나림에게 실수를 했을까 봐 불안해하는 민혁을 물끄러미 올려다보다가 물었다.

"너, 대체 뭘 어쩌고 다녔기에 가족들의 평가가 저렇게 안 좋은 거야?"

9장

세상에서 제일

양가 가족들에게 인사를 하고 나니, 이제야 민혁과 결혼을 하게 된다는 것이 실감되기 시작했다. 민혁과 사귀기 시작했던 때보다 더 설레서, 도통 일에 집중할 수가 없었다.

[오늘 끝나고 집 구경이나 하러 갈까?]

민혁도 마찬가지인지, 아침부터 간간이 톡을 보냈다.

최근 며칠 간, 두 사람은 집을 구경하러 다니는 재미에 푹 빠져 있었다.

나림이 모은 돈과 민혁이 모은 돈을 합치면, 아주 넓진 않아도 괜찮은 집을 하나 장만할 수 있을 것 같았다. 모자라는 돈은 대출을 받기로 했다.

팔짱을 끼고 곧 결혼하는 티를 팍팍 내며, 집 구경을 하는 건 즐거웠다. 여기는 이렇게 꾸미자, 저기는 저렇게 꾸미자, 세탁기는 이런 걸로 사자. 그런 이야기들을 나누는 것도 좋았다.

[응, 구경하다가 심야로 영화 한 편 보자.]
[그래. 요새 재미있는 영화 많이 개봉했더라.]

어떤 영화를 볼지 한참 이야기를 하고 있을 때였다.
"과장님."
언제 왔는지 자영이 나림의 뒤에 서 있었다.
"아, 자영 대리."
나림은 얼른 휴대폰을 껐다.
"요새 뭐 좋은 일 있으세요? 표정이 좋아 보이시는데."
"아, 뭐. 그냥."
"그러고 보니, 요새 계속 그 귀걸이 하고 다니시네요. 어디서 본 것 같은데. 과장님이랑 잘 어울려요."
오래전, 이 귀걸이가 예쁘다고 말했던 건 자영이었다. 그 장본인이 귀걸이에 대한 것을 새까맣게 잊고 있었다.
"응, 고마워. 그런데 무슨 할 얘기 있어?"
"아, 맞다. 과장님, 소개팅 받으실래요?"
자영의 말에, 민혁의 어깨가 움찔 떨렸다.

"소개팅?"

"네. 제 친구네 오빠가 대학 병원 의사거든요. 이제 좀 여유가 생겨서 결혼 생각이 든다고 하더라고요. 친구가 소개팅 자리 없냐고 묻는데, 과장님이 딱 생각나서요."

"아아. 생각해 줘서 고마워. 그런데."

거기서 나림은 잠시 말을 멈추고 민혁 쪽을 돌아봤다. 민혁은 여전히 모니터를 보고 있었지만, 이쪽의 대화를 귀기울여 듣고 있는 게 분명했다.

"나, 애인이 있어."

"어? 진짜요? 누구요? 역시…… 윤 부장님?"

심장이 쿵 내려앉았다.

이런 순간에 명호의 존재가 끼어들 줄은 몰랐다.

"아니, 윤 부장님이 왜……?"

"두 분, 분위기가 묘하셨잖아요. 그래서 소문이 쫙 돌았는데. 윤 부장님이랑 과장님이랑 뭔가 있다고."

"아니, 아니."

"맞죠? 맞죠?"

"아냐, 그런 거. 나는……."

"저예요."

나림의 변명을 끊고, 민혁의 목소리가 들려왔다. 이쪽으로 몸을 돌린 민혁이 나림을 응시하고 있었다.

"저예요. 최 과장님의 애인."

처음에 자영은 그게 무슨 의미인지 몰라 멍하니 민혁의 입술을 보고 있었다. 이쪽으로 귀를 쫑긋 세우고 있던 다른 직원들도 마찬가지였다.

그 의미를 깨달은 사람도, 장난을 치는 것이라고 생각하고 어떻게 반응해야 할지 고민하고 있는데, 민혁이 벌떡 일어나 나림의 옆으로 다가왔다. 그러더니 나림의 손을 잡아 일으켰다.

"제가 최나림 애인입니다."

그제야 사람들은 그것이 농담이 아니라는 걸 깨닫고 반응을 보였다.

"헐!"

"정말요?"

"진짜야? 뭐야? 정말?"

"두 사람, 사귀는 거였어?"

"사내 커플인 거야?"

"최 과장님, 뭐라고 말씀 좀 해 보세요."

"으아, 민혁 씨. 언제 최 과장님한테 손을 댄 거야?"

조용했던 사무실에 소란이 일었다. 김 팀장까지도 벌떡 일어나 나림의 대답을 기다리고 있었다. 나림은 민혁을 한 번 돌아본 뒤, 피식 웃으며 그에게 잡힌 손을 위로 들어 올렸다.

"네, 맞아요. 우리, 곧 결혼해요."

이 기쁜 일을 그냥 넘길 수 없다며, 그날 저녁 곧바로 팀 회식이 결정되었다.

팀원들 모두가 모인 회식 자리에서, 팀원들은 민혁과 나림에게 질문을 쏟아부었다. 언제부터냐, 어떻게 그렇게 잘 속였냐, 프러포즈는 어떻게 받았냐. 폭포수처럼 쏟아지는 질문에 하나하나 답을 해 주고 있는데, 자영이 민혁에게 물었다.

"아니, 그런데 민혁 씨. 우리 과장님의 어떤 점에 반한 거야?"

민혁은 생각해볼 것도 없다는 듯 곧바로 대답했다.

"예뻐서요. 숨 쉬어도 예쁘고, 일할 때도 예쁘고, 말할 때도 예쁘고, 음료수 마실 때도……."

이러다가는 끝도 없겠다 싶어서, 나림이 얼른 손으로 그의 입을 막았다. 하지만 이미 팀원들은 예쁘다 타령을 다 들은 후였다.

"뭐야, 뭐야. 그렇게 예뻐?"

"완전 부럽다. 나도 내 남친이 저렇게 좀 예뻐해 줬으면 좋겠네."

"아무튼 짠해야지. 우리 최 과장, 드디어 결혼하는 거잖아."

"건배는 뭐로 할까요?"

"당연히 예뻐서지."

"그럼 건배해요. 예뻐서!"

"예뻐서!"

팀원들이 잔을 들어 올리며 입을 모아 외쳤다. 나림은 제 얼굴이 빨갛게 달아오르는 것을 느꼈다.

"다시 한 번 건배합시다. 예뻐서!"

"예뻐서!"

이번에는 민혁도 신나서 같이 외쳤다.

나림은 정말이지, 고개를 들 수 없을 만큼 창피했다. 그래서 고개를 푹 숙이고 있는데, 김 팀장이 말했다.

"최 과장, 왜 고개를 푹 숙이고 있어? 예쁜 얼굴 아깝게."

"그러게 말이에요. 과장님, 얼굴 드세요. 예쁘잖아요!"

"맞아요, 제 여친 정말 예쁘죠."

아, 정말 못 살겠다.

나림은 될 대로 되라는 심정으로 고개를 들었다. 그리고 말했다.

"적당히들 하세요, 좀."

* * *

편의점에 앉아 사람 구경을 하며 맥주를 마시는 태민의 앞에, 누군가가 와서 앉았다.

"너는 이 편의점 주인이냐?"

명호였다.

"단골이라는 알맞은 단어가 있죠. 왜 다들 사장이냐고 묻는지 몰라."

"또 누가 그랬는데?"

"나현이요."

"아아, 그래."

명호가 쓴웃음을 지었다.

"마실래요? 미지근하긴 하지만."

태민이 따지 않은 캔을 가리키며 물었다.

"그래, 한 잔 마셔야지."

명호가 캔을 따고 살짝 기울이는 자세를 취해 보이고는 한 모금 마셨다.

"회사에 소문이 자자하더라."

"어떤 소문?"

"나림이, 곧 결혼한다는 소문."

"아, 그래요. 곧 결혼하죠. 12월쯤에 한다고 하더라고요."

"그래."

명호는 다시 맥주를 한 모금 마셨다. 태민은 그런 명호를 빤히 응시하다가 물었다.

"형, 힘들어요?"

"응, 힘들어."

명호가 솔직하게 말했다.

"힘들다, 정말."

입가에 묻은 미소는, 보는 사람의 기분마저 쓰게 만들었다. 미련이 뚝뚝 떨어지는 명호의 눈빛이, 태민은 안타까웠다.

차라리 명호가 나쁜 사람이라면 좋으련만.

소중한 친구의 옛 연인은 참으로 괜찮은 사람이었다.

"무리해서 한국에 돌아온 거였어, 사실. 나림이가 정말 보고 싶었거든."

명호가 나림에게도 하지 못했던 이야기를 꺼냈다.

"원래 거기서 몇 년 더 있어야 했는데, 본사에 계속 얘기를 넣어서 후임을 정하고 한국에 돌아온 거였어. 멍청했지, 내가."

"한국에 돌아온 걸 후회해요?"

"아니. 그런 것보단…… 나림이가 당연히 내게 돌아와 줄 거라고 생각했던 내가 한심하고 미련스러워."

"그렇군요."

"그래. 나는 나름 내 자신이 겸손하다고 생각했었는데 아니었어. 난 오만한 놈이야. 내가 원하면 당연히 나림이가 내게 돌아와 줄 거라고 생각하다니. 나림이를 무시하고 있었던 거겠지, 내가."

"에이, 뭘 또 그렇게까지 말씀하세요. 나림이를 무시한 게 아니라, 그저 믿었던 거겠죠. 형의 사랑을."

명호가 깊은 한숨을 내쉬었다.

"회사에 있으면 종종 나림이의 소식이 들려와. 복도를 걷다가 간혹 나림이를 마주칠 때가 있지. 그럴 때마다 심장이 자근자근 저미는 느낌이야. 태민아. 언젠가 이게 괜찮아질 날이 올까?"

"형은 살면서 사랑을 한 게 나림이가 처음이었어요?"

"응. 처음이었어. 내 마음을 다 줬던 여자는."

"아이고야."

태민은 깊은 한숨을 내쉬었다.

"나림이도 참 죄 많은 여자네요. 남자의 첫사랑이 되다니."

"그러게."

"형, 시간이 약이라는 말이 있잖아요. 그건 정말 진리예요. 괜찮아져요, 분명히. 말끔해져요, 반드시."

태민이 맥주 캔을 내려놓고 진지하게 말했다.

"지금은 힘들 거예요. 당연하죠, 사람인데. 나림이 볼 때마다 심장이 쿵, 쿵 내려앉고, 찢어질 것 같고, 가끔은 밤에 잠도 안 오고. 내가 이랬더라면 어땠을까, 저랬더라면 어땠을까, 그런 생각들을 하게 될 거예요. 망상도 하게 되겠죠. 나림이가 민혁이와 헤어지고 나한테 돌아올지도 몰라. 그러면 그때는 이래야지, 저래야지. 그렇게요. 그런 미련과 후회는, 시간이 갈수록 옅어져요."

"……."

"24시간 하던 나림이에 대한 생각이, 어느 날 반으로, 또 반으로 줄게 되는 걸 깨닫게 될 거예요. 어느 날엔가는 나림이 생각을 하나도 안 하는 날이 오겠죠. 그때쯤이 되면 나림이를 봐도 심장이 죄는 기분은 별로 안 들 거예요. 아픔에 익숙해진 것일지도 모르고, 정말로 상처가 아물어가는 것일지도 몰라요. 뭐가 됐든, 괜찮아져요. 그렇게 괜찮아지다가, 어느 날엔가는 나림이가 웃는 얼굴을 보고 생각하겠죠. 아아, 다행이다. 이 애가 이렇게 웃어서 정말 다행이다. 그렇게요."

평소와 달리 진중한 어조로 말하는 태민을 응시하던 명호의 눈동자가 흔들렸다.

설마.

"태민아, 너."

묻고 싶은 말을 꿀꺽 삼켰다.

태민이 작게 웃었다.

"형, 시간이 약이에요. 정말로 괜찮아질 거예요."

"……그래."

"미련이 생기고 망상을 하는 건, 나쁜 게 아니에요. 사랑은 이성을 마비시키잖아요. 인생을 살면서 나를 나답지 못하게 만드는 사랑, 그거 한 번 못 해 본 사람들도 많아요. 하지만 형은 그걸 하고 있고, 아마 다음번에는 훨씬 더 나아질 거예요. 그래요, 그렇더라고요."

* * *

시간은 빠르게 흘러갔다.

좋은 분위기에서 상견례를 마치고, 결혼식 날짜도 잡았다. 예약을 걸어 둔 웨딩홀에 다행히 자리가 하나 나서, 12월 초 토요일 2시로 시간이 정해졌다. 회사에서 멀지 않은 곳으로 신혼집을 정하고, 퇴근 후에는 민혁과 함께 이리저리 발품을 팔아 가구를 골랐다. 빈 집에 하나씩 채워지는 가구를 볼 때마다, 결혼식이 하루하루 다가오는 것처럼 느껴졌다.

신혼 여행은 괌에 가기로 했다. 여름에 쓰려고 했던 휴가를 사용하지 못한 채, 가을이 지나가고 바람이 차가워지기 시작했다. 결혼식을 보름 앞둔 어느 날엔가, 나림은 민혁을 위한 이벤트를 준비했다.

"남자도 프러포즈를 받고 싶지 않을까."

태민의 말 때문이었다. 그래서 나림은 친구들의 조언을 받아, 민혁에게 특별한 하루를 마련해 주기로 결심했다. 결혼식이 코앞인데 프러포즈를 하는 게 웃길지도 모르지만, 민혁은 분명히 기뻐할 것이다.

'언제나 민혁이한테 받기만 했지.'

나는 남자를 믿지 않아, 나는 결혼 생각이 없어, 나는 연애할 시간이 없어라는 핑계로 항상 받기만 했다. 밀어내는 나림의 삶 속에 기어코 들어온 민혁은, 나림이 마음을 열도록 도와주었다.

부드러운 손길과 다정한 말, 따스한 체온에 항상 위로를 받았다. 나림이 무심코 한 이야기들까지 잊지 않고, 민혁은 항상 나림을 위해 무언가를 해 주었다. 그러니까 결혼 전에 한 번이라도, 민혁이 오롯이 나로 인해 행복해하는 모습을 보고 싶었다.

나림은 반차를 내고 신혼집으로 향했다. 민혁에게는 '몸이 안 좋다.'고 말해 두었고, 민혁은 의심하지 않았다. 퇴근하자마자 달려오겠다는 민혁에게 천천히 와도 된다고 말해 두었지만, 민혁은 아마도 부리나케 달려올 것이다. 그래서 나림에게는 시간이 많지 않았다. 신혼집 앞에서는 나림처럼 반차를 내고 나온 유미와 진희가 쇼핑백을 들고 기다리고 있었다.

"다들 와 줘서 고마워. 내가 다음에 맛있는 거 쏠게."

"에이, 이런 재미있는 일을 한다는데 당연히 와야지."

"아, 최나림이 이런 생각까지 하다니. 사랑, 진짜 좋구나."

"뭐야, 너희들도 다들 사랑하고 있으면서."

"에이, 우리는 이제 한물갔지."

"맞아. 너랑 민혁이처럼 설레는 커플은 이제 아니잖아."

신혼집에 들어가 수다를 떨며 이벤트 준비를 했다. 어쩐지 친구들이 더 신난 것 같았다.

신혼집을 예쁘게 꾸미고 나니 어느새 민혁이 퇴근할 시간이 되었다.

"우린 이만 갈게."

"아, 맞다. 이거!"

유미가 열지 않은 쇼핑백을 내밀었다. 입구가 테이프로 붙어 있어서 안에 뭐가 들어 있는지 보이지 않았다.

"이벤트엔 이걸 빼놓을 수 없지."

"뭔데?"

"우리 나가고 나서 확인해."

"아, 민혁 씨 얼굴 보고 싶은데, 아쉽다."

"영상 촬영할 수 있으면 촬영해서 보여 줘!"

"프러포즈 잘해."

친구들이 까르르 웃으며 집을 떠났다.

'뭐지?'

나림은 쇼핑백을 열었고, 그 안에 들어 있는 것을 확인하는 순간 그대로 굳어 버리고 말았다.

*　　　*　　　*

나림이 아파서 반차를 내는 바람에, 걱정이 돼서 일에 집중할 수가 없었다. 초조하게 시간만 확인하던 민혁은, 퇴근 시간이 되자마자 벌떡 일어났다.

"저, 먼저 들어가 보겠습니다."

"그래, 최 과장 걱정될 텐데 얼른 가 봐."

김 팀장이 너그럽게 말했다. 다른 팀원들도 그럴 줄 알았다는 듯 흐뭇하게 웃으며 민혁이 퇴근하는 것을 지켜봤다.

뭐라도 사가야 하는 걸까? 죽을 좀 사 갈까?

어디가 아픈 건지 제대로 듣지 못했다. 요새 결혼 준비를 하느라 바빠서 몸살에 걸렸을지도 모르겠다.

집에 가는 도중에 있는 죽 집에 들러 죽을 포장했다. 죽이 담긴 봉지를 들고 걸음을 서둘렀다.

삑삑삑삑—

급하게 도어락 비밀번호를 누르고 문을 열려는데, 문이 안쪽에서 잠겨 있었다.

딩동—

"나림아."

"응, 잠깐만."

나림의 목소리가 들려왔다.

아파서 그런 건지, 목소리가 평소와 조금 달랐다.

"아, 잠깐만."

나림이 한 번 더 말했다. 문 바로 앞에 서 있는 것 같았다.

"나림아?"

"아, 저기. 음. 잠깐만. 마음의 준비가 안 돼서."

"마음의 준비? 많이 아파?"

"아니, 그게 아니라…… 아, 음. 잠깐만."

"저기…… 괜찮은 거야?"

"아니, 안 괜찮아."

정말 안 괜찮은가 보다.

가슴이 두근두근 불안하게 뛰었다.

"나림아, 일단 이 문 좀 열어 봐봐."

성급하게 들리지 않도록 노력하며 부드럽게 말했다.

"어, 열긴 열 건데. 그래, 내가 널 계속 거기 세워 둘 순 없지."

"그래. 일단 문 열어 봐. 얼굴 보고 얘기하자."

"응, 그래. 잠깐만. 자, 열게. 놀라지 마."

"응."

무슨 일인지 짐작조차 할 수 없었다.

달칵—

문 열리는 소리가 들리자마자 민혁은 문손잡이를 돌려 문을 열었다. 그리고.

툭—

들고 있던 봉지를 떨어뜨렸다. 이런 광경이 기다리고 있을 줄은, 꿈에도 상상하지 못했다. 나림이 있었다. 분명 나림이 있는데, 평소의 나림이 아니었다. 속이 비치는 올인원과 허벅지까지 올라오는 반투명한 검은 스타킹, 가터벨트. 그뿐 아니라 고양이 귀까지!

"어, 얼른 들어와."

얼굴이 빨개진 나림이 누가 볼 새라 민혁의 손목을 잡아끌었다.

"아니, 이게. 하아. 그래, 나랑 안 어울릴 줄 알았어. 난 그냥 너한테 프러포즈를 해 주고 싶었던 건데, 친구들이 이걸 선물로 줬거든. 꼭 입으라기에 입어 보긴 했는데, 아, 역시 이상한가?"

나림이 창피한 듯 변명을 늘어놓았다. 민혁은 그제야 정신을 차리고 나림의 모습을 꼼꼼히 살폈다. 투명한 올인원 안으로 보이는 예쁜 가슴과 배꼽, 그리고 검은 수풀이 무척이나 섹시했다.

"아, 그렇게 보지 마."

나림이 부끄러운지 두 팔로 가슴을 가렸다.

민혁이 씩 웃었다.

"보라고 입은 거 아냐?"

“그건 그렇지만…… 그래도. 아무튼 얼른 갈아입을게.”

“갈아입지 마. 보기 좋은데.”

민혁이 돌아서려는 나림의 손목을 잡았다. 그리고 손가락으로, 봉긋 솟아 있는 그녀의 유두를 살짝 튕겼다.

“읏…….”

“예쁘다. 잘 어울려. 정말 섹시해.”

“괜찮아?”

“괜찮은 정도가 아냐. 정말…… 우와, 좋다. 나 지금 섰어.”

“아니, 그 전에 프러포즈를…….”

“응, 할게. 결혼할게. 너랑 결혼할 거야. 너 아니면 안 돼. 이렇게 섹시한 여자가 결혼하자는데 거절할 남자가 어디 있어? 할 거야, 결혼. 그런데 그 전에 먼저 좀 해야겠어, 섹스.”

“그게 뭐야.”

나림이 웃었다.

“나 진짜로 프러포즈 열심히 준비했다고. 집도 꾸미고.”

그제야 민혁은 집을 둘러볼 여유를 되찾았다.

“그러게, 잘 꾸몄네. 아무튼 프러포즈는 받아들일게.”

“아하하하.”

“아, 진짜 죽여주네.”

민혁이 다시 나림의 젖꼭지를 튕겼다. 망사 위로 봉긋 올라온 유두가 말도 못하게 매력적이었다.

민혁은 허리만 굽혀, 그녀의 유두를 깨물었다.

"아, 잠깐만."

"잠깐만이 어디 있어. 유두가 벌써 이렇게 섰는데. 기대하고 있었던 거 아냐?"

"아니, 그래도……."

"넌 그냥 입 다물고 즐겨. 애무는 내가 해 줄 테니까."

민혁은 명령조로 말하고, 그녀의 유두를 애무했다. 망사로 한 겹 싸인 유두를 빨아들일 때마다 나림이 잘게 신음했다. 알몸으로 할 때와는 또 다른 느낌이 드는 것 같았다.

민혁은 나림이 어디를 어떻게 애무해야 좋아하는지 알고 있었다. 그녀의 유두를 한참 애무하다가, 그녀의 허벅지 사이로 손을 넣었다.

"아……."

민혁이 손을 멈추고 나림과 눈을 맞췄다.

"여기, 뚫려 있네."

나림의 얼굴이 빨개졌다.

"그런 거 일일이 확인할 거 없어."

"좋은데? 안 되겠어. 엎드려 봐."

"안 돼."

"엎드려, 정나림."

민혁의 음성이 낮아졌다. 나림은 마른침을 삼켰다. 나림이 입은 옷은 음부 쪽이 뚫려 있었다. 엎드리면 그 부분이 드러날 것이다. 아예 알몸인 것보다 그런 식으로 뚫려 있는 쪽이 더 부끄러웠다. 그래서 망설이고 있는데, 민혁이 더는 못 기다리겠는지 나림을 바닥에 눕히고 양쪽 다리를 잡아 벌리게 만들었다.

"으아!"

나림이 낮은 비명을 지르며 두 손으로 다리 사이를 가렸다. 민혁이 장난스럽게 웃었다.

"당당하게 보이는 게 더 안 부끄러울 텐데."

"이런 걸 어떻게 당당하게 보여?"

"왜? 근사한데."

"이런 걸 근사하게 생각하지 좀 말아 줄래?"

"응, 말아 줄래."

민혁이 나림의 손을 잡아 떼어 냈다.

"너무 근사해서 그렇게 생각할 수밖에 없어."

민혁은 나림이 대응할 틈도 주지 않고 그대로 허리를 굽혔다. 그의 얼굴이 나림의 다리 사이로 들어왔다. 뜨거운 숨결이 예민한 부위에 닿았다.

나림은 다리를 움츠리려고 했지만 그가 꽉 붙들고 있는 통에 그럴 수도 없었다. 민혁의 혀가 클리토리스를 살살 굴리듯 애무했다. 짜릿하게 번지는 달콤한 전율에, 나림은 앓는 듯한 신음 소리를 냈다. 민혁은 나림이 가르릉거리듯 신음할 때가 좋았다.

나림의 몸이 촉촉하게 젖어 들었고, 민혁을 받아들이기 충분한 상태가 되었다. 그래도 민혁은 애무를 멈추지 않았다. 나림이 애원하게 만들고 싶었다. 오늘만큼은.

그래서 한껏 몸을 달게 만든 후, 애무를 멈추고 나림을 내려다봤다. 나림이 애원하는 듯한 눈으로 민혁을 올려다봤다.

'아, 귀여워.'

이 여자는 왜 이렇게 사랑스러울까.

민혁은 당장이라도 바지를 벗고 그녀의 안에 들어가고 싶었지만 참았다.

"왜 멈췄어?"

이윽고 나림이 물었다.

"뭘 더 해 줄까?"

"응?"

"뭘 해 줬으면 좋겠어?"

그제야 민혁의 마음을 간파한 나림이 아랫입술을 잘근 깨물었다. 눈을 가늘게 뜨고 민혁을 응시하던 나림이 고집스럽게 고개를 옆으로 돌렸다. 하지만 입술은 그리 고집스럽지 않았다.

"해 줘."

"뭘?"

"넣어 줘, 네 거."

"넣어 줬으면 좋겠어?"

"응, 그랬으면 좋겠어."

"알겠어, 그럼."

민혁은 바지를 벗었다.

아까부터 잔뜩 성나 있던 페니스가 모습을 드러냈다. 민혁은 나림의 턱을 잡아 자신을 보게 만든 후, 그녀의 안으로 페니스를 밀어 넣었다.

"윽……!"

커다란 것이 들어오는 이물감에 나림이 신음하며 인상을 찡그렸다.

나림의 다리를 양쪽으로 벌린 채로, 민혁은 빠르게 움직였다. 그의 움직임에 따라 나림의 허리도 흔들렸다.

망사에 감싸인 그녀의 모습이 너무도 색정적이어서, 민혁은 평소보다 빠르게 절정을 느끼고 말았다. 나림이 오르가즘을 느끼기 전에 민혁이 먼저 느끼는 건 처음이었다.

하지만 민혁의 것은 여전히 건재했고, 민혁은 나림이 눈치채기 전에 얼른 돌아눕게 만든 후, 한 번 더 행위에 들어갔다. 나림이 절정을 느끼며 비명 같은 탄성을 지르는 것을 확인한 후에야, 민혁도 움직임을 멈췄다. 헐떡거리는 그녀를 소중히 보듬어 안았다. 섹스를 할 때도 좋지만, 이런 순간도 좋았다. 그녀의 자그마한 몸이 품에 쏙 들어와 안겨 있으면, 세상을 가진 기분이 들었다. 그녀의 머리를 쓰다듬으며, 정수리에 입을 맞췄다.

민혁은 그녀가 민혁을 기쁘게 해 주기 위해 마련한 것들을 둘러봤다. 신혼집을 장식한 리본들과 풍선, 그리고 꽃다발. 민혁에게 들킬까 전전긍긍하며, 이 모든 것들을 준비했을 나림이 가슴 벅차도록 사랑스러웠다.

세상에서 가장 사랑스러운 여자를 손에 넣었다.

'역시 난 행운아야.'

그리 생각하며, 말했다.

"나림아. 내가 널 세상에서 제일 행복하게 만들어 줄게."

* * *

세상에서 가장 행복한 여자가 되는 날에는, 눈이 내렸다. 함박눈은 아니지만 소복소복 내리는 눈이 하늘을 하얗게 물들였다.

'신기하다.'

신부 대기실에 앉아 찾아온 사람들에게 인사를 하고 함께 사진을 찍으며, 나림은 생각했다.

'내가 진짜로 결혼이라는 걸 하는구나.'

쓸쓸한 삶이라고 생각했다. 나 혼자 모든 것을 극복해야만 하는 삶은, 참으로 고되다고 여겼다. 내가 어깨에 짊어진 이 짐은 누구에게도 감당하게 만들지 않을 거라고, 나 혼자서 어떻게든 버티고 이겨 낼 거라고, 그리 생각하며 살아왔다.

원래 인생은 이런 거야. 누구나 혼자 사는 인생이잖아. 그렇게 혼자서 아등바등 살아가는 삶은 기대가 되지 않았다. 내년에도, 내후년에도 이럴 테니까. 이렇게 고독하고 힘겨울 테니까.

즐겁지 않은 삶에 한 남자가 걸어 들어왔다.

그 남자는 나림이 짊어지고 있던 짐을 하나씩 옆에 내려놓고, 꼭 가져가야 하는 짐은 함께 들었다. 여전히 무거운 것을 손에

쥐고 있지만, 그와 함께 도란도란 이야기를 하며 걸어가는 길은 더 이상 고독하지도, 외롭지도, 지겹지도 않았다.

그리하여 나림은 비로소 미래를 기대하게 되었다.

그의 손을 잡고 걸어가는 길은.

"나림아. 곧 시작이야. 으아, 긴장돼. 으아, 내 여자 진짜 예쁘다."

신부 대기실에 들어온 민혁이 호들갑을 떨었다.

"야, 결혼 전에는 신부 보는 거 아냐. 얼른 나가."

미현이 민혁의 등을 밀어냈다.

"왜? 잠깐만 좀 보자. 나림이를 봐야 안정이 된다고."

"그놈의 안정은 혼자 좀 찾아. 허구한 날 불안할 때마다 나림이 언니 힘들게 할래?"

"난 평소엔 불안함을 느끼지 않지."

"웃기네. 너, 나림이 언니네 가족 분들 만나러 갈 때 어땠는지 잊었니?"

"당당하고 어른스러웠지."

"허언증이 생겼구만. 솔직한 거 하나가 그나마 장점이었는데. 하아. 얼른 나가!"

미현에게 떠밀려 나가면서도, 고개를 돌려 나림을 응시하는 민혁의 모습에 나림은 빙그레 미소를 지었다.

그래, 그의 손을 잡고 걸어가는 길은 분명히 행복하고, 아주 즐거운, 분홍빛 가득한 세상일 것이다.

번외 1.
풋사랑

풋사랑만큼 싫은 단어는 없다.

새하얀 웨딩드레스를 입고 환하게 웃는 나림을 보며, 나는 생각했다.

풋사랑만큼 싫은 단어는 없다.

그러나 풋사랑만큼 달콤하고 애잔하며 사랑스러운 단어 또한 없다.

* * *

중학교 1학년.

사춘기 중 뜨거운 반항기에 돌입한 나는, 아버지의 전근으로 이사를 하게 되어 심술이 나 있었다. 중학교에 올라가 간신히 사귄 친구들과 헤어져야만 했기 때문이었다.

이사가 결정되었을 때부터 투정을 부렸고, 이사 당일 날에도 뚱하게 앉아만 있었다.

동네 좋지?

여기 학교도 선생님들이 다 괜찮다더라.

집 근처에 편의점도 있어.

저 앞 공원 보이지? 봄에는 벚꽃이 핀대.

어머니와 아버지가 나를 달래기 위해 이런저런 말을 건넸지만 한 마디 대답도 하지 않았다. 결국 부모님은 날 달래는 걸 포기하고 이삿짐을 옮기는 데 집중했고, 나는 편의점 앞 파라솔에 앉아 아이스크림을 먹으며 시간을 때웠다.

어린 나는 부모님을 조금도 이해할 수 없었다.

원래 살던 곳에 방을 얻어 주면 혼자 살 수 있다고, 그게 싫으면 친구의 집에 신세를 지겠다고 말했었지만 전부 거절당했다.

지금 와서 생각해 보면, 중학생 아들을 혼자 살게 한다는 게 당연히 말이 안 되는 일인데, 그때의 나는 정말로 어렸다.

기분이 나빠서인지 평소에 좋아하는 아이스크림도 맛있지가 않았고, 시간은 더럽게도 느리게 흘러갔다. 덥고 짜증 나고 화가 나고. 울분이 터져 가출하자는 생각까지 하고 있을 때였다.

그 애가 지나간 것은.

긴 머리를 뒤로 질끈 묶은, 하얀 피부의 소녀였다.

짧은 반바지에 나시 티셔츠를 입은 그 애는, 커다란 눈과 오뚝한 코, 붉고 도톰한 입술을 가지고 있었다.

시선을 강탈당했다.

이성에게 관심이 없을 시기였다. 여자애들과 어울리는 것보다 남자애들과 노는 게 더 즐거운 나이었다.

여자애들은 덩치 크고 성질 사나운, 정체 모를 동물들로만 보였다.

그래서 그런 식으로 시선을 빼앗겨 본 적이 단 한 번도 없었다.

나는 내가 뭘 하는지도 모르는 채, 그 애가 멀어지는 것을 지켜봤다.

그 애는 여름에 호숫가에 나는 과일 같은 느낌을 풍겼다.

그 애가 완전히 안 보이게 된 후에, 내 머릿속에는 딱 하나의 생각이 떠올랐다.

'우와, 되게 예쁘네.'

그 애를 또 볼 수 있을 거라는 생각은 안 했고, 사실 기대도 하지 않았다. 그때만 해도 내 감정은 그저 길을 걷다가 엄청 예쁜 꽃을 본, 딱 그 정도의 감정이었다.

그래서 다시 신경을 끊고 아이스크림을 먹고 있는데, 탁탁탁 발소리가 들리더니 그 애가 내 맞은편에 앉았다.

생각지도 못한 행동에 깜짝 놀라는 나를 보며, 그 애가 생긋 웃었다.

"안녕?"

"아, 안녕."

그때의 나는 이성에게 면역이 없는 터라, 바보처럼 말을 더듬으며 대답했었다.

"너, 강태민 맞지?"

"어? 아, 어. 어떻게 내 이름을 알았어?"

"네가 이사 온 집이 우리 옆집이거든. 아까 너희 부모님께서 나한테 말씀해 주셨어."

"아아."

"갑자기 이사를 하게 돼서 네가 심술이 잔뜩 났다고 하시더라."

그렇게 말하며, 그 애는 살짝 웃었다. 웃으면 그 애의 눈은 반달 모양으로 변했다. 하얀 얼굴에 떠오른 반달이 참 예뻤다.

"나는 나림이야. 최나림. 너네 옆집 살고, 너랑 같은 나이야. 방학 끝나면, 너도 우리 학교에 다니게 되는 것 같아."

"아, 그래."

"우리 학교 애들 다들 착하고 좋아. 어쩌면 우리 같은 반이 될 수도 있겠다."

"아아."

"너무 그렇게 심술부리지 마. 부모님이 이사를 하고 싶어서 이사를 한 것도 아니고. 어쩔 수 없는 일이었잖아. 회사 일이라는 게 다 그렇다더라. 시키는 대로 해야 한대. 월급 받는 입장에서는."

나림이가 부드럽게 말했지만, 나는 반박했다.

"하지만 난 거기서 계속 지내고 싶었어. 내 친구가 자기네 집에서 살아도 된다고 했다고."

지금 생각하면 어린 내 입을 틀어막아 버리고 싶을 정도로 바보 같은 소리였다. 나림이도 그렇게 생각한 것이 틀림없지만, 내색하지 않고 말했다.

"하루이틀이야 친구네 집에서 잘 수도 있겠지. 하지만 그게 매일이 되면, 네 친구도 부담스러워할걸. 게다가 그 친구네 가족들도 힘들고. 네가 생각해 봐. 네 친구가 어느 날 너네 집에서 묵겠다고 하는 거야. 너는 24시간을 그 친구랑 같이 생활해야 돼. 침대도 나눠 쓰고 화장실도 같이 쓰고, 잠도 비슷할 때 자야 하고. 매일, 매일 그럴 수 있겠어?"

차분하게 설명하는 나림이를, 나는 멍하니 응시했다.

나림이는 지금껏 알고 지낸 여자애들과는 완전히 달랐다. 말투도 부드럽고 표정도 다정했다.

짓궂게 남자애들을 괴롭히는 여자애들과 달리, 무척이나 성숙한 느낌이었다.

같은 나이라는 생각이 들지 않았다.

"친한 친구들이랑 멀어지게 된 게 많이 아쉽겠지만, 그래도 같은 서울이잖아. 보고 싶을 때는 언제든 전철을 타고 가서 만나면 돼."

부모님도 했던 말이었지만, 또래의 여자애가 말하는 걸 듣는 건, 느낌이 달랐다.

"여기서도 곧 좋은 친구들이 많이 생길 거야. 거기서 만났던 친구들만큼. 그러면 너는 그쪽에서도, 여기서도 좋은 친구들을 더 많이 갖게 되는 거야. 좋지 않아? 만약 이사를 안 했으면, 넌 이쪽의 친구들을 만날 기회도 없었을걸. 그리고 나도."

검지로 자기를 가리키며, 나림이는 생긋 웃었다.

그 미소가 얼마나 달콤하고 상큼한지, 나는 저쪽 지역에 있는 친구들도, 이쪽에서 앞으로 만나게 될 친구들도, 아무래도 상관없다는 생각이 들었다.

내 눈앞에 있는 이 여자애만, 호숫가의 과일 같은 이 여자애만 내 친구로 둘 수 있다면.

그때의 나는 어리고, 어리석었기에, 몰랐다.

다른 것은 다 필요 없고, 이 애만 있으면 돼.

그 감정의 이름이 '사랑'이라는 것을.

* * *

"신부가 참 예쁘네."

"곱네, 고와."

"그런데 신부 나이가 더 많다더라."

"어머, 그래? 그렇게 안 보이는데."

하객들이 속삭거리는 소리가 들려왔다.

나이가 뭔 상관이람. 저렇게 예쁜데.

나는 신부 대기실 앞에서 나림을 보며 생각했다. 그때, 누군가 내 어깨를 톡톡 두드렸다.

돌아봤더니, 민혁이가 서 있었다.

* * *

나림이는 아마도 우리 부모님에게 나를 잘 부탁한다는 이야기를 들었던 것 같다.

지금에 와서 생각해 보면, 그때의 나림이 역시 사춘기였을 것이다.

사춘기의 소녀가 또래의 소년을 챙기는 건 쉬운 일이 아니다. 사춘기 소년이 이성을 보면 귀찮아하거나 수줍어하는 것만큼, 사춘기 소녀 역시 마찬가지일 테니까.

하지만 나림이는 역시 달랐다.

"동네 구경이나 할래?"

이튿날, 우리 집에 놀러온 나림이가 말했다.

더운 여름이었다.

그때부터 나는 무더운 날씨에는 밖에 나가는 걸 싫어하는 게으름뱅이가 되어 있었다. 하지만 나림이의 제안은 도통 거절할 수가 없어서, 그러자고 했다.

나림이와 나는 쭈쭈바를 하나씩 손에 들고 동네를 걸었다.

간혹 아는 친구를 만나면, 나림이는 나를 소개시켜 주었다.

"우리 옆집에 이사 온 애야. 강태민이라고, 방학 끝나면 우리 학교에 다니게 될 거야. 이 얼굴, 기억해야 돼."

장난스럽게 말하는 나림이는 예뻤고, 나림이에게 부탁을 받는 애들 역시 그렇게 생각하는 게 분명했다. 사내 녀석들은 얼굴이 빨개져서 고개를 끄덕였고, 여자애들은 둘이 사귀는 거 아니냐며 까르르 웃었다.

나림이 덕분에 나는 방학이 끝나기도 전에 많은 친구를 갖게 되었다.

나림이의 말대로였다.

이곳으로 이사 오지 않았더라면 알지 못했을 친구들을, 나는 갖게 되었다. 그래서 나는 더 이상 심술이 나지 않았다.

대신에 매일매일 나림이가 보고 싶었다.

방학이 끝나고 학교에 가게 된 첫 날, 나림이는 우리 집 앞에 와서 나를 기다리고 있었다.

"같이 가자."

여자애와 같이 등교하는 건 창피한 일인데, 이상하게도 상대가 나림이일 때는 그런 생각이 들지 않았다. 오히려 나림이와 함께 걷는다는 것이 우쭐했다.

이 예쁜 애가 나랑 같이 걷고 있어!

여기저기 자랑하고 싶었다.

학교에서 나림이는 인기인인 듯했다.

교문을 들어가서 교무실에 갈 때까지, 수많은 아이들이 나림이를 알아보고 인사를 건네 왔다. 그러면 나림이는 상냥하게 인사를 받아 주고, 나를 소개시켜 주었다.

나림이와 같은 반이기를 간절히 바랐지만, 그렇게까지 운이 좋진 않았다.

나림이는 4반, 나는 8반이었다.

8반에는 여름 방학 때 나림이 덕분에 얼굴을 익힌 아이들이 몇 명 있었다. 그 아이들이 다가와 아는 체를 해 주어서, 나는 전학을 와 오도카니 앉아 있는 일은 면할 수 있었다.

지금 생각해 보면, 참으로 고마운 일이다.

모두가 친해진 후에 전학을 가면, 이미 무리를 지은 아이들 사이에 끼어들기가 힘들다. 하지만 나는 나림이 덕분에 친구를 만들 노력을 할 필요가 없었다.

"너, 나림이 옆집? 맞지?"

내 이름을 기억하지 못하는 아이까지도, 내가 나림이 옆집에 사는 아이라는 것은 기억했다.

그래서 나는 전학 오기 전처럼, 금세 친구들에게 둘러싸일 수 있었다.

* * *

"형, 오셨어요?"

민혁이가 다정하게 미소를 지으며 물었다.

나림이에게 소개를 받던 날에도 느꼈지만, 이 녀석의 미소는 정말 남녀노소에게 통할 만한 미소다. 이러니 여자들이 이 녀석에게 목을 맸겠지.

"응, 와야지. 최나림 결혼식인데, 내가 빠질 수야 있나."

"하긴. 편의점 친구가 빠지면 서운하죠."

턱시도를 입은 민혁이는 참으로 근사했다.

훤칠한 키에 떡 벌어진 어깨는, 턱시도를 완벽하게 소화해냈다. 이대로 캣워크를 걸어도 괜찮다 싶을 정도였다.

나는 정민혁이라는 이 친구가, 마음에 들었다.

* * *

중학교 3학년 때는 나림이와 같은 반이 되었다.

여름 방학이 다가오는 어느 날 밤, 저녁을 먹는 자리에서 어머니가 물었다.

"나림이는 괜찮니?"

"어? 뭐가?"

"걔네 집, 난리 났다더라."

"어? 난리?"

"그래. 걔네 아빠가 보증을 잘못 섰나 봐. 친구 믿고 보증을 서 줬는데, 그 친구가 한 푼도 안 갚고 도망을 쳤대. 그래서 나림이 네가 다 갚게 생겼나 봐, 지금."

"아……."

"아까 걔네 엄마 만났는데 울고 난리더라고. 어젯밤에 한숨도 못 잤다고 하더라. 며칠 됐다던데."

보증이니, 뭐니 하는 말은 잘 모르지만, 큰일이 났구나 싶었다. 하지만 나림이는 학교에서 그런 내색을 조금도 하지 않았다.

그날도 여전히 부드럽고 상냥했다.

걱정스러운 마음에 저녁을 먹는 둥 마는 둥 하고 집을 나왔다. 나림이 네 집에 갈 생각이었는데, 무슨 이유라도 붙여서 가야 할 것 같아 편의점으로 향했다.

편의점 앞 파라솔에, 나림이가 앉아 있었다.

뭐라도 먹고 있는 걸까 싶었지만, 파라솔의 테이블에는 아무것도 없었다. 나림이는 그냥 그렇게 멍하니 앉아 허공을 응시하고 있었다.

순간 지끈, 가슴이 아팠다.

그때의 나는, 그 이유를 알지 못했다.

"나림아."

내가 이름을 부르는 순간, 나림이의 표정이 바뀌었다. 공허하고 슬픈 듯했던 얼굴에 순식간에 부드럽고 다정한 표정이 돌아왔다.

나는 어리고 어리석었지만, 그래도 알 수 있었다. 나림이가 저 표정을 지으려고, 주위 사람들을 걱정시키지 않으려고 노력하고 있다는 걸.

"태민아. 뭐 사러 왔어?"

"아니, 그냥. 음. 아이스크림 먹으려고."

"넌 아이스크림을 참 좋아하는 것 같아. 그러다가 배탈 난다."

"우리 엄마 같은 소리 하네."

"아하하하."

어머니에게 듣지 않았더라면, 나는 나림이에게 무슨 일이 있다는 걸 전혀 알지 못했을 것이다. 그만큼이나 나림이는 속마음을 드러내지 않고 있었다.

그래서 나는 묻지 않았다. 어린 마음에도, 나림이가 어떻게든 숨기려고 하는 그것을 아는 체하면 안 된다는 생각이 들었다.

"너도 먹을래?"

"아니, 괜찮아."

"왜? 하나 먹어. 나 용돈 받았어."

"그럼 쭈쭈바."

나는 쭈쭈바를 두 개 사서 하나를 나림이에게 내밀었다. 우리는 쭈쭈바를 쭉쭉 빨며 말없이 앉아 있었다.

그런 사이였다, 나림이와 나는.

대화를 하지 않아도 편안한 사이. 침묵이 어색하지 않은 사이.

"이러고 있으니까 우리 처음 알게 됐을 때 생각나지 않아?"
문득 나림이가 물었다.
"아, 나 여기 이사 왔을 때?"
"응. 잔뜩 심술이 나 있었잖아, 너."
난 얼굴을 붉혔다.
"그렇게 심술이 나 있지는 않았어."
"않았긴. 볼이 퉁퉁 부어 있었는데. 내가 널 달래 주려고 많이 고생했지."
"철딱서니 없어서 미안하게 됐네요."
"나한테 미안할 건 없고, 네 부모님께 잘해. 그때 네 걱정을 얼마나 하셨다고."
중학교 3학년 때의 나는 1학년 때보다 더 자라 있었기에, 부모님의 마음을 조금은 이해하게 되었다.
"안 그래도 요새 효도하거든."
"효도하는 게 용돈 받아 나와서 아이스크림 사 먹는 거야?"
"가끔의 일탈은 필요하지."
"어디서 이상한 말만 배워 와서는."
나와 대화를 하는 나림이는 편안해 보였고, 그래서 나는 조금 안도했다.
내가 우려했던 것보다는 큰일이 아닌 모양이라고, 우리 어머니가 또 오버를 한 모양이라고, 그렇게 바보처럼 안도했다.
나중에 알게 된 일인데, 나림의 아버지가 그런 일을 저지른 게 그때가 처음이 아니라고 했다. 그 전에도 대출을 해서 친구에게 돈을 빌려준다든지, 친척들에게 돈을 빌려주는 일이 왕왕 있었던 모양이다.

그날 집으로 돌아가는 길에, 나림이가 물었다.

"태민아, 넌 꿈이 뭐야?"

"나? 난 집에서 놀고먹는 거."

"뭐야, 그게? 바보 같긴."

"집에서 일하고 싶어. 밖에 나가는 거 별로 안 좋아해서. 넌?"

"나는."

나림이는 하늘을 올려다보며 대답했다.

"돈. 돈을 많이 벌고 싶어."

* * *

"오빠!"

신부 대기실에서 나오던 나현이가 나를 알아보고 손을 흔들며 다가왔다. 나현이는 연회색 원피스를 입고 있었는데, 아주 잘 어울렸다.

"여기서 뭐해? 안 들어가고?"

"아, 잠깐 민혁이랑 얘기 좀 하느라."

"형부랑? 형부 어디 갔어?"

나현이가 주위를 둘러보다가 민혁이를 찾아냈다. 민혁이는 회사 사람들과 대화를 나누고 있었다.

"역시 우리 형부 멋있다."

"그러게."

"어디에 있어도 빛이 나네. 우리 언니, 좀 불안하겠어."

"그래? 난 민혁이가 더 불안할 것 같은데. 나림이, 인기 많잖아."

"하긴. 우리 언니가 인기 많긴 하지."

나현이가 웃었다.

그 모습을 보니, 어릴 적 나현이를 처음 만났을 때가 기억났다.

* * *

나현이는 항상 언니 뒤에 숨어 있는 아이였다.

처음 만나 나림이가 소개를 시켜 줄 때도, 나림이의 뒤에 숨어 경계심 가득한 시선을 보냈었다. 지금의 모습만 보면 다들 상상도 못 하겠지만, 나현이는 어릴 때 낯을 많이 가렸다.

나현이와 친해지기까지는 1년이 넘는 시간이 걸렸다. 나림이네 자주 놀러 가고, 나림이가 자주 데리고 오고. 그렇게 어울린 끝에야, 나현이는 나에게 마음을 열어 주었다.

어느 날, 집에 돌아가는 길에 친구들과 걷고 있는 나현이를 발견했다.

"나현아."

이름을 불렀더니, 나현이는 나를 쏘아보고는 모르는 척을 해 버렸다. 그리고 그날 저녁, 우리 집을 찾아와 분명하게 말했다.

"오빠, 밖에서 나 좀 아는 척하지 마. 쪽팔리니까!"

쪽팔리다니!

충격이었다.

나는 인기가 많은 편이었고, 내가 인사를 해 주면 여자애들은 좋아했다. 여자애한테 그런 말을 듣는 건 처음이라 어안이 벙벙해 있는데, 나현이가 말했다.

"오빠, 그리고 정신 좀 차려! 그러고 있다가 우리 언니, 누가 홀랑 채 간다."

나는 어렸고, 나현이는 어리지 않았다.

나는 몰랐던 마음을, 나현이는 알고 있었다.

나는 나현이가 무슨 소리를 하는지 도통 알 수 없었고, 그래서 나현이에게 말했다.

"뭘 채 가? 너네 언니가 토끼도 아닌데."

물론 나림이는 토끼가 아니었다.

예쁘고 성숙하고, 그래서 어딘지 모르게 또래와는 다른 느낌을 풍기는 여자애였다.

고등학생이 되어, 나림이와 나는 다른 고등학교를 다니게 되었다. 그 시기쯤 되자, 각자 다른 친구들이 생겨서 함께 어울리는 시간이 점점 줄어들었다.

나림이는 나림이대로 학업에 바빴고, 나는 나대로 바빴다.

하지만 나는 친구들과 어울리는 것보다 나림이와 노는 게 좋았고, 그래서 매일 편의점에 앉아 있었다. 그러면 집으로 돌아오는 나림이와 마주칠 수 있었기 때문이다.

하루를 끝내고, 나림이와 편의점 앞에서 만나 아이스크림을 먹으며 노닥거리는 그 시간이, 내게는 가장 소중했다.

내가 나림이를 향한 마음의 이름을 깨닫게 된 것은, 고등학교 1학년 겨울이었다.

겨울 방학이 다가와 무엇을 하고 놀지 설레는 그때에, 편의점에 앉아 있는 날 발견한 나림이가 다가왔다.

"여어."

"또 아이스크림이야? 넌 춥지도 않아?"

"응. 별로. 좀 추운가?"

"코가 빨개, 너."

"그래?"

나는 코를 문질렀다.

그런 나를 가만히 응시하다가 나림이가 말했다.

"나, 있잖아. 남자 친구 생겼어."

아, 그 순간의 기분을 뭐라고 표현해야 할까.

지금도 그때를 떠올리면 가슴이 아릿해진다.

뭔가 쾅, 하고 부서지는 것만 같았다.

커다란 바윗돌이 내 위에 떨어지는 느낌이라고 해야 할까? 아니면 수십 개의 칼날이 내 심장에 박히는 느낌이라고 해야 할까?

상상해 본 적 없는 격렬한 통증과 감정이 휘몰아쳐, 나는 무어라 대답하지 못한 채 눈을 휘둥그레 뜨고 나림이의 입술을 응시했다.

내 기분을 조금도 알지 못하는 나림이는 아하하, 웃었다.

"뭐야, 나한테 남친 생긴 게 그렇게 놀랄 일이야?"

"아, 아니……."

무슨 말이라도 해야 할 것 같아 간신히 목소리를 쥐어짰다. 하지만 그 이상의 말이 나오질 않았다.

입술만 달싹거리고 있는데, 나림이가 맞은편 의자에 앉았다. 그제야 나는 물었다.

"누구?"

지금에 와서 생각해도 비참한 목소리였다.

잔뜩 갈라지고 가라앉은 목소리.

만약 지금이라면 나림이는 내 혼란스러운 감정의 동요를 눈치챘을 것이다. 하지만 그때의 나림이는, 남자 친구가 생겼다는 설렘에 내 감정을 눈치채지 못했다.

다행이라고 해야 할지, 불행이라고 해야 할지 모르겠다. 여전히.

"독서실에서 만난 애야. 조희철이라고. 우리랑 같은 나이."

우리.

그 단어가 그토록 아픈 단어인지 몰랐다.

우리.

나는 나림이가 그렇게 표현하는 것을 참 좋아했다.

우리라는 단어로 엮이는 우리의 관계가 몹시 좋았다.

하지만 그때의 '우리'는 아팠다.

"왜…… 사귀는데?"

바보 같은 질문이었다.

"왜라니. 그냥 독서실에서 가끔 눈 마주쳤었거든. 그러다가 어느 날부터 인사하기 시작했고, 걔가 음료수를 사 줬어. 그래서 가끔 쉴 때는 같이 휴게실에서 얘기하고, 그러다가 걔가 사귀자고 했어. 이틀 전에."

"아…… 아, 너는 독서실에 공부를 하라고 보내 놨더니 연애질이나 하냐?"

아, 못났다. 17살의 나는.

"어?"

농담기가 전혀 담기지 않은 내 맹목적인 비난에, 나림이는 당황한 듯했다.

"좋은 대학 들어가서 돈 많이 벌 거라더니. 그렇게 연애나 해서 대학이나 들어가겠냐?"

나는 혼란스러웠고, 그 혼란스러움을 나림이에게 비난하는 것으로 풀어내려고 했다.

다시 한 번 말하지만 나는 어리고 어리석고 못났었다.

나림이는 기분이 상한 듯했지만, 나처럼 어리고 어리석고 못나지 않았기에, 그 기분을 표현하지 않았다. 그저 쓰게 웃으며 부드럽게 말했을 뿐이었다.

"뭐야, 강태민. 너보다 먼저 연애해서 삐쳤니? 축하해 줄 줄 알았더니. 나 기분 좀 나쁠 뻔했다?"

그제야 나는 정신을 차릴 수 있었다.

"기분 좀 풀리면 다시 만나. 그때 제대로 축하해 줘. 지금은 나 먼저 들어갈게. 너무 춥다."

그렇게 말하고, 나림이는 일어났다. 나는 떠나는 나림이를 붙잡을 수가 없었다.

깨달았기 때문이다.

내 감정의 이름을.

알게 되었기 때문이다.

내 아픔의 이름을.

나는 사랑을 하고 있었고, 나는 실연을 당했다.

그랬다.

풋사랑이었다.

* * *

나현이와 대화를 하고 있는데, 전화가 걸려왔다.

확인해 보니 명호 형에게서 온 전화였다.

"잠깐 통화 좀."

나현이에게 양해를 구하고 식장 밖으로 나갔다.

"어, 형."

—결혼식장이야?

"응. 형은?"

—난 집이지.

"안 와?"

—아하하. 내가 거길 왜 가?

명호 형이 쓰게 웃었다.

명호 형은 나림이를 많이 사랑하고 있었고, 실연을 당했다. 그 감정을, 나는 뼈저리게 잘 알기에, 덩달아 가슴이 아파졌다.

"그래, 안 오는 게 낫지."

—나림이는…… 예쁘지?

"응, 끝내주지."

—그래. 그럴 줄 알았어.

명호 형의 음성에서는 미련이 뚝뚝 묻어 나왔다.

하지만 형. 언젠가는 그 미련도 사라질 거야. 시간이 다 해결해 줄 거야.

지금 내가 그런 것처럼.

* * *

만약 나림이를 만난 것이 대학교 때였더라면, 나는 다른 대응을 했을지도 모른다.

조금 더 성숙한 상황에서 나림이를 만나, 그 모든 과정을 겪었더라면, 나는 달랐을 것이다.

하지만 그때의 나는 어렸기에, 경험이 부족했기에, 어떻게 해야 좋을지 알 수 없었다.

어차피 어린 시절에 하는 연애. 오래 지속되는 경우는 드물다. 하지만 그때는 그것을 알지 못했다.

나림이는 짧은 연애를 하고 이별을 했다.

내가 좀 더 능숙했더라면, 그런 나림이를 위로해 주면서 은근히 내 마음을 표현했을지도 모른다. 하지만 나는 그제야 내 사랑을 깨달을 만큼 서툴렀다.

때문에 나림이가 상대의 바람으로 이별을 해서 분통을 터뜨릴 때도, 그저 지켜볼 수밖에 없었다.

그렇게 나림이는 몇 번의 연애를, 몇 번의 이별을 했다.

그러는 나림이를 지켜보는 내 가슴은 새까맣게 타들어 갔다. 나도 사랑하는데, 나도 좋아하는데, 나도 사귀고 싶은데. 그 마음을 감춰야 하는 건 지독히도 고통스러운 일이었다.

차라리 확 고백해 버릴까.

그런 생각을 안 해 본 건 아니었다.

하지만 두려웠다. 혹시라도 사귀다가 헤어져, 남보다 못한 사이가 될까 봐서. 편의점 앞에서 만나 도란도란 대화를 나누는 이 즐거움이 영원히 사라지게 될까 봐서. 눈을 마주쳐도 아는 체하지 않는, 그런 사이가 될까 봐서.

나는 해 보기도 전에 겁을 먹는, 한심한 놈이었다.

어쩌면 조금 우월감을 가졌는지도 모르겠다.

나림이와 사귀었던 남자애들은 다들 나림이 옆에 있을 기회를 잃었지만, 나는 여전히 나림이 곁에 있다는 우월감.

나림이가 그 애들에게도 하지 못하는 이야기를, 나에게만은 한다는 우월감.

나림이가 그 애들과 헤어졌을 때에 돌아오는 곳이, 바로 내 옆이라는 우월감.

그런 헛된 우월감에 젖어, 나는 언젠가 나림이가 진심으로 사랑하는 남자가 생길지도 모른다는 사실을 간과하고 있었다.

사랑을 깨닫게 된 후에도, 나는 여전히 어리고 어리석고 못났었다.

* * *

―내가 그 옆에 서게 될 줄 알았는데. 난 정말 오만한 놈이야.

들려오는 명호 형의 음성을 들으며, 나는 생각했다.

나도요, 형. 나도 그랬어요.

나림이가 영원히 내 곁에 있을 줄 알았어요. 내가 항상 나림이의 가장 소중한 존재일 줄 알았어요. 나림이가 힘들 때, 나림이가 외로울 때 돌아오는 곳이, 내 옆일 줄 알았어요.

오만했죠.

형보다 훨씬 더.

* * *

우리는 대학을 졸업하고, 각자의 길을 걷기 시작했다.

나림이는 대기업의 신입 사원이, 나는 프리랜서 일러스트레이터가 되었다.

그래도 여전히 편의점은 우리의 만남 장소였다. 매일 만나지는 못해도, 간혹 우리는 그곳에서 만났다.

나림이가 그리울 때면, 나는 편의점에 나갔다. 그러면 나림이는 퇴근하는 길에 나를 발견하고, 내 맞은편에 앉았다.

우리는 아이스크림 대신 맥주를 마시기 시작했다.

"나 있잖아. 좋은 사람을 만났어."

나림이가 그렇게 말했던 건, 27살이 되었을 때였다.

그때의 나는 나림이에게 연인이 생겼다고 해도 가슴이 찢어질 것처럼 아프지 않을 정도가 되었다. 아니, 어쩌면 그 통증에 익숙해졌는지도 모르겠다.

"아아, 그래? 뭐 하는 사람인데?"

"같은 회사야. 나랑 입사 동기. 알고 보니까 대학도 같은 대학이었대."

"아, 그래?"

"응. 우리보다 한 살 많아."

"흐응."

"너한테 소개시켜 주고 싶어."

낯선 통증을 느낀 건, 바로 그 말을 들었을 때였다.

지금껏 나림이는 몇 번인가의 연애를 했다. 하지만 내게 소개시켜 주고 싶다고 말한 건 처음이었다.

그때의 나는 어리석고 못났지만, 더는 어리지 않기에 그 의미를 알 수 있었다.

"소개, 시켜 주고 싶다고?"

"응. 정말 좋은 사람이거든. 너랑도 친해졌으면 좋겠어."

친해질 수 없다고, 나는 생각했다.

네가 내게 소개시켜 주고 싶을 만큼 사랑하는 그 남자와 결코 친해질 수 없을 거라고, 그럴 일은 없을 거라고 생각했다.

하지만 나는 못났기에, 그 생각을 겉으로 표현하지 못했다.

"그래, 다음에 같이 한번 보자."

"응. 좀 마음에 걸렸거든."

"뭐가?"

"명호 오빠는, 아, 그 오빠 이름이야. 명호 오빠는 여자 문제가 정말 깔끔해. 내가 불편할까 봐 여자인 친구들이랑은 따로 만나지도 않고. 그런데 난 가끔 너랑 둘이서 술도 마시고 그러잖아."

가슴이 미어졌다.

숨이 턱턱 막히는 이 고통을 드러내서는 안 된다는 생각뿐이었다.

"그래서 널 보여 주고, 네가 얼마나 괜찮은 친구인지 알려 주고, 그 오빠가 불안하지 않게 해 주고 싶어."

나림이는 행복해 보였다.

내 소중한 사람이 행복하면 나도 행복해야 하는데, 그때의 나는 불행하고 비참했다. 울고 싶고 도망치고 싶었다.

다행히 나는 그 행동을 실행해 옮길 만큼 어리석지는 않았다.

나는 내 위치를 자각하고 있었다.

나림이에게 나는 위안이었다. 누구에게도 하지 못하는 집안일을 조심스럽게 털어놓을 수 있는 상대였다.

나림이 성격에, 자기 애인에게 집안의 힘든 상황을 털어놓는 일은 없을 것이다.

그러니까 나는 이 편의점에 앉아, 나림이가 지치고 힘들 때 이야기를 들어주어야만 했다. 그러니까 나는 이 마음을 결코 들켜서는 안 된다.

나는 노력했다.

지금에 와서도 자부할 수 있다.

정말 힘껏 노력했다고.

"그래, 아무래도 애인 입장에선 남자랑 단둘이 술 마시는 게 신경 쓰일 수도 있겠지. 그럼 더 빨리 만나 봐야겠네."

"응, 여기서 볼까?"

"야, 네 남친 처음 보는데 편의점이 뭐냐? 근사한 데 가자. 너네 회사 근처로 갈게."

"아, 회사는 안 돼. 아직 회사에는 비밀이거든."

"흐응. 그럼 우리 동네에서 봐. 내가 맛집 알아보고 알려 줄게."

그날 밤, 나는 지독하게 앓았다.

온몸에 열이 펄펄 끓고 밤새도록 토악질을 했다.

무너진 심장이 육체를 엉망진창으로 썩게 만들었다. 나는 아픈 걸 핑계 삼아, 울고 또 울었다. 목이 쉴 때까지, 눈물이 더는 나오지 않을 때까지.

명호 형은, 좋은 사람이었다.

첫눈에 알 수 있었다.

나림이를 응시하는 명호 형의 눈에는 애정이 가득했고, 습관처럼 나림이를 신경 쓰는 모습이 보기 좋았다.

물론 한 가지 아쉬운 점은 있었다.

먹으면서 간혹 나림이를 챙겨 주면 좋을 텐데, 둘은 연인처럼 보이지 않을 만큼 서로에게 예의를 지켰다. 하지만 그때의 나는 그것이 그저 날 앞에 두었기 때문일 거라고만 생각했다.

다른 남자의 옆에서 행복한 듯 웃는 나림이를 보는 건, 고통스러운 일이었다. 나는 그 고통을 감추느라 힘든 와중에도, 열심히 명호 형을 관찰했다.

나의 나림이가, 내 소중한 친구가, 나의 첫사랑이자 풋사랑이, 상처를 받는 모습을 보고 싶지 않았다. 차라리 내가 아픈 쪽이 낫다고 생각할 만큼, 나는 성장해 있었다.

그 후로도 종종 우리는 셋이 어울렸다.

나는 이 통증이 영원할 거라고 생각했다. 심장을 잘게 저미는 이 고통이, 죽는 게 나을 것만 같은 이 괴로움과 미련이 영원히 날 따라다닐 거라고 생각했다.

하지만 아니었다.

시간이 지날수록, 나는 내가 아닌 다른 남자의 옆에서 행복해 하는 나림이의 모습에 익숙해졌다. 통증도 조금씩 가시기 시작했고, 밤마다 꾸는 악몽도 적어졌다.

어느 날엔가는 조금도 아프지 않은 기분으로 둘의 모습을 지켜보기도 했고, 나림이가 내 여자 친구라면, 하는 바보 같은 망상을 하지 않는 날도 생겼다.

그렇게 시간은 내 심장을 조금씩 치유해 주었다.

어느 날엔가 나림이가 내게,

"나, 명호 오빠랑 결혼하려고."

라는 말을 했을 때, 나는 진심으로 축하해 줄 수 있었다.

그래서 알게 되었다.

나의 풋사랑이, 이제는 종말을 맞이했다는 것을.

나의 아프기만 했던 사랑이, 이제는 끝이 났다는 것을.

*　　　*　　　*

—나림이한테는 내가 전화했다는 말 하지 마. 괜히 걔 기분 망치고 싶지 않다.

"네, 그럴게요."

—그럼 수고해.

"들어가세요."

전화를 끊었다.

돌아서자마자, 시끌벅적하게 다가오는 무리가 있었다. 진희와 유미였다.

진희와 유미는, 나림이의 고등학교 친구들로, 나림이의 소개를 받아 알게 된 아이들이었다.

"야, 강태. 너 여기서 뭐해?"

"오올. 근사하게 입었는데? 허구한 날 추리닝 입고 다니는 것만 봤는데."

"맞아, 맞아. 난 오늘도 추리닝 입고 나올 줄 알았다, 야."

얘네들은 정말 시끄럽다.

"은영이는?"

"걘 팽 당했어."

"아, 그래?"

"걔가 나림이한테 독한 소리 진짜 많이 했거든. 요샌 걔 안 만나. 아마 이번에 결혼하는 거 알았으면, 그거 가지고 또 이러쿵

저러쿵해 댔을 거야."

그럴 만하다고 생각했다.

나도 은영이는 마음에 들지 않았다.

나를 소개받았을 때도, 은근슬쩍 나림이를 까 내리면서 자신을 추켜세우는 말을 자주했다. 그런 사람은 상대해 봐야 피곤할 뿐이다.

"너, 나림이는 봤어?"

"아직. 밖에서 잠깐 봤어."

"왜 안 들어가고? 들어가서 같이 사진 좀 찍고 그래."

"그러려고 했는데 사람이 너무 많더라."

"지금은 좀 줄었어. 식 시작되기 전에 얼른 들어가 봐."

"그래, 얼른, 얼른."

두 여자의 등살에 떠밀려 신부 대기실로 향했다. 민혁이가 처음 보는 여자에게 밀려 쫓겨나고 있었다.

"나가기 싫어. 나림이를 좀 더 보고 싶다고!"

"이제 평생 볼 건데, 뭘 그리 안달이야? 얼른 나가!"

민혁이를 스쳐 지나쳐 신부 대기실 안으로 들어갔다. 날 발견한 나림이가 환하게 웃었다.

아, 예쁘다.

"태민아."

"어. 나 왔다."

"언제 왔어?"

"좀 전에. 사진 많이 찍었어?"

"응. 이제 곧 식 시작이래. 떨린다."

나림이가 가슴 위에 손을 얹으며 말했다.

나는 알고 있다.

나림이가 떨린다는 말을 솔직하게 할 수 있는 사람이, 현재로선 나 한 사람뿐이라는 걸.

하지만 또 나는 알고 있다.

이제 조만간 나림이는 민혁이에게 그 말을 하게 되리라는 걸.

그리하여 나에게 이야기하는 것보다, 민혁이에게 이야기하게 되는 것이 더 많아지리라는 걸.

나는 알고 있다.

나는 이제 그만큼 어리지 않고, 어리석지도 않으니까.

"오늘 정말 예쁘다."

그리고 짓궂은 말로 신부를 괴롭힐 만큼, 못나지도 않게 되었으니까.

"정말? 나 괜찮아?"

"응, 엄청 괜찮아. 진짜 예뻐. 드레스 잘 골랐네."

"안 어울리진 않고?"

"안 어울리긴."

네가 세상에서 제일 예뻐.

뭘 입어도, 너는 항상 세상에서 제일 예뻐.

그 말은 물론 덧붙이지 않았다.

"잘 어울려. 사진, 잘 나오겠네."

"다행이다."

"아무튼 이따 끝나고 만나."

"응."

"결혼식 잘하고. 울지 말고."

"내가 울긴 왜 우니?"

나림이가 웃었다.

하지만 나는 알고 있다.

나림이가 펑펑 울진 않겠지만, 눈물을 참으며 코를 훌쩍거리리라는 것을. 아마 언젠가는 민혁이도 알게 되겠지만, 지금은 나밖에 모르리라. 나림이가 눈물이 많은 여자라는 것을.

그러니까 몇 시간 정도는 좀 더 우월감에 젖어 있어도 되지 않을까?

그러고 보면, 나는 여전히 어리고 어리석고 못난 놈인 모양이다.

그래도 상관없다.

이렇게 내 풋사랑이자 첫사랑 상대가 세상에서 제일 예쁜 신부가 되는 것을, 바로 옆에서 축하해 줄 수 있으니까.

그래서 나는 풋사랑이라는 말을 싫어하지만, 그만큼 사랑하고 또한 그리워한다.

역시 풋사랑은 세상에서 가장 달콤하고 애잔하며 사랑스러운 단어다.

번외 2.
낯선 공기, 새로운 만남

결혼식의 화려한 일면만을 보아 왔던 터라, 결혼식이라는 게 이렇게나 힘들고 지치는 일인 줄은 처음 알았다. 아마 두 번 알게 될 일은 없을 것이다.

신혼여행은 이튿날이었기 때문에, 식이 끝나고 나서 가족들, 친구들과 잠시 대화를 나눈 후 집으로 돌아왔다.

나림과 민혁은 씻지도 않고 동시에 침대에 쓰러졌다.

"우와, 힘들다."

"응. 정말 힘들어."

둘 다 꺼져 가는 목소리로 말하고 서로를 돌아본 후, 피식 웃었다. 민혁이 나림의 손을 잡았다.

"우리, 이제 부부야."

"응, 부부."

"여보, 라고 불러야 하나?"

"으아, 간지럽다. 그 말."

"그래도 익숙해져야지. 여보."

"아하하하하. 알겠어, 여보."

"신혼 첫 날 기념으로 섹스나…… 아아, 힘들어."

"응, 나도 힘들어. 오늘은 그냥 자자."

"그래, 내일 일찍 일어나야 하니까."

"씻어야 하는데."

"너무 귀찮아."

"그냥 잘까?"

"안 되는데."

"졸려. 못 일어나겠어."

"나도."

그런 말을 중얼거리다가 누가 먼저랄 것도 없이 잠이 들었다.

새벽녘 간질거리는 느낌에 잠에서 깨어났다. 민혁이 어느새 나림의 옷을 벗기고 가슴을 애무하고 있었다.

반응을 해 주고 싶은데 졸려서 쉽지가 않았다. 나림이 깬 것을 알았는지, 민혁이 말했다.

"그냥 가만히 있어도 돼."

그래서 나림은 가만히 그의 애무를 받았다.

평소처럼 전신을 꼼꼼히 애무한 그가, 젖어든 나림의 몸 안으로 들어왔다. 그의 움직임에 맞춰 허리를 흔들며 신음했다. 힘든 와중인데도 저릿하게 번지는 전율은 좋았다.

평소보다 느린 섹스가 끝난 후, 나림이 그의 품에 안겼다.

"넌 정말 체력도 좋다."

"응, 체력 하나는 끝내주지."

"피곤하지도 않아?"

"응, 좀 잤더니 괜찮아졌어."

"난 아직도 죽을 것 같아."

"좀 더 자. 아직 시간 많아."

"응. 잘게."

등을 어루만지는 그의 손길을 느끼며, 나림은 다시 까무룩 잠에 빠져들었다.

*　*　*

예전에 공항에 가는 길은 참으로 쓸쓸했는데, 그와 함께 가는 길은 즐겁고 설레었다. 그때는 보지 못했던 차창밖의 정경을 구경할 여유도 생겼다.

긴 다리를 건너 인천 공항에 도착했다.

휴일 전날이라 그런지 사람이 많았다.

보딩 패스를 발급받고 안으로 들어가 면세점을 한 바퀴 돌았다. 이리저리 구경을 하다가 예쁜 선글라스가 있기에, 둘이 똑같은 제품으로 하나씩 샀다.

비행기 탑승 시간이 가까워져서 근처에 앉아 기다리다가, 나림은 민혁에게 짐을 맡겨 두고 화장실로 향했다.

볼일을 보고 손을 씻고 약국에 잠깐 들러 필요한 것을 사고 돌아갔더니, 민혁의 앞에 여자 두 명이 서 있었다.

대학생 정도로 보이는 여자들이었는데, 생글생글 웃으며 민혁과 대화를 나누고 있었다.

나림은 서둘러 민혁의 옆으로 걸어갔다.

"여보야."

어제까지만 해도 어색해서 못 쓰겠다는 호칭을 사용한 이유는, 아마도 질투심 때문이리라. 나림의 부름에 민혁이 환하게 웃으며 뒤를 돌아봤다.

"응. 왜, 여보야?"

민혁의 미소를 보자 마음이 누그러졌다.

여자들은 당황한 듯 나림을 흘끗 쳐다보더니,

"아무튼 감사합니다."

하고 말하고는 자리를 떠났다.

"저 애들은 뭐야?"

"아, 면세점에서 산 물건, 교환은 가능하냐고 물어보더라고."

"그걸 면세점에 물어보면 되지, 왜 너한테 물어본대?"

"그러게 말이야. 나도 모르겠다고 했지."

민혁은 그녀들이 자신에게 관심 있어서 다가왔다는 걸 전혀 모르는 눈치였다.

아, 이래서 여자한테 인기 많은 남자를 사귀면 피곤해.

인기가 많은 게 민혁의 탓이 아닌데도, 괜히 그런 생각이 들었다.

한국에서 괌까지는 4시간이 조금 넘게 걸렸다.

처음 탄 비행기는 이륙할 때 조금 무섭긴 했지만, 생각보다 훨씬 흔들림이 없었다.

이 거대한 물체가 사람들을 잔뜩 태우고 하늘을 날다니. 역시 신기하다.

해외여행 경험이 몇 번 있는 민혁은 이륙하자마자 잠이 들었지만, 나림은 작은 창문으로 계속 창밖을 구경했다. 내 아래에 구름이 있는 걸 보는 기분이 신선했다.

비행기 안에서의 시간은 금방 흘러갔다.

착륙을 할 때쯤 잠에서 깬 민혁이, 습관적으로 나림의 이마에 입을 맞췄다.

"다 온 거야?"

"응, 너 진짜 잘 자더라."

"어디서든 머리만 대면 자는 게 나의 장점이지."

입국 심사를 끝내고 마중 나온 차를 타고 호텔로 향했다. 호텔 안에 모든 것이 마련되어 있는 풀빌라였다.

건물 앞에는 커다란 수영장도 있고, 바다 근처라 방 안에서 넓은 바다를 볼 수가 있었다.

짐을 풀고 창문 앞에 서서 밖을 내다보았다.

새파란 하늘과 이어진 푸른 바다가 아름다웠다. 시리도록 예쁜 그 광경을 잊고 싶지 않았다. 그리고 지금 느끼는 이 기분도.

나림은 이 순간을 가슴에 새겼다.

어느 날엔가 민혁과 다툼이 생겨 속이 상하고 화가 날 때에, 이 순간을 떠올리며 기분을 가라앉힐 수 있도록.

민혁이 나림의 어깨에 손을 얹었다.

“예쁘다.”

“그러게.”

“여보랑 함께라서 더 좋아.”

민혁의 말에 나림이 작게 웃었다. ‘여보’라는 호칭은 도통 익숙해지질 않는다. 언젠가는 여보가 자연스러워질 날이 오기는 할까?

“응, 나도 그래.”

“그럼 우리 일단.”

민혁이 나림의 양쪽 어깨를 잡아, 마주 보도록 돌아 세웠다.

“첫날밤이나 보낼까?”

“아직 낮이거든?”

“시간이 무슨 상관이야. 결혼을 했고, 신혼 여행지에 왔고, 그러면 첫날밤을 보내야지.”

“네 머릿속에는…….”

그 생각밖에 없니, 라는 말은 그의 입술에 막혔다.

민혁은 나림의 양어깨를 잡은 채 허리를 굽혀, 나림의 도톰한 입술 위에 살며시 자신의 입술을 눌렀다.

바다가 보이는 창문 앞에서, 쏟아지는 햇살을 받으며 긴 키스를 나눴다. 그는 부드럽게 키스를 하며 나림의 옷을 한 꺼풀, 한 꺼풀씩 벗겨 냈다.

이윽고 나림은 나체가 되었다.

잡티 하나 없는 새하얀 피부와 가느다란 목덜미, 그 아래에 일자로 이어진 쇄골과 봉긋하게 솟은 예쁜 가슴. 잘록한 허리와 날씬한 배, 길게 쭉 뻗은 두 다리를, 민혁은 잠시 즐거운 마음으로 감상했다.

햇살 아래서 알몸을 고스란히 드러낸 나림은, 부끄러움에 커튼을 향해 손을 뻗었다. 커튼을 끌어와 몸을 가릴 요량이었지만, 민혁은 그러도록 내버려 두지 않았다.

그의 뜨거운 입술이 낙인을 찍듯, 나림의 목덜미와 어깨, 그리고 쇄골을 따라 움직였다.

그의 입술이 겨드랑이 근처에 닿자, 나림이 간지러워 까르르 웃으며 그의 얼굴을 밀어냈다.

"거기 너무 간지러워."

"그래?"

그가 짓궂은 표정을 짓는 걸 보고 아차 싶었다.

아, 이런 남자였지.

나림은 황급히 도망치려 했지만 민혁이 더 빨랐다. 민혁은 나림의 가느다란 손목을 붙들어 끌어당겼고, 소파에 눕혔다. 그리고 손목을 잡아 위로 올린 후, 겨드랑이를 살짝 핥았다.

"아, 민혁아. 거기 더러워."

"네 몸에서 더러운 곳은 하나도 없어."

그가 속삭이며 겨드랑이를 애무했다.

처음에는 간지러워서 견딜 수가 없었는데, 애무가 지속될수록 나림의 숨이 거칠어졌다.

나림의 호흡이 가빠지는 것을 들으며, 민혁은 나림의 전신을 애무했다.

민혁은 나림이 애무를 받을 때마다 소리를 내지 않으려고 노력하는 것이, 그러나 결국 그녀도 모르는 사이에 소리를 내고 마는 것이 사랑스러워서 견딜 수가 없었다.

그녀가 숨을 쉬는 것도, 말을 하는 것도 예쁘다는 말은 진심이었다. 나림이 무엇을 하든, 민혁은 그녀가 사랑스러워서 견딜 수가 없었다.

어쨌든 명색이 첫날밤이므로, 민혁은 로맨틱하고 달콤하게 섹스를 하기로 했다. 그녀의 전신을 꼼꼼히 애무하고, 그녀가 충분히 젖어 들기를 기다렸다.

나림은 이제 그만 민혁이 넣어 주었으면 하는 표정을 지었다. 다른 때라면 이런 순간에 여러 가지를 시키며, 그녀가 곤란해하는 모습을 즐겼을 테지만, 민혁은 그러지 않고 곧바로 그녀의 안으로 들어갔다.

그녀의 안은 좁고 뜨거워서, 넣자마자 갈 것 같을 때가 있었다.

오늘도 그랬다.

신혼여행이라는 생각을 해서인지, 그녀의 안이 평소보다 더욱 뜨겁고 아늑했다. 민혁은 페니스를 꾹 찔러 넣고 잠시 그녀의 체온을 느끼다가, 천천히 움직였다.

격하게 하지 않아도 그녀와 함께 움직인다는 것 자체가 환희이고, 쾌감이었다.

정상위로 한참을 움직이자, 나림이 새된 탄성을 지르며 몸을 움찔거렸다. 그와 비슷하게, 민혁도 절정을 느꼈다.

그녀는 정신이 없는 와중에도 민혁의 머리를 쓰다듬었고, 그 손길이 가슴 아릿할 만큼 좋았다. 민혁은 그녀의 가슴에 얼굴을 파묻고, 절정 후의 노곤함을 받아들였다.

햇살은 여전히 두 사람의 위로 내리쬐고 있었다. 해변의 뜨거운 햇살조차도, 아늑하게 느껴지는 오후였다.

* * *

첫날은 호텔 안에서 보냈다.

섹스를 하고 씻고, 침대에 누워 노닥거리다가 룸서비스를 시켜 먹었다.

처음 오는 나라에서 한국과 다른 공기를 마시며, 평소와는 다른 서비스를 받는 시간이 무척이나 경이로웠다.

이런 식으로 여유를 부리며 시간을 보내는 날이 올 줄은 꿈에도 몰랐다.

아침에 일어난 나림은 침대에 누워, 나갈 준비를 하는 민혁을 보며 그런 생각을 했다.

눈을 뜨자마자 나림의 머리카락과 이마, 볼에 꼼꼼히 뽀뽀를 해 준 민혁은 잠깐 해변을 걷다가 오겠다고 말했다. 나림도 함께 가고 싶었지만, 이상할 정도로 몸이 무거웠다. 아마도 익숙하지 않은 비행 때문에 피곤한 것 같았다.

"여보는 좀 더 자. 괜찮은 곳 있나 구경이나 한 번 하고 들어올게."

그의 단단하고 예쁜 몸이 옷에 가려지는 것을 보는 게 아쉬웠다.

흰색 티셔츠와 면바지를 입은 민혁은, 여전히 침대에 누워 있는 나림에게 입을 맞추고 방에서 나갔다. 그리고 나림은 까무룩 잠이 들었다.

* * *

호텔에서 나온 민혁은 해변을 향해 걸었다.

아직은 이른 시간이라 사람이 많지는 않았다. 해변으로 가는 길에 보이는 가게들을 둘러보며, 나림과 점심을 먹을 만한 곳이 있는지 살펴봤다.

맛있어 보이는 음식점들이 몇 군데 있었다.

그렇게 걸어가 해변에 도착했다. 넓게 펼쳐진 깨끗한 모래사장을 천천히 걸었다.

결혼을 했다.

살면서 결혼에 대한 생각을 해 본 적이 단 한 번도 없었다.

일찍 결혼한 친구들이 몇 명 있었는데, 다들 자유를 박탈당한 것처럼 보였다. 놀다가도 일찍 들어가야 했고, 술도 제대로 못 마시고, 약속을 잡기도 힘들었다. 그래서 내 인생에는 결혼이란 절대로 없을 것이라고 생각해 왔다.

누군가가 나의 삶을 구속하고 지적하는 것을 견디기 어려웠다. 그런 이유로 애인조차 만들지 않고 살아왔었다.

그런 내가 결혼을 했다.

등 떠밀려서 한 것도, 어쩔 수 없이 한 것도 아니고, 하고 싶어서 했다.

그것이 여전히 신기했다.

한 여자를 만나 사랑에 빠지고, 이 여자가 아니면 안 될 것 같고, 이 여자를 위해서라면 모든 것을 포기할 수 있는, 그런 기분이 들게 될 줄은 몰랐다.

술도, 자유도, 색다른 만남도 다 필요 없었다. 나림만 옆에 있어 준다면, 다른 것들은 아무래도 좋다.

오늘 아침에 눈을 떠, 옆에서 잠든 나림을 보았을 때 다시 한 번 깨달았다.

이 여자만 있으면 된다는 것을. 내가 눈을 떴을 때 사랑하는 여자가 옆에 누워 있는, 이 삶이면 충분하다는 것을.

나림을 생각하면 저절로 미소가 나왔다.

그녀를 사랑할 수 있고, 또한 그녀에게 사랑받을 수 있어서 다행이었다.

얼마나 그렇게 걷고 있었을까.

저 앞에서 그림자 하나가 후다닥 민혁의 앞을 스치고 지나가, 바다에 뛰어드는 것이 보였다.

처음에는 바다에 다이빙을 하는 건줄 알았는데 아니었다. 그 사람은 바다 깊은 곳을 향해 마구 달려갔고, 곧 깊은 곳에 빠져 허우적거리기 시작했다.

무슨 일이 벌어진 건지 몰라 멍하니 그 모습을 지켜보던 민혁은, 뒤늦게 상황을 파악하고는 바다로 뛰어들었다. 상대가 허우적거리는 곳은 생각보다 깊진 않았다. 아무래도 민혁보다 키가 작아서, 발이 닿지 않아 허우적거리는 것 같았다.

그 사람을 끌고 뭍으로 나오는 건 어렵지 않았다.

민혁은 버둥거리는 그 사람을 모래사장에 던지듯이 눕히고 숨을 몰아쉬었다.

"콜록. 콜록."

상대가 기침을 해 댔다.

고등학생 정도로 보이는 소녀였다.

반바지에 반팔 티셔츠, 단발머리의 소녀는, 홀딱 젖은 채 허리를 굽히고 앉아 한참을 콜록거렸다. 그러다가 갑자기 고개를 확 들더니, 민혁을 쏘아보며 외쳤다.

"왜 구해 줬어요!"

"뭐?"

"왜 구해 줬느냐고요! 확 죽어 버리려고 했는데!"

"뭐?"

"왜 남의 일에 상관이에요! 짜증 나!"

민혁은 할 말을 잃었다.

죽으려고 뛰어들었던 것이란 말인가.

하긴. 그 상황이 놀려고 뛰어드는 것처럼 보이지는 않았다. 하지만 그렇다고 해서, 눈앞에서 자살하려는 사람을 직접 보게 될 줄은 몰랐다. 그것도 이렇게 어린 소녀가.

뭐라 말해야 좋을지 알 수 없어서 가만히 응시하노라니, 소녀가 말했다.

"저기요, 오빠. 오빠는 원래 그렇게 오지랖이 넓어요?"

"아니, 별로. 하지만 사람이 물에 빠져서 허우적거리는데, 그걸 모르는 척할 만큼 오지랖이 좁지도 않지."

"오빠 때문에 망했어요. 나, 진짜로 죽으려고 했는데. 어렵게 마음먹은 건데."

소녀는 흠뻑 젖은 머리를, 한 손으로 쓸어 넘겼다.

예쁘장하게 생긴 소녀였다.

"왜 어려워하면서까지 죽으려고 해?"

"그거야! 힘드니까요."

"흐응."

"죽으려는 각오로 힘을 내서 살아 보라든가, 그런 말은 하지 말아요. 죽는 게 더 나은 삶도 있는 거니까."

"아니, 뭐. 딱히 그런 말을 할 생각은 없었는데. 그럼 이만."

민혁은 담백하게 말하고 돌아섰다.

씩씩대며 민혁을 노려보던 소녀는 당황한 듯 민혁의 앞을 가로막았다. 민혁은 무심히 소녀를 내려다봤다.

"왜?"

"뭐, 뭐예요? 그냥 가요?"

"그럼 내가 여기서 뭘 할까? 어떤 상황인지 몰라서 한 번 살렸고, 그랬더니 죽게 내버려 두라고 하고. 그럼 내버려 둬야지, 뭐. 어쨌든 난 한 번은 내가 해야 할 일을 한 거니까."

"그, 그게 뭐예요? 그런 게 어디 있어요?"

"어디 있긴. 여기 있지."

"멋대로 구하더니, 그냥 가겠다고요? 내 얘기도 제대로 안 들어주고?"

"얘기할 생각이나 있어? 내가 무슨 말을 하든 반박하려고 준비 중이잖아, 너는."

소녀의 얼굴이 빨개졌다.

"그런 거 아니에요. 난 그저……."

거기까지 말한 소녀가 고개를 푹 숙였다. 다시 고개를 들었을 때, 소녀의 눈에서는 닭똥 같은 눈물이 뚝뚝 떨어지고 있었다.

다른 사람이었다면 그런 소녀를 안타깝게 여기고 무슨 말이든 해 주려고 했을 것이다. 하지만 민혁은 달랐다.

"비켜 줄래?"

"저기요, 오빠. 나 지금 우는 거 안 보여요?"

"보여. 하지만 나는 널 달래 줄 의무가 없잖아. 죽게 내버려 두라면서."

"오빠, 진짜 웃기네요."

"웃기다는 말은 처음 듣는걸. 개그맨이나 할 걸 그랬나."

"……."

소녀는 아랫입술을 잘근 깨물고 민혁을 노려봤다. 그러다가 별수 없다는 듯 물었다.

"오빠, 이름이 뭐예요?"

"내 이름은 알아서 뭐하게?"

"부르게요."

"그런 건 됐어. 알지 못하는 사람한테 이름을 말할 만큼 바보는 아니니까."

"윤정이에요, 내 이름. 17살이고요. 오빠 이름도 알려 줘요."

민혁은 작게 한숨을 내쉬었다.

그저 나림과 함께 돌아다닐 곳을 미리 봐둘 계획이었을 뿐인데, 어쩌다가 이런 애와 엮인 건지 모르겠다. 귀찮다.

"내 이름은 알 거 없어."

"내 이름 알려 줬잖아요. 그럼 오빠 이름도 알려 줘야죠."

"네가 뭘 모르는 모양인데, 네 이름 좀 알려 줬다고 해서 모든 사람들이 자기 이름도 알려 줄 거라고 생각하면 오산이야. 세상에는 사기꾼이 너무 많고, 특히 여행지에서는 더하지. 난 이국에서 만난 한국인을 믿지 않아."

"지금 내가 사기꾼이라는 말이에요?"

"모를 일이지. 난 너에 대해 아는 게 없으니까."

"이름도 알고, 나이도 알잖아요."

"그런 거야 속이면 그만이지."

"속인 거 아니거든요."

"하여간 난 바빠. 비켜."

"살려 줬으면 책임을 져야죠."

"그런 말은 처음 들어보는걸."

"뭘 처음 들어요? 물에 빠진 사람 구했더니 보따리 내놓으라는 말도 못 들었어요?"

"그건 이럴 때 쓰는 말이 아닐 텐데."

거기까지 말한 민혁은 휙 돌아섰다.

알지도 못하는 계집애를 더 이상 상대하고 싶지 않았다. 산책은 관두는 게 좋겠다. 들어가서 나림이나 끌어안고 있어야지.

그런 생각을 하며 걷는데, 윤정이 따라왔다.

"같이 가요. 나, 갈 데 없어요."

민혁은 대답하지 않았다.

설마 호텔 방까지 따라 들어오지는 않겠지. 그러려고 하면 호텔 측에 얘기를 해두면 그만이고.

민혁의 대답이 없는데도 윤정은 제멋대로 이야기했다.

"집을 나왔어요. 우리 집, 완전 개차반이거든요. 그냥 있다가는 분명 강간당했을 거야."

거기까지 말하고 윤정은 민혁의 반응을 기다렸다. 민혁은 여전히 아무 말도 하지 않았다.

윤정은 아랫입술을 잘근 깨물고 고개를 숙였다가 계속해서 말했다.

"우리 엄마, 남자 없이 못 사는 사람이에요. 그런데 이상하게 못된 남자들만 만나. 이번에 데리고 온 남자는 진짜 미쳤어요. 어릴 때부터 알던 아저씨인데, 그 아저씨가 나한테 그럴 줄은 몰랐어."

"……."

"내가 나이에 비해 몸매도 좋고 성숙해서, 남자들이 그런 시선을 많이 보내요. 그런데 아무리 그래도 엄마의 남자가 그러는 건, 진짜 아니잖아. 그런데도 엄마는 그 아저씨 편만 들고. 그래서 도망쳤어요. 죽으려고. 죽기 전에 해외여행 한 번 해 보고 싶어서, 돈 다 들고 도망쳤어요. 구경 잘 하고 이제 죽으려고 했는데, 오빠가 날 구한 거야. 어쩔 거예요, 이제?"

윤정이 민혁의 손목을 잡으며 물었다.

민혁은 거칠게 윤정의 손을 떼어 냈다.

"내 몸에 함부로 손대지 마."

민혁의 태도에, 윤정은 기가 막혔다.

물론 몸에 손대는 걸 유독 싫어하는 사람들이 있기는 하다. 하지만 곧 죽겠다는 사람이 손을 대는데, 위로는커녕 화를 내다니.

'이 오빠, 진짜 뭐야?'

어제 일찍 잤더니 아침에 너무 일찍 눈이 떠졌다. 자고 있는 가족들을 깨웠더니 다들 짜증만 내서, 혼자 호텔을 나왔다.

거리를 걷다가 훤칠한 남자가 다른 호텔에서 나오는 것을 발견했다. 가는 방향이 같아서 아무 생각 없이 따라 걷다가, 그 남자가 고개를 돌렸을 때 옆모습을 보게 되었다.

우와, 잘생겼다.

그런 감탄사가 저절로 나오는 사람이었다.

그래서 어떤 식으로 접근을 해 볼까 궁리를 했다.

외모와 몸매에는 자신이 있는 윤정이었다. 또래답지 않은 풍만한 가슴과 긴 팔다리 덕분에, 거리를 다니면 여러 남자들에게 헌팅을 당했다.

하지만 민혁처럼 잘생긴 남자는 처음 봤고, 이런 남자라면 주변에 여자들이 많을 거란 생각이 들었다. 그래서 조금 다른 방식으로 공략해야겠다는 생각에, 쥐어짜낸 방법이 바로 바다에 뛰어드는 것이었다.

바다에 뛰어들면 구하러 올 테고, 그러다 보면 육체적인 접촉이 생긴다. 물에 젖은 내 모습은 굉장히 섹시할 거고, 안쓰러운 배경을 만들어 내면 안타까움에 더 잘해 줄 것이다.

거기까지 생각을 하고 계획을 실행에 옮겼는데, 전혀 통하지 않으니 답답하고 화가 치밀었다. 하지만 철벽이 높은 만큼 매력적이라서, 쉽게 포기할 수도 없었다.

남자들도 그렇지만, 여자들에게도 정복욕이 있다.

이 철벽남을 내 아래에서 발발 기게 만들겠어, 라는 오기가 생겼다.

그런데 이 남자, 녹록지가 않다.

"나, 병 있는 거 아니거든요?"

윤정이 쏘아붙이는 말에 민혁이 한쪽 눈을 찡그렸다.

"병이 있든 없든, 난 누가 내 몸에 손을 대는 걸 싫어해. 어린 여자애가 손대는 걸 모든 남자가 좋아한다고 생각하는 건 관두는 게 좋을 거야."

"그, 그런 생각으로 건드린 게……!"

거기까지 말했을 때였다.

"민혁아."

여자의 목소리가 민혁을 불렀다.

지금껏 굳어 있던 민혁의 얼굴이 부드럽게 펴지면서, 환한 미소가 떠오르는 광경을, 윤정은 멍하니 응시했다. 순간 민혁의 엉덩이에 꼬리가 달렸다는 생각이 들 정도로, 민혁은 반가운 표정으로 휙 돌아봤다.

"여보야."

민혁이 돌아보는 곳을, 윤정도 돌아봤다.

거기엔 머리를 뒤로 질끈 묶은 여자가 서 있었다. 호리호리하고 하얀 여자였다. 눈초리가 살짝 올라가, 기가 셀 것처럼 보이기도 했다.

'뭐야, 여친이 있던 거야? 뭐, 상관없어. 여친 있어도 결국 어리고 예쁜 여자를 선택하게 되어 있으니까.'

윤정은 고집스럽게 생각하며, 민혁의 옆에 딱 달라붙어 있었다.

"여기서 뭐해?"

"산책 좀 하고 들어가려는데, 이상한 게 달라붙었어."

졸지에 이상한 거 취급을 받은 윤정은 도끼눈을 하고 민혁을 쏘아보다가, 곧 고개를 숙였다. 그리고 눈물을 뚝뚝 떨구기 시작했다.

"죄송해요. 오빠한테 애인이 있는 줄 몰랐어요. 제가……."

죽으려고 했는데, 라는 말은 민혁의 말에 막혔다.

"애인이라니. 부인이야. 내 와이프."

민혁이 여자의 어깨를 끌어안으며 말했다.

네가 죽으려고 했든 말든 아무래도 좋다는 듯한 태도였다.

"이 애, 왜 우는 거야?"

"몰라. 죽으려고 한 걸 내가 구해 줘서 그런가 봐."

"죽으려고 했다고? 왜?"

"모르지. 나랑 아는 애도 아닌데. 그나저나 나림아, 왜 벌써 일어났어? 좀 더 자도 되는데."

"모처럼 해외여행을 왔는데 계속 잠만 자면서 보내기는 아깝더라고. 같이 산책할까 하고 나왔지."

"그래? 그럼 가자. 해변에 아직 사람도 별로 없어서 좋더라."

민혁이 나림의 손을 잡았다.

윤정은 어이가 없었다.

아니, 사람이 죽겠다고 펑펑 울고 있는데 아예 없는 사람 취급을 하다니. 아무리 와이프 앞이라고 해도, 이건 너무하다.

'이 오빠, 정신이 약간 이상한 거 아냐?'

"산책하면 좋긴 한데, 이 애는 어쩌고? 우는 걸 그냥 놔둘 수는 없잖아."

"괜찮아. 다른 사람이 달래 주겠지, 뭐."

"괜찮긴. 저기, 괜찮은 거예요?"

민혁은 제정신이 아닐지 몰라도, 나림은 정상인 것 같았다. 조심스럽게 묻는 나림의 목소리에, 윤정은 속으로 쾌재를 불렀다.

이런 여자들이 있다.

애인이나 남편 앞에서는 유독 착한 척을 하는 여자들. 나림이라는 여자도 그런 여자인 게 분명하다.

그런 여자들은 모른다. 착한 척을 하다가, 상대에게 뒤통수를 맞게 될 날이 오리라는 걸.

둘 중 한 명만 잡으면 된다. 그러면 기회는 오게 되어 있다.

"안 괜찮아요. 저, 진짜로 죽으려고 했는데 이 오빠가 절 살려 주는 바람에……."

윤정은 코를 훌쩍거리며 말했다.

나림은 그런 윤정을 빤히 응시하다가 물었다.

"뭐라도 먹을래요?"

"저, 이제 돈도 없어요."

"내가 살게요."

"됐어. 그런 데 돈 안 써도 돼."

민혁이 나림을 말렸다.

"그래도 저대로 놔둘 순 없잖아."

"놔둬도 돼. 신경 쓸 거 없어. 이상한 걸 달고 와서 여보한테 미안할 뿐이야."

'이상한 거라니!'

윤정은 비명을 지르고 싶어졌다.

하지만 저 잘생긴 남자를 굴복시키겠다는 각오 하나로, 부글부글 끓는 속을 달랬다.

"저기서 샌드위치라도 먹여서 보내자."

"여보야. 난 여보랑 둘이 시간을 보내고 싶어."

"둘이 시간 보낼 거야. 그 전에 이 애부터 달래서 보내고."

나림이 부드럽게 말하며 윤정을 돌아봤다.

"샌드위치, 먹을래요?"

윤정은 손등으로 눈물을 훔치며 고개를 저었다.

"아니요. 입맛이 없어요."

"그래도 좀 먹어 봐요. 배가 부르면 좀 기분이 나아지니까."

이렇게까지 나와 준다면, 이쪽이야 고맙다.

민혁이 그냥 해변으로 가 버리거나 방에 들어가 버리면 공략할 방법을 찾을 수가 없어지는데, 시간을 벌었다.

윤정은 속으로 쾌재를 부르며 나림을 따라 호텔 로비의 카페로 향했다. 한산한 거리와 달리 카페에는 사람이 꽤 많았다.

나림은 커피와 코코아, 샌드위치를 주문하러 갔다. 그동안 민혁은 윤정의 앞에 팔짱을 끼고 앉아 있었다.

"왜 그렇게 봐요?"

"나한테 무슨 짓을 하든 상관없는데, 내 여, 아니, 내 와이프한테 무슨 짓 하는 건 그냥 못 봐. 아, 와이프라는 말 진짜 좋다. 어제 결혼했거든."

자랑스럽게 말하는 민혁의 모습에 어이가 없었다.

"저기요. 오빠, 머리가 약간 이상한 거 아니에요? 제 상황 알면서 그런 자랑을 하고 싶어요?"

"나한테는 싫어하는 종류의 사람이 몇 개 있어. 그중에 제일이……."

거기까지 말했을 때, 나림이 주문한 음식을 들고 돌아왔다. 나림은 코코아와 샌드위치를 윤정의 앞에 놔주고 상냥하게 말했다.

"억지로라도 좀 먹어요."

"네, 감사합니다."

코코아는 달고 샌드위치는 깜짝 놀랄 만큼 맛있었다. 사실 내내 배가 고팠기 때문에 정신없이 먹고 싶었다. 입맛이 없는 척하며 천천히 먹어야 하는 것이 곤욕스러웠다.

나림은 커피를 마시며 윤정을 지켜보고 있었다. 나림의 시선이 부담스러워서, 윤정은 고개를 숙인 채로, 아까 민혁에게 했던 이야기를 다시 한 번 했다.

나림은 그 이야기를 가만히 듣고만 있었다.

이야기를 끝냈을 때는 샌드위치를 다 먹은 후였다.

"이제 배 좀 차요?"

나림이 물었다.

"네, 언니. 감사해요."

"기분은 좀 어때요?"

"아까보다는 좀 나아졌어요. 그래도…… 저는 살기 싫어요. 집에 돌아가 봤자 달라지는 건 아무것도 없잖아요. 어린 나이라서 일을 시켜 주는 곳도 없고. 저는…… 어떻게 해야 될지 모르겠어요."

윤정이 본 나림은 무척이나 상냥했기 때문에, '일단 우리랑 같이 좀 있어요.' , '우리랑 같이 지내요.'라는 말을 기대했다. 혹은, '그래도 가족들이랑 잘 풀어 봐요.'라는 말을 할지도 모른다고 생각했다.

그런데 나림은 윤정이 전혀 상상하지 못한 말을 내뱉었다.

"사춘기 때는 관심을 받거나 원하는 것을 얻기 위해 거짓말을 하기도 하죠. 그건 나쁘지 않다고 생각해요. 간혹 그러고 싶을 때가 있는 거고, 그게 남에게 피해를 주지 않는다면 그럴 수 있죠. 하지만 지금 이 거짓말은 안 좋네요."

"거, 거짓말이라뇨? 말씀이 심하시네요. 남은 죽을 것처럼 괴로운 일을 가지고!"

윤정은 당황했지만 지지 않고 외쳤다.

"언니가 겪어 본 적이 없다고 해서 다른 사람도 안 겪는 건 아니에요. 남의 고민을 그런 식으로……."

"아무리 남의 관심을 받고 싶다고 해도, 해서는 안 되는 거짓말이 있어요. 단지 잘생긴 남자 좀 꾀겠다고 그런 거짓말을 한 걸 부모님이 아시면, 상처받지 않겠어요?"

"거짓말 아니라고요!"

윤정이 벌떡 일어나 빽 외쳤다.

카페 안의 사람들이 모두 이쪽을 돌아봤다. 하지만 나림의 표정은 조금도 변하지 않았다.

"미성년자가 해외에 나오기 위해서는 부모님의 동의가 필요하죠. 그런 상황에서 부모님 동의까지 받고 해외로 나왔다고요?"

몰랐다. 그런 게 필요한 줄은.

"그, 그건. 친구네 부모님한테……."

"그런 변명이 통할 거라고 생각해요?"

윤정의 얼굴이 빨개졌다.

윤정은 지금 무슨 말을 하든 통하지 않으리라는 것을 깨달았다.

"부부가 쌍으로 진짜 어이가 없네. 아줌마, 아저씨 둘이서 노는 거 불쌍해서 어울려 주려고 했더니!"

계획 실패는 분노로 이어졌다.

윤정은 나림을 똑바로 노려보며 욕설을 쏟아 냈다. 저렴한 욕설을 쏟아져도 나림의 표정은 전혀 변하지 않았는데, 그래서인지 화를 내는데도 속이 풀리지 않았다.

결국 윤정은 할 말 없는 사람이 하는 대표적인 문구를 내뱉었다.

"잘 먹고 잘 살아라!"

"……."

휙 돌아서서 도망치듯 카페를 나가는 윤정의 뒷모습을, 나림과 민혁은 황당하게 지켜봤다.

민혁이 한숨을 내쉬었다.

"미안해."

"미안하긴."

"물에 뛰어들기에 앞뒤 생각 안 하고 구했는데, 구하자마자 후회했어. 의도가 빤해서."

"이래서 잘생긴 남자를 옆에 두면 피곤해."

"피곤하다니. 충격이야."

"그래도 믿어. 믿으니까 괜찮아."

나림이 웃으며 민혁의 볼에 살짝 입을 맞췄다.

"여보도 곧바로 거짓말인 걸 눈치챈 거야?"

"당연하지. 집에 그런 일들이 있어서 죽으려는 사람은 저런 표정 못 지어. 누가 봐도 거짓말인데, 뭐."

"거짓말쟁이는 질색이야."

"그러게."

"난 그래서 애들을 싫어해."

"그래?"

"응. 난 원래 애들을 좋아하지 않아. 어려워, 애들은. 거짓말도 너무 많이 하고, 관심을 받기 위해서 무슨 짓이든지 하잖아. 어린애들이 더 잔인하다는 말을 실감해."

"흐응. 알겠어. 일단 일어나자."

나림이 일어났다.

민혁은 아차 싶었다. 나림의 표정이 어두웠기 때문이다.

내가 무슨 말실수를 한 걸까?

"여보야. 화났어?"

"아니, 화 안 났어."

"에이, 화났는데?"

"화가 난 게 아니라 당황스러워서. 아니, 슬프다고 해야 하나?"

"슬프다니, 왜? 아, 혹시 아이가 싫다고 해서 그래? 아냐, 물론 우리 사이에는 당연히……."

"민혁아."

나림이 민혁을 똑바로 응시했다.

"나, 임신했어."

"어?"

"나…… 임신했어."

나림이 불안하다는 듯 말했다.

"나, 며칠 전부터 몸이 계속 이상해서…… 비행기 타기 전에 잠깐 약국에 들렀거든. 거기서 임신……."

"임신했다고?"

"응, 그러니까……."

"정말로? 진짜로?"

"아니, 그게 산부인과에 가서 한 번 더 확인해 봐야 하지만……."

"내 아이? 우리 아이? 우리 아이가 지금 여기 들어 있다고?"

민혁이 아직은 날씬한 나림의 배 위에 손을 얹었다. 그의 눈이 휘둥그레 뜨여 있었다.

"응. 아마도."

"우와…… 우와, 우와, 우와……."

민혁은 무슨 말을 해야 할지 모르겠다는 듯 같은 감탄사를 반복하며, 나림의 배를 뚫어져라 응시했다.

나림의 우려와 달리, 싫어하는 기색은 아니라서 안심하는데 민혁이 갑자기 벌떡 일어났다. 그러더니 카페 안의 손님들을 돌아보며 외쳤다.

"여러분! 저, 아빠 됐대요!"

그 소리에, 카페 안이 술렁거렸다.

한국인이 아닌 사람들이 무슨 일인가 싶어 숙덕거리는데, 민혁이 다시 한 번 외쳤다.

"마이 와이프 이즈 프레그넌트!"

그 소리에, 오오, 하는 탄성과 함께 박수가 터져 나왔고 민혁은 의기양양하게 손님들의 축하를 받았다.

그리고 나림은,

'아, 도망치고 싶다.'

창피해서 죽을 것만 같다는 게 어떤 건지 실감하는 중이었다.

* * *

"아하하하하. 진짜 창피하다. 나 같으면 그대로 짐 싸들고 한국으로 돌아왔을 거야."

현서가 말했다.

신혼여행에서 돌아온 후 친정에 들러서 인사를 하고, 오늘은 시집에 왔다. 생각보다 이른 임신 소식을 들은 시어른들은 기쁨에 젖어, 벌써부터 아이에게 무슨 옷을 사 줄지, 어떤 장난감을 사 줄지 얘기하느라 바빴다.

그러다가 어떤 식으로 임신 사실을 알렸는지에 대한 이야기가 나왔는데, 나림이 카페에서 있었던 일을 설명하자 민혁의 가족들은 부끄러움을 대신 느껴야 했다.

"그게 왜 창피해? 내가 아빠가 됐고, 이왕이면 여러 사람들의 축하를 받는 게 좋잖아."

민혁은 뻔뻔했다.

"하여간 얘가 이래요. 왜 이렇게 주목받는 걸 좋아하나 몰라. 다른 사람들이라면 창피해서 죽고 싶어질걸."

"아, 맞아요. 언니, 제가 딱 그 기분을 느꼈어요. 도망쳐야 하나 심각하게 고민했죠."

"안 된다, 아가."

라고 말한 건 시아버지였다.

"넌 이제 이 집 사람이야. 이 집 아이도 갖고 있고. 둘 중 하나가 도망쳐야 하는 상황이라면, 저놈을 도망치게 만들어."

시아버지가 민혁을 가리키며 말했다.

"그래. 버려야 한다면 저쪽이지, 아무래도."

현서의 말에, 시어머니는 진지하게 고개를 끄덕였다. 민혁이 입술을 비쭉 내밀었다.

"아, 다들 왜 그래? 내가 뭐?"

"넌 창피한 놈이지만, 나림이는 예쁘고 귀엽잖아. 똑똑하고 능력도 있고. 성실하고 착하고. 그럼 보통 널 버리지, 나림이를 버리겠니?"

"그냥 나도 좀 안 버리면 안 돼? 내가 그렇게 쉬워? 나, 하나뿐인 아들이야."

"나림이는 하나뿐인 며느리다."

시어머니가 단호하게 말했다.

"아들 사랑은 엄마라는데, 우리 집은 뭐 이래."

민혁은 투덜거렸지만 진짜로 싫어하는 눈치는 아니었다.

즐거운 시간을 보내고 집에 돌아가는 길에는, 아이에 대한 대화를 나눴다.

딸이었으면 좋겠다, 아들이었으면 좋겠다. 사실 쌍둥이였으면 좋겠다.

이런 부분은 널 닮았으면 좋겠다, 저런 부분은 날 닮았으면 좋겠다. 둘 다 똑같이 반반씩 닮았으면 좋겠다.

집에 도착해서도 그런 대화를 나누었고, 침대에 누워서도 그런 이야기를 했다.

그렇게 늦은 시간까지 끊임없이 이야기를 하다가, 민혁이 나림을 끌어안고 말했다.

"여보야. 세상이 분홍빛이라는 말 알아?"

나림은 대답하지 않았다.

민혁은 딱히 대답을 기대한 건 아니었는지, 계속해서 말했다.

"나 요새 세상이 분홍빛으로 물든 것 같아. 정말 행복해. 아마 내일은 더 행복하겠지. 여보도 그랬으면 좋겠다."

"응, 나도 그래."

이번에는 대답을 했다.

정말로 그러하니까.

민혁과 알게 된 이후로 세상은 조금씩 분홍빛으로 물들기 시작했다. 그 분홍빛은 점점 짙어져, 어느새 내 몸에서 나는 향기마저 변하게 만들었다.

나의 향기는 그의 향기로, 그의 향기는 나의 향기로. 그렇게 섞여 아름다운 색채를 만들어 냈다.

오늘도, 내일도, 그리고 몇십 년 후에도 분홍빛 행복을 만끽할 수 있으리라는 것을, 나림은 믿었다.

번외 3.
참 좋은 날

"그러니까 나는 평생 나림이랑 같은 팀으로 지내게 될 줄 알았어. 상사인 와이프와 부하 직원인 남편. 아주 이상적이잖아. 안 그래?"

민혁은 눈썹을 축 늘어뜨리고 말했다.

그런 민혁을 동그랗고 맑은 눈동자 네 개가 바라보고 있었다. 미루와 미랑의 눈동자였다.

이제 4살이 된 미루와 태어난 지 6개월이 지난 미랑을 앞에 두고, 민혁은 더없이 진지한 고민 상담의 시간을 보내고 있었다.

나림은 야근이 있어서 아직 회사에 있었다.

"그래, 뭐. 100번 양보해서 다른 팀으로 갈 수야 있지. 나림이는 영상팀에서 반드시 필요한 존재니까, 내가 옮겨 가는 게 당연해. 그런데 왜 하필이면 나림이 전 남친이 팀장으로 있는 온라인 팀이냔 말이야. 물론 나림이는 이제 내 거야. 내가 나림이 남편이지! 그 형님이랑도 이제는 호형호제하는 사이가 되긴 했지만, 영 껄끄럽단 말이지. 그 형님, 아직도 애인이 없거든. 아무래도 나림이를 못 잊은 것 같아."

민혁이 심각하게 말했다.

미루는 아빠를 빤히 응시하다가 재미없어졌는지 옆에 있던 인형을 집어 들었고, 미랑은 졸린 듯 하품을 했다.

그래도 민혁의 고민 상담은 끝이 나질 않았다.

"그래, 그래. 뭐, 그것까지도 좋아. 나림이 전 남친이 내 상사인 거, 그것도 받아들일 수 있어. 그런데 말이야. 어째서……."

"으아아아아아앙!"

민혁의 이야기가 너무 재미없었던 모양이다. 미랑이 갑자기 울음을 터뜨렸다. 그러자 옆에서 잘 놀던 미루도 덩달아 울기 시작했다.

"으아아아아앙!"

"으에에에엥!"

"아, 형부. 좀."

소파에 앉아 TV를 보던 나현이 버럭 소리를 지르더니, 달려와 미루를 안아 들었다. 그리고 나림의 엄마도 부엌일을 하다가 말고 와서 미랑을 얼렀다.

"괜찮아. 괜찮아. 이모가 안아 줄게. 아빠가 너무 재미가 없지?"

"우리 공주님 오줌 쌌나? 아니면 아빠가 재미가 없어서 이러나?"

제각각 아이를 한 명씩 안아 들고 어르는 두 여자를 지켜보던 민혁이 말했다.

"장모님, 처제. 저 지금 진짜로 심각합니다."

"정 서방. 적당히 좀 하게. 이게 대체 며칠째인가?"

나림의 엄마가 기가 막힌다는 듯 말했다.

사위 사랑은 장모라는 말이 있다.

물론 나림의 엄마도, 잘생기고 젊은 나이에 능력도 있고 처가에도 잘하는 민혁을 무척이나 예뻐했다.

하지만 때때로 끝없이 지질해지는 민혁에게는 도통 적응이 되지 않았다.

이 잘생기고 젊고 능력 있는 사위는, 평소에는 동네 아줌마들 앞에서 어깨가 으쓱해질 만큼 멋있는데, 나림의 일만 관계되면 답 없는 바보가 된다.

"형부, 진짜 그만 좀 해요. 아니, 다른 부서로 발령받은 게 한 달이나 지났는데, 아직까지 그러는 건 좀 너무한 거 아니에요?"

나현이 진심을 담아 짜증을 냈다.

두 사람이 맞벌이라서 아이들은 나림의 엄마가 돌봐 주고 있었다.

민혁은 늘 처가로 퇴근을 해서 아이들을 데리고 집에 돌아갔는데, 나림과 다른 팀으로 가게 된 후로는 처가에 눌러앉을 작정인 것처럼 보였다. 나림이 퇴근할 시간까지 처가의 거실에 앉아, 아이들을 앞에 두고 재미없고 황당한 고민 상담의 시간을 펼치는 것이다.

나림의 아빠는 이제 익숙해진 듯, 민혁을 거실에서 노는 강아지처럼 보고는 지나갔지만 나현과 나림 엄마는 슬슬 이 바보 같은 형부이자 사위가 지겨워지기 시작했다.

이 인간이 집에 좀 빨리 갔으면 좋겠다.

"남들이 보면 아주 해외 발령받은 줄 알겠네. 그래 봐야 같은 부서잖아요. 어차피 사무실도 바로 옆이라며?"

"바로 그게 문제라고."

"아, 좀!"

뭐가 문제인지, 나현은 알고 있었다.

저번 주부터 귀에 못이 박이도록 들었기 때문이다.

영상팀에 신입 사원이 들어왔단다. 28살의 젊은 남자 신입 사원. 키도 훤칠하고 얼굴도 예쁘장하게 생겼다고 했다.

문제는 두 개였다.

일 잘하던 민혁을 굳이 다른 팀으로 보내고 신입 사원을 받았다는 점. 그리고 그 신입 사원의 교육을 나림이 맡았다는 점.

이 두 가지가 민혁을 괴롭혔고, 동시에 나현과 나림 엄마도 괴롭혔다.

민혁이 그 신입 사원에 대해 얼마나 뒷조사를 했는지, 아마 신입 사원의 부모님보다도 그 신입 사원에 대해 잘 알고 있을 것 같았다. 그리고 민혁에게 매일 그 신입 사원 이야기를 듣는 나현과 나림의 엄마 또한 그 신입 사원의 외모부터 키와 몸무게, 사는 곳까지 전부 알게 되었다.

"처제. 그렇게 가볍게 생각할 게 아냐."

"형부. 저, 가볍게 생각 안 해요. 진지하고 무겁게, 내 형부라는 사람이 무척이나 성가시다고, 한때 잠시나마 멋진 사람이라고 생각했던 내가 바보 같다고, 그렇게 생각하고 있다고요."

"처제. 그 친구는 28살이야."

"하아."

"내가 신입으로 들어와서 나림이한테 반했을 나이가 딱 28살이었다고."

"……형부. 누차 말씀드리지만, 지금은 그때보다 5년이 흘렀고, 나림이 언니는 더 이상 32살이 아니죠."

"하지만 나림이는 그때랑 똑같이 예쁘잖아!"

"……."

이 아내 팔불출을 어떻게 해야 할까.

"아니, 그때보다 더 예뻐졌어. 여자들은 애 낳고 그러면 살도 찌고 그런다는데, 나림이는 왜 점점 더 예뻐지는 거지? 불안해 죽겠어, 진짜."

"……."

"내가 28살을 겪어 봐서 잘 알아. 그 나이 대의 사내놈들은 나림이 같은 여자한테 반하게 되어 있어."

"아아, 그래요? 전혀 몰랐네요."

"알아 두는 게 좋아, 처제. 28살은 나림이를 좋아해."

우리 형부, 아무래도 정신이 좀 이상해진 것 같다.

나현은 한숨을 내쉬었다.

"정 서방. 우리 딸 예쁘게 봐 줘서 고맙기는 하다만, 나림이도 이제 37살이야. 애도 둘이나 있는 유부녀고. 28살 젊은 총각이 뭐가 아쉬워서 나림이한테 반하겠나?"

"장모님. 그렇지가 않아요. 일단 유부녀잖아요. 예쁜 유부녀. 아니, 예쁘고 능력 있고 성격까지 끝내주는 유부녀. 28살은 분명히 나림이한테 반할 겁니다. 안 반할 수가 없어요. 저도 매일 아침 눈을 뜰 때마다 새삼스럽게 반하거든요."

"……."

나림의 엄마는 속으로 한숨을 삼켰다.

물론 우리 딸이 남편에게 사랑을 받는 건 좋지만, 우리 딸의 남편은 너무 바보다.

"게다가 장모님이랑 처제는 회사에서 일하는 나림이를 못 보셨잖아요. 진짜 끝내주게 멋지다고요. 전 아직도 가끔 그 모습을 보면 깜짝깜짝 놀라요. 너무 멋져서."

"……여보. 와서 정 서방한테 뭐라고 좀 해 봐요."

나림의 엄마가 결국 아빠에게 도움을 청했다. 주방의 식탁에서 반찬을 집어 먹던 나림의 아빠가 건성으로 말했다.

"태민이 불렀어."

5분도 되지 않아 태민이 찾아왔다.

"이모, 이모부. 저 왔습니다."

넉살 좋게 들어온 태민은 잠든 미루와 미랑에게 가볍게 뽀뽀를 해 준 후, 민혁을 돌아봤다.

"나와라, 정민혁."

"형."

민혁이 눈썹을 늘어뜨렸다.

"그렇게 강아지 같은 눈으로 보지 마, 반할 것 같으니까. 얼른 나와. 가족들 귀찮게 하지 말고."

"장인어른, 장모님, 처제. 설마…… 내가 귀찮았어요?"

"설마라니. 그걸 진짜 몰라서 물어요? 매번 말하잖아요. 귀찮아 죽겠다고."

나현이 단호하게 말했다.

민혁은 어깨를 축 늘어뜨리고 태민을 따라 밖으로 나갔고, 그제야 나림의 가족들은 한숨 돌릴 수 있었다.

"너, 인마. 적당히 좀 해라."

태민이 편의점으로 향하며 말했다.

"하지만 형. 그렇잖아. 28살이라고."

"아니, 그놈의 28살도 좀 적당히 하라고. 세상 모든 28살의 남자들이 나림이한테 반하는 건 아니잖아."

"아니. 세상 모든 28살은 나림이한테 반할 거야. 나림이는 죽여주게 예쁘니까. 남자들은 예쁜 여자를 좋아하고."

"하아. 너, 나림이 못 믿냐?"

"믿어. 나림이는 믿지, 당연히. 하지만 28살의 남자를 못 믿어."

"……."

"난 나림이를 얻기 위해서 무슨 짓이든 할 수 있었다고. 분명 그 신입도 그럴 거야."

"아니, 아니. 대체 왜 벌써 그 신입이 나림이한테 푹 빠졌을 거라고 생각하는 건데? 고작 일주일 지났다고."

"형. 난 나림이를 처음 보고 반하는 데까지 10초도 걸리지 않았어."

"그러니까. 세상 모든 28살이. 너의 28살 때와 같지 않을 거라니까."

벌써 몇 번째 이런 일을 반복한 태민은, 목소리에 분노를 실어, 또박또박 끊어 말했다. 하지만 민혁은 만만치 않은 상대였다.

"형. 남자는 다 똑같아. 솔직히 까놓고 말해서, 형 28살에 나림이 좋아했어, 안 좋아했어?"

민혁의 맑고 순진해 보이는 눈동자가 태민을 똑바로 향했다. 순간 태민은 뜨끔했다. 민혁이 알고 물어보는 거라는 생각이 들었기 때문이었다.

하지만 민혁은 알 리 없었다.

태민은 황급히 표정을 갈무리하고 말했다.

"좋아했지, 물론. 하지만 그건 이성으로가 아니라 친구로 좋아한 거였어."

"물론 형이야 그럴 수 있지. 워낙 어릴 때부터 알아 왔으니까."

역시 민혁은 이쪽이 품었었던 마음을 조금도 눈치채지 못하고 있었다.

다행이라고, 태민은 생각했다.

오래전에 잘 정리한 그 마음을 들켜서 나림이나 민혁과 껄끄러운 관계가 되고 싶지는 않았다. 고백 한 번 해 보지 못했기에 더욱 애절하고 서글픈 그 감정은, 앞으로도 쭉 수면 아래에 잠들어 있어야만 했다.

그게 모두를 위해 좋았다.

"사실은 형. 내가 질투심이 많은 게 아냐."

"아니, 넌 세상 어느 누구보다도 질투심이 많아."

"아냐, 형. 형도 내 상황을 들으면 이해할 거야. 어제 복도에서 나림이를 마주쳤거든."

"응."

"나림이랑 잠깐 얘기 좀 하려고 하는데, 때마침 신입이 나오더라고."

"응."

"이상하지 않아? 나림이가 복도로 나왔을 때 신입이 나온 거."

"……대체 어디가 어떻게 이상한 건지 하나도 모르겠다."

"나도 예전에 그랬단 말이야. 나림이 나가면 잠깐이라도 개인적으로 대화할 수 있을까 싶어서, 나림이 뒤를 따라 나갈 때가 몇 번 있었다고."

"하아."

"게다가 날 딱 보더니, 위아래로 훑어보고 살펴보고, 그러다가 나림이한테 과장님, 하고 부르더라고."

"나림이는 과장이니까. 나림아, 하고 부른 것도 아닌데 그게 문제가 돼?"

"나림이 앞에 내가 있는데, 나한테는 아는 척도 안 하더라니까?"

"네가 누군지 모르니까."

"형은 아무것도 몰라."

"어. 진짜 아무것도 모르겠다."

"내 마음을 알아주는 사람은 아무도 없어."

민혁이 투덜거리며 테이블에 엎드렸다.

태민은 거기에 라면 국물이 말라붙어 있어서 더럽다고 말해줄까 하다가 관뒀다. 내 친구의 남편은 참 성가신 남자다.

"너, 나림이한테도 이러냐?"

"에이, 설마. 나림이한테는 절대 안 그러지. 나림이를 귀찮게 하진 않아, 절대."

"네가 지금 우리를 귀찮게 한다는 자각은 있는 거였군."

"당연하지, 난 바보가 아니라고."

"아니, 누구보다도 바보야. 네 딸들이 안쓰럽다, 진짜. 걔들이 뭘 안다고 허구한 날 고민 상담이야? 애들 좀 귀찮게 하지 마."

"어? 나림이한테 전화 왔다!"

민혁은 태민의 말을 귓등으로도 안 들었다.

"응, 여보야. 응. 아, 지금 태민이 형이랑 편의점에서 한잔하고 있어. 응, 그래? 알겠어. 괜찮아, 신경 쓰지 말고 편하게 일하다가 와. 응. 사랑해."

태민과 있을 때와는 달리 해실거리며 통화를 끝낸 민혁이, 다시 눈썹을 축 늘어뜨렸다.

"형, 나림이 더 늦을 것 같대."

"그래, 그거참 안됐구나. 얼른 미루랑 미랑이 데리고 집에 가라, 좀."

"싫어. 나랑 좀 더 놀아 줘, 형. 난 얘기를 하고 싶다고."

"내 얘기는 귓등으로도 안 듣잖아! 너, 구타 유발자라는 소리 안 들어봤냐?"

"어? 안 그래도 나림이랑 결혼하고 나서 종종 들었어. 친구들이랑 우리 가족들한테. 왜들 그러나 몰라. 너무 알콩달콩해서 질투나나?"

"그럴 리가 있냐? 아, 난 비폭력주의, 평화주의자였는데. 간디처럼 살고 싶었는데, 너만 보면 진짜."

"형, 너무 부러워하지 마. 형도 곧 좋은 여자 만날 거야."

"……."

* * *

민혁과 통화를 끝낸 나림을, 신입인 한철이 또랑또랑한 눈으로 응시하고 있었다. 강아지 같은 그 모습에 나림은 피식 웃었다.

"뭘 그렇게 봐요?"

"남편분이세요?"

"네. 남편."

"과장님은 남편분이랑 통화하실 땐 목소리가 완전 달라지는 것 같아요."

한철의 말에 나림은 얼굴을 붉혔다. 옆에 한철이 있는 걸 의식해서 평소와 똑같은 목소리를 내려고 했는데.

"나, 목소리가…… 그랬어요?"

"네, 그랬어요. 아하하하. 과장님, 얼굴이 빨개졌어요."

한철은 무섭고 어렵기만 했던 자신의 상사가 얼굴을 붉히는 모습을 보는 게 즐거운 모양이었다.

"아무튼, 한철 씨는 그만 들어가도 돼요. 우리 회사, 신입한테는 야근 안 시켜."

"신입 딱지 떼고 나면 마구 부려 먹으려고요?"

"응. 그런 거죠. 그러니까 정시 퇴근 할 수 있을 때 해 둬요. 나중에 가서 후회하지 말고."

"하지만 전 열심히 배우고 싶어요. 빨리 일에 익숙해지고 싶기도 하고."

"결혼해야 하니까?"

"네, 결혼해야 하니까요."

나림은 한철이 입사 첫날 했던 이야기를 떠올리며 빙그레 웃었다.

한철의 교육을 맡게 되었을 때, 28살이라는 말을 듣고 예전에 민혁과 처음 만나던 날을 추억했었다.

민혁이도 처음 입사했을 때의 나이가 28살이었지. 풋풋하구나. 그때, 참 귀여웠는데.

그런 생각을 하면서 한철이 기다리고 있는 회의실에 들어갔다. 허리를 꼿꼿이 세우고 긴장한 모습으로 기다리는 한철을 보니, 민혁이 떠올라 웃음이 나왔다.

앞으로의 업무와 주의사항에 대해 간단하게 설명을 하고, 긴장을 풀어 주기 위해 짧은 사담을 나누는데 한철이 물었다.

"과장님, 빨리 승진하려면 어떻게 해야 할까요?"

"승진이요? 빨리 승진해야 하는 이유가 있어요?"

"네. 저, 결혼하고 싶은 여자가 있거든요."

그렇게 말하며, 한철은 해맑게 웃었다.

"처음이에요. 결혼하고 싶다는 생각이 드는 여자를 만난 게. 예쁘고 요리도 잘하고 되게 착해요. 얼른 자리 잡고 그 애랑 결혼하고 싶어요."

신나서 애인 자랑을 하는 한철이 밉지 않았다.

예전에 재훈이나 미현을 만나면 늘 듣는 소리가 있었다. 민혁의 나림 자랑 때문에 악몽까지 꾼다는 소리였다.

민혁도 그 친구들 앞에서 이런 표정으로, 이런 이야기들을 했을까 생각하니, 한철의 애인 자랑을 듣는 시간이 즐거웠다.

얼른 승진하고 싶다는 각오는 말뿐만이 아니었는지, 한철은 유독 열심히 일했다. 그래서 오늘도 하지 않아도 되는 야근까지 자처해서 하고 있는 것이다.

"여자 친구한테 결혼하자는 얘기는 했어요?"

거래처에서 답이 오기를 기다리며, 한철에게 물었다.

"네, 당연히 했죠. 여자 친구도 좋다고 했어요."

"그래요, 잘됐네. 언제쯤으로 계획하는데요?"

"전 올해가 가기 전에 하고 싶은데, 아직 모아 둔 돈이 없어서요. 집에서 어느 정도 지원을 해 주실 것 같긴 한데, 그걸로는 부족하고."

"여자 친구는?"

"몸만 오라고 했어요!"

"흐음."

"제가 진짜로 좋아하거든요. 과장님은 결혼하실 때 어땠어요? 남편분이 부하 직원이었다고 들었는데, 그럼 남편분도 저랑 비슷했어요?"

"아니, 우리 신랑은 그 전에 틈틈이 일해서 번 돈도 있었고. 그래서 비슷하게 모아서 결혼을 준비했던 것 같아요."

"아, 그러시구나. 남편분, 진짜 잘생기셨더라고요. 깜짝 놀랐어요, 저번에 복도에서 마주쳤을 때."

"아, 잘생기긴 했죠."

"행복하세요?"

"응, 행복해요."

나림이 부드럽게 미소를 지었다.

"정말로 행복해요."

그런 나림을 물끄러미 응시하던 한철이 물었다.

"과장님은 지금 남편분이랑 결혼을 결심한 이유가 있었어요?"

"있었죠, 당연히."

"어떤 점이었어요?"

"음. 뭐라고 해야 할까. 남의 연애사는 재미없을 텐데."

"재미없긴요. 꼭 듣고 싶어요."

나림은 잠시 입을 다물고 한철의 표정을 가만히 살펴봤다. 그저 행복해 보인다고만 생각했는데, 방금은 좀 이상했다. 뭐라고 해야 할까. 불안해하고 있다고 말해야 하나?

'아니, 내가 예민하게 생각하는 거겠지. 한철 씨가 불안해할 이유가 없잖아.'

"어릴 때부터 늘 책임감이라는 걸 가지고 살았어요. 항상 뭔가를 책임져야 하고, 그러려면 성공해야 하고. 그런 생각을 늘

품고 살았었죠. 남들이 기대하는 내 모습이 있으니, 나도 거기에 맞춰야만 한다고 생각했었는데, 지금 우리 신랑 만나면서 어깨에 짊어지고 있던 짐을 내려놓을 수 있었어요."

나림은 담담하게 말했다.

"같이 있으면 참 편안하고 좋아요. 내가 어떤 모습이어도 이 사람이 날 사랑해 주고 아껴 줄 걸 아니까, 그걸 믿으니까 불안하지 않아요. 그 어떤 일이 생겨도 이 사람 손을 잡고 걸어갈 수 있겠구나, 이 사람이 내 손을 놓는 일은 없겠구나. 그런 확신이 있었어요. 그래서 결혼했고."

"아아, 그러시구나. 두 분, 정말 잘 어울리시더라고요."

"응, 우리 잘 어울리죠."

"부럽다."

"한철 씨도 잘 어울리는 커플이지 않아요?"

"네, 당연히 우리도 잘 어울리죠."

한철이 웃으며 말했다.

어째서인지 그 웃음이 쓸쓸해 보였다.

* * *

혼났다.

민혁은 집에 가려고 미루와 미랑을 차에 태우다가, 나현에게 혼쭐이 났다.

"형부. 애들한테 고민 상담하는 거, 진짜로 그만둬요. 계속 그러면 언니한테 형부가 얼마나 찌질한지 다 이를 거야! 알겠어요?"

"내가 찌질해?"

"그럼 당당하고 멋있어 보일 줄 알았어요?"

"언제는 멋있는 형부라서 좋다며?"

"그런 말은 한 적 없거든요? 형부는 잘생겼지만 찌질해요. 세상에서 제일 찌질한 남자야. 이런 남자인 줄 알았으면 우리 언니를 안 줬을 텐데."

"아니, 처제가 안 줬어도 나는 나림이를 손에 넣었을 거야. 어떻게든."

"놀고 있네."

"처제. 형부한테 말이 너무 심한 거 아냐?"

짐짓 근엄하게 말하는 민혁을 어이없다는 듯 올려다보던 나현이 말했다.

"형부. 이제 와서 엄한 척해 봐야 하나도 안 먹혀요. 근엄하고 멋있는 척하려면, 우리 집에 와서 애들한테 징징거리는 것 좀 관두란 말이야. 대체 누가 아빠고 누가 애인지."

"이모. 나 졸려."

미루가 칭얼거렸다.

"응응, 미루야. 조심해서 가고. 내일 또 와. 아빠가 또 징징거리면 이모한테 말하고."

"아빠는 매일 징징거리는걸."

나현이 민혁을 째려봤다.

민혁은 눈썹을 늘어뜨리고 도망치듯 차에 탔다. 나림과 비슷하게 생긴 얼굴이 무시무시한 표정으로 째려보면 몸 둘 바를 모르겠다.

차를 타고 집으로 향하며, 민혁은 미루에게 물었다.

"미루야. 아빠, 멋있지?"

"아니. 엄마만 멋있어."

아이들은 솔직했다.

* * *

야근을 끝내고 집에 도착했을 때, 미루와 미랑은 잠들어 있었다. 나림은 미루와 미랑에게 뽀뽀를 해 준 후, 뒤에서 기다리는 민혁에게 안겼다.

이 순간이 하루 중에 가장 좋았다. 민혁의 따뜻한 품에 안기면 피로가 싹 풀린다.

민혁은 나림을 소중히 보듬어 안고 머리를 쓰다듬었다.

"오늘도 고생 많았어."

"여보도."

"요새 야근이 많네."

"응. 프로젝트 때문에. 여보네 팀은 하나 끝나서 좀 한가하지?"

"응. 아쉽게도."

"야근 없는 게 뭐가 아쉬워?"

"아쉽지. 여보랑 회사에 같이 있는 게 좋단 말이야."

"으이그. 그럼 미루랑 미랑이는 누가 보고? 난 여보가 미루랑 미랑이를 봐줘서 안심하고 일할 수 있는데."

"아, 그래야 여보가 안심된다면 안 아쉬워."

얼른 말을 바꾸는 민혁이 귀여웠다.

이 남자는 벌써 서른이 넘었는데도 귀여워 죽겠다. 마흔 살이 되어도 이렇게 귀여울까?

'쭉 귀여울 거야. 나의 커다란 강아지니까.'

나림이 씻고 나오자, 민혁이 나림을 소파 앞에 앉히고 어깨를 주물러줬다. 두 다리를 쭉 펴고 그의 안마를 받자 몸이 노곤해졌다.

어깨와 목덜미를 안마하던 손길이 어느새 입맞춤으로 바뀌었다. 뜨겁고 부드러운 입술이 눌리는 감각에 몸이 저릿해졌다.

"안 돼. 애들 있잖아."

"우리 벌써 일주일이나 못 했어."

"일주일이나 됐어?"

"응. 하루에 한 번은 해야 하는데."

"아니, 이건 하루에 한 번 해야 하는 의무가 아니거든?"

"응. 이건 내 권리지."

민혁이 나림의 귓불을 지분거리며 말했다. 달큰한 전율이 서서히 온몸으로 퍼졌다.

민혁은 나림의 옷 안으로 손을 넣어 가슴을 주물렀다. 그의 손가락이 유두를 꼬집듯이 돌릴 때의 느낌이 좋았다.

"안 돼, 정말로."

밀어내는 나림의 손에는 힘이 들어가 있지 않았다. 민혁은 나림을 번쩍 안아 들고 침실로 향했다.

침대에 나림을 눕힌 민혁은 능숙하게 나림의 옷을 벗기고 본격적으로 애무하기 시작했다. 결혼을 한 지 몇 년이나 지났는데도, 그의 애무는 여전히 뜨겁고 강렬하고 다정했다.

그의 입술이 부딪치는 곳마다, 그의 손길이 닿는 곳마다 뜨겁게 달아올랐다. 나림의 몸은 순식간에 젖어 들었고, 호흡이 조금씩 빨라지기 시작했다.

헐떡거리던 나림이 두 팔로 민혁을 끌어안으려고 할 때였다.

"엄마!"

거실에서 미루가 나림을 부르며 달려오는 소리가 들려왔다.

"으아."

나림은 황급히 이불을 끌어당겨 몸을 가렸고, 민혁은 아무 일도 없는 척 침대 끝에 가서 엉덩이를 걸치고 앉았다.

미루가 안방 문을 열었다.

"엄마. 나 쉬."

"어, 어. 그래, 아빠가 해 줄 거야."

“난 엄마가 좋은데.”

“아빠 상처받아. 그런 말 하지 마.”

“그래도 난 엄마가 좋은데.”

“너무해, 미루. 아빠가 매일 데려다주고 데리러 오는데. 아빠로는 부족한 거야?”

민혁이 징징거렸다.

“아빠는 좀…….”

미루는 솔직하지만 아빠의 마음을 배려해서인지 뒷말을 잇지 않았다.

민혁은 미루를 안아 들고 화장실로 향했다. 미루가 쉬를 하는 동안, 민혁은 옆에 지키고 서서 말했다.

“미루야. 이제 혼자서 쉬할 때도 됐잖아. 스스로 척척척 잘하는 어린이가 돼야지.”

미루는 대답하지 않았다.

“미루야. 아빠가 하는 말에 대답 좀 해 줄래?”

“아빠.”

“응?”

“다 쉬 다했어.”

“……그래.”

민혁은 미루의 옷을 입혀 주고 번쩍 안아 미루의 침대로 향했다. 미루를 눕히고 머리를 쓰다듬어 주노라니, 미루가 잠에 눌린 목소리로 말했다.

"아빠, 사랑해."

민혁의 입가에 다정한 미소가 번졌다.

"응, 나도. 우리 미루 사랑해."

미루가 푹 잠든 것을 확인하고, 심기일전하여 안방으로 향한 민혁은 침대에 파묻혀 잠든 나림을 발견했다. 민혁은 미소 지으며 조심스럽게 침대로 들어갔다.

새근새근 고른 숨을 내쉬며 자는 나림은 편안해 보였다. 그래서 다행이라고, 민혁은 생각했다.

내가 사랑하는 여자가, 내 옆에서 이렇게 행복한 표정으로 잠드는 건 정말 축복받은 일이다.

민혁은 나림의 이마에 가볍게 키스를 하고, 자신도 잠을 자기 위해 눈을 감았다.

* * *

복도를 서성이는 민혁을 발견한 명호는 피식 웃으며 그의 뒤로 살금살금 다가갔다. 민혁의 어깨를 툭 쳤더니, 민혁이 소스라치게 놀라 뒤를 돌아봤다.

"아, 팀장님. 깜짝 놀랐잖아요."

"뭐해? 또 와이프 감시해?"

"에이, 와이프 감시라뇨. 남들이 들으면 제가 의처증 있다고 생각하겠습니다."

"있잖아, 의처증."

"그런 거 아니에요, 팀장님."

그렇게 말한 민혁이 잠시 고민을 하다가 물었다.

"역시 있는 걸까요, 의처증?"

눈썹을 늘어뜨리고 말하는 민혁이, 명호는 귀여웠다.

예전에는 참 밉기만 하던 라이벌이었는데, 나림을 향한 마음이 정리된 지금은 이 부하 직원이 귀여워 보였다.

민혁은 어디를 가든 사랑을 받을 법한 남자였다.

나림이 이 남자를 선택한 이유를, 이제는 좀 알 것도 같았다.

"뭐, 혼자 그러는 거야 상관없는데, 최 과장 앞에서도 그러면 그때부터는 문제가 되겠지."

"그 부분은 걱정하지 않으셔도 됩니다. 제가 나림이 앞에서는 절대 티를 안 내거든요."

"나림이가 그렇게 의심스러워?"

"아뇨. 그럴 리가요. 전 그냥 남자를 못 믿는 거예요, 남자를."

"흐음. 이번에 들어온 신입 말이지?"

"네."

"그래, 그 신입, 잘생겼더라. 우리 팀 여직원들도 그 신입 얘기 많이 하던데. 귀엽다고."

민혁을 놀려 주고 싶은 마음에 그렇게 말했더니, 아니나 다를까 민혁의 표정이 대번에 어두워졌다.

"맞아요. 저도 들었어요. 그 신입, 웃으면 엄청 귀엽다더라고요."

"최 과장이 그런 말을 했어?"

"아뇨, 그럴 리가요. 여직원들한테 들었죠. 정 대리님, 큰일 났네요. 영상팀 신입 엄청 귀여워요. 영상팀 신입이 최 과장님을 엄청 졸졸 따라다닌대요. 그런 말을 하더라고요."

"흠. 그래, 졸졸 따라다니는 것 같기는 하더라."

"어쩌죠? 그 녀석이 나림이한테 반하면?"

"뭘 어째? 반하는 건 어쩔 수 없잖아. 중요한 건 최 과장 마음이지."

"물론 나림이가 그럴 일은 없다고 생각해요. 하지만 그놈이 작정하고 덤비면 모를 일이잖아요."

"미쳤다고 유부녀한테 작정하고 덤비겠어?"

"전 나림이가 유부녀였더라도 작정하고 덤볐을 겁니다. 너무 내 취향이라서."

"그래, 최 과장이 솔로였어서 다행이네."

"아무튼 전."

거기까지 말했을 때 영상팀 사무실 문이 열리고 나림이 나오는 모습이 보였다. 민혁이 후다닥 숨었고, 명호도 얼떨결에 같이 숨고 말았다.

나림은 화장실에 가려고 나온 듯 화장실을 향해 걸어가고 있는데, 또 사무실 문이 열리더니 한철이 나와서 나림의 뒤를 따라

갔다.

나림을 불러 세운 한철이 무어라 말했고, 나림이 휴대폰을 들고 뭔가를 확인하더니 고개를 끄덕였다.

한철이 다시 사무실로 들어갔고, 나림도 화장실로 들어갔다.

숨어서 모든 광경을 지켜본 민혁이 말했다.

"저것 봐요. 뭔가 이상하지 않아요?"

"흐음. 그런데 내가 알기로……."

명호가 이쯤에서 한철에게 연인이 있다는 말을 해 주는 게 좋지 않을까 싶어 입을 여는데, 민혁의 휴대폰이 울렸다. 나림에게 온 톡이었다.

[여보야. 나 이따가 신입이랑 저녁 먹고 들어갈 것 같아. 여보는 엄마랑 저녁 먹고 들어가. 말해 둘게.]

민혁이 그대로 휴대폰을 돌려 명호에게 보여 줬다.

"이것 봐요. 정말 이상하죠?"

*　*　*

"그래서?"

태민은 심기가 불편해 보였다.

"왜 나까지 여기로 불려 와야 하는 건데?"

태민이 담배를 꺼내 입에 물며 민혁과 명호를 노려봤다. 명호가 어색하게 웃었다.

"미안하다. 나만 당할 수는 없어서."

"형. 진짜 너무하네. 민혁이 하는 짓에 일일이 말려들지 말라고. 말려들더라도 거기에 날 끌어들이지는 말고, 좀."

저녁이나 먹자는 명호의 전화를 받고 룰루랄라 회사 앞으로 찾아온 태민은, 불려 온 진짜 이유를 듣고 나서 두 남자를 앞에 세워 두고 화를 내는 중이었다.

"아, 그래. 정민혁이 아주 미쳐 가지고 나림이 때문에 전전긍긍하는 건 그렇다 쳐. 왜 형까지 나서서 야단이야? 두 사람, 예전에는 그렇게 못 잡아먹어서 안달이더니."

"아니, 그런 적은 없는데."

"난 원래 부장님을 존경했습니다."

쿵짝이 잘 맞는 둘의 모습에, 태민은 깊은 한숨을 내쉬었다. 이 인간들, 자기들 모습이 얼마나 웃겨 보일지는 안중에도 없는 모양이다.

태민은 담배를 전부 피운 후 물었다.

"이번엔 또 뭐가 문제인데?"

"나림이가 신입이랑 밥 먹을 거래."

"그런데?"

"이상하지 않아?"

"뭐가 이상해? 너랑도 밥 먹었었잖아."

"아냐. 나림이는 나랑 사귀기 전에, 개인적으로 밥을 먹은 적은 없어. 선을 딱 긋는 여자라고."

"이제 선을 딱 긋지 않기로 했나 보지."

태민이 건성으로 대꾸한 말에 민혁이 눈썹 끝을 내렸다. 버림받은 강아지 같은 표정을 짓는 민혁의 모습에, 명호가 말했다.

"태민아. 그런 식으로 말하지 마. 정 대리 불안해한다."

"뭐야, 형. 이제 민혁이 편이야? 형, 형은 민혁이한테 사랑하는 여자를 뺏겼다고."

"뺏긴 게 아니라 예쁘게 잘 넘겨준 거지. 민혁이는 잘 넘겨받았고. 난 아빠와 같은 마음으로……."

"아, 됐고. 하여간 그래서? 나림이를 미행이라도 하게?"

"미행할 것도 없어. 어디로 가는지는 아니까."

민혁이 말했다.

"어떻게 알아?"

"나림이가 말해 줬어. 회사 앞에 초밥 먹으러 간다고."

"그럼 진짜로 문제없는 거 아냐? 속일 게 없으니까 다 말해 주는 걸 텐데, 뭐가 불안해서 이 야단이야?"

"나림이는 믿어. 나림이는 날 속이지도 않지. 하지만 신입을 못 믿겠다고. 남자는 다 똑같단 말이야!"

"하아. 형도 같은 생각이야?"

태민이 명호를 보며 물었다.

명호는 어깨를 으쓱할 뿐, 이렇다 할 대답을 해 주지 않았다.

태민은 이 인간들이 몹시 한심스러웠지만, 결국 이들과 함께 초밥집으로 향하는 수밖에 없었다.

* * *

주문을 하고 나서 나림은 한철을 물끄러미 응시했다.

불과 며칠 전까지만 해도 애인이랑 결혼할 거라며 해맑게 말하던 한철이었다. 그런데 어제부터 분위기가 좀 어둡다 싶더니, 오늘 갑자기 진지하게 상담하고 싶은 이야기가 있다고 말을 해 왔다.

왠지 보통 일이 아닐 것 같아서 저녁을 먹기로 했는데, 막상 여기까지 오니 이게 과연 잘한 짓일지 의심이 됐다.

'난 이 사람의 고민을 상담해 줄 만큼 친하지가 않은데.'

한철이 왜 하필이면 자신을 고민상대로 삼았는지 알 수가 없었다. 직장 상사라면 사적인 일을 털어놓고 싶지 않은 1순위일 텐데.

뭐라고 말을 꺼내야 좋을지 몰라 묵묵히 지켜만 보는데, 한철이 입을 열었다.

"죄송해요, 과장님."

"응? 뭐가요?"

"남편분이랑 좋은 시간 보내셔야 하는데, 제가 시간을 뺏은 것 같아서요."

"아니, 괜찮아요. 남편이랑은 매일 같이 있는데, 뭐."

뒤쪽 테이블에서 그 이야기를 들은 민혁이,

"난 매일 봐도 더 보고 싶다고!"

라고 중얼거리고 있다는 것을, 나림은 까맣게 몰랐다.

"과장님. 실례라는 걸 알지만 하나 여쭙고 싶어요."

실례라고 생각하면 묻지 말지, 라고 생각했지만, 어쨌든 고민을 상담하러 왔으니 얘기를 들어보기로 했다.

"응, 물어봐요."

"저, 남편분이랑 사귄 후에 바람피운 적 있으세요?"

뒤쪽의 민혁이 바짝 긴장했다는 걸 전혀 모르는 나림은, 생각해 볼 것도 없다는 듯 답했다.

"없어요."

"아, 그러니까. 음. 따로 만나거나 하지 않았더라도, 다른 남자가 눈에 들어오거나 그런 적……."

"없어요, 단 한 번도."

"아, 그러시구나."

한철이 깊은 한숨을 내쉬었다.

"한철 씨. 여자 친구랑 무슨 일 있어요?"

연애 문제구나 싶어서 조심스럽게 물었다. 그러자 한철이 갑자기 눈물을 뚝뚝 흘리기 시작했다.

생각지도 못한 광경을 목격하게 된 나림은, 눈을 휘둥그레 뜬 채로 굳어 버렸다.

내 앞에서 남자가 울고 있어!

친하지도 않은 남자가 갑자기 울음을 터뜨리면 어떻게 해야 좋은 걸까?

전혀 알 수가 없었다.

나림이 혼란스러워하고 있을 때, 한철이 손등으로 눈물을 쓱 닦아 내고 말했다.

"아, 죄송해요. 갑자기 눈물이……."

한철은 눈물을 멈췄지만 눈가는 여전히 벌겠다.

이거 보통 일이 아닌 것 같다. 나림은 도망치고 싶어졌다.

"저, 과장님. 여자 친구가 바람을 피우고 있어요."

"아……."

"사실은 과장님이랑 남편분이 정말 부러웠어요. 두 분은 결혼하고 아이도 있는데, 여전히 서로를 꿀 떨어지는 눈빛으로 바라보잖아요."

"아, 우리가 그랬나요?"

"네. 장난 아니에요. 그래서…… 부러웠어요. 제 여자 친구는 절 그렇게 봐 주지 않거든요."

"아."

의미 없는 감탄사를 내뱉는 것 외에는 할 말이 없었다.

"여자 친구가 엄청 예뻐요. 정말 세상에서 제일 예뻐요. 그래서 인기도 많고, 남자들이 많이 따라붙어요. 그래도 절 좋다고 해 줘서 정말 기뻤는데…… 그런데 아니었나 봐요. 사귀고 나서

부터는 뭔가 시들해지더니, 연락도 잘 안 되고…… 결혼하자는 말에도 언젠간 해야지, 하고 시큰둥하게 대답하고."

"아."

"바람을 피우고 있었나 봐요. 아무래도 꽤 오래된 사이인 것 같아요."

"확실한 거예요? 한철 씨가 오해하는 게 아니고?"

"네. 사진을…… 봤어요."

"사진?"

"네. 하고 있는 중에 찍은 사진."

"아……."

"걔가 휴대폰 잠깐 놔두고 화장실 갔을 때. 아, 그러면 안 된다는 거 아는데, 봤어요. 제가 걔 비번을 알거든요. 그래서 봤는데…… 상상도 못 했던 것들이 있었어요. 남자도…… 한 명이 아니고. 다 다른 남자들이랑……."

우와. 이거 큰일 났다. 얘기가 점점 어두워진다.

나림은 민혁에게 SOS를 보내고 싶었다. 아니, 민혁이 아니라도 좋았다. 태민이든, 명호든, 누구든 와서 좀 도와줬으면 좋겠다.

"그거, 여자 친구한테도 말했어요?"

그때, 마법이라도 부린 듯 민혁의 목소리가 뒤에서 들려왔다.

"말 안 했겠지. 그러니까 고민하는 거 아냐."

태민의 목소리도.

“저기, 둘 다 그냥 좀 앉지? 우리 몰래 온 거잖아.”

명호의 목소리도.

환청을 들은 건 줄 알았는데, 한철이 놀란 눈으로 나림의 뒤쪽을 보고 있어서 실제 상황이라는 걸 깨달았다. 나림은 벌떡 일어나서 휙 돌아봤고, 흥미진진한 상황에 저도 모르게 끼어든 민혁과 태민은 어색하게 웃었다.

사자 앞의 토끼처럼 긴장한 두 사람을 노려보던 나림의 시선이 명호에게 향했다. 명호가 애꿎은 물 컵을 빙글빙글 돌리며 말했다.

“아니, 난 이러지 말자고 했는데…….”

“신랑은 바보니까 이럴 수 있어요. 태민이도 바보라서 이럴 수 있고. 그런데 윤 부장님은 이러시면 안 되는 거 아니에요?”

“어, 안 되지. 나도 말렸는데…….”

“말리긴 뭘 말려? 형이 날 부른 거잖아!”

태민이 투덜거렸다.

“맞아요. 누구보다도 신나셨으면서.”

민혁이 거들었다.

“하아. 내가 왜 여기 있는지 모르겠다. 집에 가고 싶어.”

명호가 허공을 응시하며 중얼거렸다.

나림은 이 기가 막힌 상황을 어떻게 무마시켜야 좋을지 알 수 없었다. 그래서 셋을 노려보며 생각을 정리하는데, 한철이 말했다.

"저, 아직 여자 친구한테는 말 안 했어요."

한철이 말을 하기가 무섭게, 태민이 씩 웃으며 나림 쪽 테이블로 자리를 옮겼다.

"그래요? 왜 안 했어요?"

민혁과 명호도 은근슬쩍 이쪽 자리로 옮겨 오는 바람에, 나림 쪽에 나림과 명호, 민혁, 태민이, 그리고 반대쪽에 한철 혼자 앉아 있는 기이한 구도가 완성되었다.

한철은 슬픔과 충격 때문에, 세 남자의 등장을 이상하게 생각할 여유도 없는 것 같았다. 어쩌면 누구든 고민을 들어 줄 사람이 필요했는지도 모르겠다.

나림은 포기하고 자리에 앉았다.

"헤어지자고 할까 봐 무서워서요."

한철이 대답했다.

"아니, 왜 한철 씨가 무서워해요? 여자 쪽에서 무서워해야지. 잘못을 한 건 여자 친구잖아."

명호의 말에 한철이 쓴웃음을 지었다.

"제가 더 좋아하거든요. 여자를 처음 사귀어 본 거라."

"뭐라고? 진짜로요?"

"네. 제가 남중, 남고, 공대를 나와서 여자를 사귈 기회가 없었어요. 그래서…… 지금 여자 친구가 처음이에요."

"헐."

세 남자가 동시에 탄성을 내뱉었다.

'이거 어디서 많이 듣던 얘긴데.'

라고, 나림은 생각했다.

남중, 남고, 공대를 나와서 여자 만날 기회가 없었다는 말, 예전에 민혁에게도 들었다.

물론 다른 게 있다면 민혁은 거짓말이고, 지금 한철은 거짓말을 하는 것처럼 보이진 않는다는 점뿐.

민혁은 그 사실을 아는지 모르는지, 자기 일처럼 진지하게 한철을 응시하고 있었다.

"한철 씨, 아무리 처음 만난 여자고, 많이 좋아하더라도 이해해 줄 수 있는 게 있고, 없는 게 있는 거예요. 특히 이성 문제는 최악이지."

그건 그쪽이 할 소리는 아닌 것 같은데, 라고 생각했지만, 나림은 구태여 지적하지 않았다. 어쨌든 나림과 사귀게 된 후로는 이성 문제가 없었으니까.

"한철 씨는 키도 크고 잘 생겼잖아요. 여자들한테 먹힐 외모야. 꼭 그 여자가 아니어도, 한철 씨랑 만나고 싶어 하는 여자들 많을걸요. 우리 팀에만 해도 몇 명이나 한철 씨한테 관심을 보이는데."

"하지만 제가 사랑하는 건 지금 제 여자 친구인 걸요."

"뭐, 사랑하니까 힘든 건 이해하는 데, 사랑이라는 말로 모든 걸 다 받아 줘선 안 되죠. 지금 애인 행동은 한철 씨한테 상처가 되는 행동들이고, 그렇게 상처를 받다 보면 언젠가 터지게 되어 있어요. 그런 말 있잖아요. 자기 자신을 사랑하지 못하면 남도 사랑할 수 없다는 말."

고민을 들어주러 온 건 나림인데, 어쩐 일인지 세 남자가 고민을 상담해 주는 구도가 되어 버렸다.

헤어져라, 대차게 헤어져라, 아니다, 그냥 좋게 헤어져라, 이유는 설명해 줘라, 설명하지 마라.

그런 이야기가 한참 오갔고, 전철이 끊길 시간쯤에야 자리를 파했다.

한철이 조언을 받아들였는지 어쨌는지는 모르겠지만, 어떤 선택을 하든 한철은 결국 이별을 하게 될 거라고, 나림은 생각했다.

축 늘어진 어깨로 돌아가는 한철의 뒷모습이 안쓰러웠다.

"난 그럼 이만 가 볼게."

명호가 말했다.

"어딜 도망쳐? 형도 같이 혼나고 가!"

이제야 나림에게 혼날 것을 깨달은 태민이 명호를 잡으려 했지만, 명호는 뒤도 돌아보지 않고 부리나케 자리를 떠났다.

"아, 미루랑 미랑이 데리고 와야 돼. 여보, 나 먼저 갈게."

"가긴 어딜 가? 같이 가!"

태민이 외쳤지만, 민혁도 도망쳤다.

그리하여 나림은 태민과 단둘이 남게 되었다.

길거리에 둘이 남겨진 태민이 어색하게 웃으며 나림을 돌아봤다.

“이러려던 건 아니야. 난 말렸다, 분명히.”

“건성으로 말렸겠지. 이런 일, 재미있어 하잖아.”

“재미있지. 하지만 난 낄 데 안 낄 데를.”

“구분 못 하잖아. 재미있을 것 같으면.”

“그래, 맞아. 넌 날 너무 잘 알아.”

태민이 한숨을 쉬었다.

“됐어, 화낼 생각 없어. 안 그래도 난처했거든.”

“그래?”

“당연하지. 나, 철벽 치는 거 알잖아. 낯선 사람이랑 대화하는 거 불편해. 한철 씨는 나한테 아직 낯선 사람이고.”

“그런데 용케 저녁 같이 먹으러 나왔네?”

“한철 씨가 처음부터 나한테 애인이랑 결혼할 거라는 얘기를 했었거든. 설레는 모습을 보니까, 나도 민혁이랑 연애할 때 모습이 생각나서 그립기도 하고, 같이 설레기도 하고. 그러다 보니까 제대로 선을 못 그었어.”

“민혁이가 많이 불안해했어.”

“응, 그랬겠지. 엄마네 집에 가서 매일 귀찮게 한다던데.”

“알면서도 그런 거야, 너? 해명이라도 해 주지.”

“귀엽잖아. 남들 앞에서는 약한 모습 다 보이면서, 내 앞에선 아무 일도 없는 척, 쿨한 척하는 게.”

그렇게 말하며 웃는 나림의 모습에, 태민은 아주 오랜만에 가슴 근처에 따끔한 통증을 느꼈다.

이제는 사랑이 아니라고 생각했다. 사랑이었던 이 감정은, 이제 우정으로 변했다고 믿었다.

그랬기 때문에 민혁을 질투한 적도 없었고, 둘의 모습에 가슴이 아픈 적도 없었다.

행복한 둘의 모습을 보는 것이, 태민에게는 기쁨이었다.

그런데 아직 완전한 우정으로 변한 것은 아니었나 보다.

나림에게 오롯이 사랑을 받는 민혁이 부러워서, 나림을 이런 표정으로 웃게 만들 수 있는 민혁이 질투 나서, 가슴이 따끔거렸다.

"좋아했었어."

충동적으로 말했다.

십수 년 잘 참아온 말을, 결국은 내뱉고 말았다.

나림이 걸음을 멈추고 태민을 돌아봤다.

반듯한 이마와 가지런한 눈썹, 고양이 같은 눈과 오뚝한 코, 도톰하고 붉은 입술.

태민이 참으로 가지고 싶었던 얼굴이 바로 이 앞에 있었다. 손만 뻗으면 닿을 거리인데, 사실은 굉장히 멀리 있다는 것을 알고 있었다.

그러니까 이 가슴도 받아들이도록 해야만 했다. 그녀가 얼마나 멀리 있는지를.

"나는 널 사랑했었어, 나림아."

이 고백으로 인한 결과가 경멸과 당혹감, 그로 인한 기피로 이어지더라도 상관없었다.

이제 나림은 태민이 없어도 기댈 곳이 생겼고, 고민을 털어놓을 사람이 생겼으니까.

나림이 태민을 물끄러미 응시하다가 말했다.

"응, 알고 있었어."

이 대답은 예상하지 못했기에, 태민은 눈을 크게 떴다.

"어?"

"알고 있었어, 날 사랑했었다는 거."

"아……."

"알고 있는데, 널 잃고 싶지 않았어. 내 가장 좋은 친구고, 내 가장 좋은 상담사고, 내 가장 좋은 쉴 곳이라서, 널 잃고 싶지 않았어. 그래서 모르는 척했어."

"……."

"미안해. 난 정말 나쁜 여자야."

나림이 고개를 숙였다.

태민은 마른침을 삼켰다.

이럴 때는 어떻게 해야 할까.

내 마음을 잘 감췄다고 생각했는데, 사실 조금도 감추지 못했다는 걸 알게 된, 이런 순간에는 대체 어떻게 해야 좋은 걸까?

"나는."

태민은 나림의 어깨에 올리려던 손을 내렸다.

이런 순간에 접촉은 좋지 않다.

“잘 감추고 있다고 생각했는데, 이미 걸렸었구나.”

“응, 걸렸었어.”

“그럼 됐어. 다행이다.”

“뭐가?”

“내 마음이 불쌍하지 않아서.”

그제야 나림이 고개를 들었다.

“아무한테도 말하지 못한 내 마음이 참 불쌍하다고 생각했었거든. 그래서 유부녀가 된 친구한테 이런 말하면 안 된다는 걸 알면서도 말해 버렸는데, 이미 알고 있었다니 정말 다행이다. 내 마음이 진행 중일 때에, 내 사랑하는 이가 내 사랑을 알고 있었어서.”

“태민아.”

“아까 민혁이가 그랬잖아. 자기 자신을 사랑하지 못하면 남도 사랑할 수 없다고. 나 자신을 좀 사랑해 보려고 이기적으로 굴었어. 네게 고백을 하고 걷어차여야 새 사랑을 시작할 수 있을 것 같아서.”

“그럼…… 걷어차 줄까?”

태민은 웃었다.

다행이다. 내 사랑이 이런 순간에 농담을 할 수 있어서. 그리고 그 농담에 진심으로 웃을 수 있어서.

“아니. 마음만 받을게.”

"왜? 대차게 걷어차 줄 수 있는데."

"아하하하."

"태민아."

"응?"

"고마워."

"어, 알고 있어. 아, 오늘 내가 고백한 건 민혁이한테도 말해라. 민혁이한테 이런 걸 감추고 싶지 않으니까."

"응, 그럴게."

"만약 이 일 때문에 민혁이가 날 보기 싫어한다면……."

"그럴 일 없을 거야."

나림이 단호하게 말했다.

태민은 그런 나림을 물끄러미 응시하다가 돌아섰다.

"오늘은 데려다주지 않을게. 잘 들어가라."

"응, 잘 가."

태민이 걸어가는 뒷모습을 지켜보다가, 그의 모습이 보이지 않게 된 후에야 나림도 걸음을 옮겼다.

집에 도착했을 땐, 민혁이 이미 미루와 미랑을 데려다가 놓고 재우는 중이었다.

미루, 미랑을 봐주고 미루에게 이모랑 있었던 이야기를 듣고, 씻고 침대에 누운 후에야 나림은 생각을 정리할 수 있었다.

태민도 침대에 와서 누웠을 때, 나림은 입을 열었다.

"태민이한테 고백을 받았어. 날 사랑했었대."

"아아, 드디어 얘기한 거야?"

"너도 알고 있었어?"

"알지. 같은 남자니까."

"태민이는 걱정하더라. 네가 이 이야기를 듣고 자기를 보기 싫어할까 봐."

"그럴 리가 있나. 태민이 형이 얼마나 좋은 사람인데. 여보가 힘들 때 항상 옆에 있어 줬던 친구잖아."

"응, 그랬던 친구지."

나림은 민혁의 품으로 파고들었다.

"그 애가 있어서, 나는 버틸 수 있었어."

"응, 그러니까 됐어."

이렇게 말해 주는 남편이라서 다행이라고, 나림은 생각했다.

항상 이렇게 내 편이 되어 주고 나를 믿어 줘서 다행이라고, 그러면서도 가끔은 귀여운 질투를 해 줘서 참 좋다고, 나림은 생각했다.

"고마워."

"응, 나도 사랑해."

"사랑한다는 게 아니라 고맙다니까."

"그게 그거지, 뭐."

민혁이 웃으며 나림의 머리에 얼굴을 파묻었다.

"자자."

"응."

사랑하는 사람의 품에 안겨, 시시덕거리다가 잠들 수 있다는 것은 무척이나 행복한 일이었다.

그 어느 순간에도 이 행복이 끝나지 않으리라는 걸 믿는 것 또한, 참으로 좋은 일이었다.

그래서 나림의 하루, 하루는 참 좋은 날이었다.

〈쾌락은 분홍빛으로 완결〉